New

TOPIK II

新韓檢
寫作應考
祕笈

中高級

서문

　한국어능력시험(TOPIK)의 응시자가 해마다 전 세계적으로 증가하고 있다. 한국으로 유학을 와서 한국어 교육기관에서 한국어를 배우는 외국인은 말할 것도 없고, 자신의 나라에서 K-Pop 등에 흥미를 느껴 재미로 한국어 공부를 시작한 외국인들도 한국어능력시험을 통해 자신의 한국어 능력을 인정받고 싶어 한다. 그런데 응시자들이 가장 어렵게 여기는 시험이 바로 쓰기이다. 모든 수험생들이 유독 토픽 쓰기 시험 득점에 자신 없어 하고 어떻게 대비해야 하는지 방법을 몰라 엄두를 못 내는 경우가 많다.

　<Cracking the TOPIK II Writing>은 이렇게 쓰기 시험을 난감해하는 대다수 수험생들에게 고득점을 받을 수 있는 방법을 알려 주고자 기획하였다.

　이 책은 51번부터 54번까지의 문항들을 유형별로 분류해서 제시했다. 일목요연하게 정리된 유형 설명을 통해 수험생들은 문항별 과제가 무엇인지를 정확하게 이해할 수 있을 것이다. 특히 각 문항별 특징에 맞는 쓰기 전략을 제시해 누구라도 답안을 용이하게 작성할 수 있도록 했다. 모국어 쓰기조차 익숙하지 않은 수험생이라 하더라도 이 책의 유형별 전략을 습득하면 답안 쓰기의 길을 쉽고 정확하게 찾을 수 있을 것이다. 각 문항에 해당하는 예상 문제 및 실전 모의고사 문제를 수록해서 수험생들이 자신들이 습득한 답안 쓰기의 요령을 실제적으로 적용해 보며 모든 출제 유형에 대비할 수 있도록 했다.

　또한 존댓말이나 간접화법, 문어체, 문장의 호응 등의 연습 문제와 오류 수정 예시 등을 통해서 정확한 한국어 문장 쓰기 실력을 갖출 수 있도록 했으며, 부록으로 선생님 특강 부분에서 유의어 및 반의어, 전형적인 문형, 잘못된 답안의 사례를 풍부하게 제시함으로써 한국어 글쓰기 전반에 대한 안목과 실력이 향상될 수 있도록 하였다.

　모쪼록 이 책을 통해 수험생들이 어떤 문제가 출제되더라도 이 책에서 연습한 내용을 바탕으로 고득점을 얻을 수 있기를 바란다. 더 나아가 토픽 쓰기 과정의 단계적 훈련을 통해 점진적으로 사고력과 표현력이 향상되기를 기대한다. 끝으로 딱딱한 수험서를 명쾌하고 산뜻하게 편집해 주셨을 뿐만 아니라 집필 과정에서 적절한 조언을 아낌없이 해 주신 다락원 한국어출판부 편집진께 머리 숙여 감사의 마음을 전한다.

저자 일동

序

　　全球參加韓國語文能力測驗（TOPIK）的人數年年增加，不論是來韓國學習韓語，或是在自己的國家因為接觸到K-POP相關文化，進而產生興趣開始學習韓語的外國人，都希望能透過韓語檢定讓自己的韓語實力獲得認可。但是，考生們覺得最困難的部分就是寫作，許多考生都對寫作部分沒有信心，或是因為不知道方法與技巧而不知該如何下手。

　　《NEW TOPIK II 新韓檢中高級寫作應考祕笈》正是為了教導多數因寫作部分而感到困擾的考生，如何在寫作獲得高分而策劃的一本書。

　　本書將韓語檢定的第51～54題（寫作題）依類型分類，讀者可經由一目瞭然的說明，正確理解各題目的問題核心，特別點出適合各題型的寫作策略，讓每個人都能輕易寫出合適的答案。即使在母語寫作上也不是那麼在行的考生，若能學好這本書的各類型寫作策略，也能輕鬆寫出正確答案。本書收錄了各題型的預測考題及實戰模擬試題，讓考生們可以實際運用透過此書所習得的寫作要領，以迎戰各式題目。

　　同時也經由待遇法、間接引用法、書面文體、文章的前後呼應等練習問題和錯誤修正範例而擁有正確韓語文章的寫作實力。附錄更是收錄了近義詞、反義詞、典型句模型、錯誤答案的例子，讓考生們能夠全盤提升韓文寫作的視角及實力。

　　期盼各位考生不論遇到什麼樣的題目，都能以透過這本書所習得的內容為基礎去奪得高分，再進而透過韓檢寫作的循序訓練，逐漸提升自己的思考能力及表現能力。最後，謹向將硬性參考書編輯得生動清新，更在我們執筆過程中，不吝於給我們建言的多樂園韓語出版部編輯團隊致深忱的謝意。

全體作者

이 책의 구성 및 활용

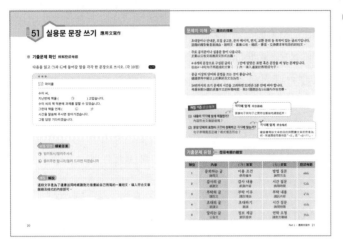

● 문제 이해하기

먼저 기출문제를 통해 문제의 유형 및 채점 기준 등을 설명하여 명확하게 문제의 특징을 이해할 수 있도록 한다.

● 고득점 전략 배우기

앞서 기출문제에서 파악한 각 유형별 고득점 전략을 제시하고, 유형에 따라 어떻게 문제의 지시문을 이해하고 답을 쓸 수 있을지 차근차근 설명하였다.

● 전략 적용하기

51번과 52번에서는 유형별로 배운 고득점 전략을 문제에 실제 적용해 보는 코너로서 문제에 대한 상세한 답안 설명과 함께 주의해야 할 사항이나, 유용한 문법과 어휘 등도 추가로 배울 수 있게 하였다.

● 기출문제로 이해하기

작문형 글쓰기인 53번과 54번은 기출문제를 통해 이해할 수 있도록 하였다. 로드맵을 활용해 글쓰기 전략을 학습하고 각 유형에 필요한 문형과 예문을 익힘으로써 긴 글쓰기에 대한 학습자의 자신감을 높였다.

● 예상 문제 & 실전 모의고사

마지막으로 예상 문제를 풀어 보며 앞에서 배운 전략을 유형별로 충분히 연습할 수 있게 하였다. Part 3에서는 총 5회 분의 실전 모의고사를 풀며 자신의 실력을 확인해 볼 수 있다.

● 답안 쓰기를 위한 선생님 특강 & 한국어 번역

부록의 '답안 쓰기를 위한 선생님 특강' 코너에서는 본문에서 다루지 못한 유형별 필수 어휘, 필수 문형 등과 함께 오류 문장에 대한 예시와 첨삭 지도를 실어 보다 정확한 쓰기 방법을 익힐 수 있게 하였다. 또한 부록에서는 본문의 영어 설명에 대한 한국어 설명이 정리되어 있어 학습자의 이해를 더욱 높였다.

本書架構

● 題目的理解

先說明歷屆考題題目的類型以及計分標準…等，讓考生能明確地理解題目的特點。

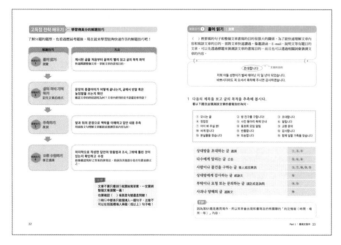

● 學習高得分的技巧

提示各類型題目獲取高分的技巧，並仔細說明在面對不同類型的題目時，該如何理解題目以及如何作答。

● 技巧的應用

這是將先前學習到的51、52題的各類題型高分技巧予以實際應用的部分，另附有答案的詳細說明和注意事項及有用的文法、詞彙…等。

由歷屆考題理解題目

由往年寫作型的第53、54題幫助考生理解題目，並活用流程圖來學習寫作技巧、熟悉各類題型寫作的必備句型和例句，提高考生在寫長文章時的自信心。

預測考題＆模擬考題

考生們可以在最後試著寫預測的考題，充分練習前面所學的各題型高得分技巧。更能透過Part3裡的5回模擬考題來確認一下自己的實力。

協助答題的教師特別講座

在附錄「協助答題的教師特別講座」裡，整理了前面沒能提及的各類型必備單字和句模型，並將錯誤及正確的例句併記，讓考生能夠更熟悉正確的寫作方法。

차례 目錄

서문   02
序

이 책의 구성 및 활용   04
本書架構

차례   08
目錄

한국어능력시험 안내   10
韓語能力檢定說明

Part 1   **문장 완성형 쓰기** 填空型寫作

51 **실용문 문장 쓰기**   20
應用文寫作

52 **설명문 문장 쓰기**   41
說明文寫作

Part 2   **작문형 쓰기** 作文

53 **제시된 자료 보고 단락 쓰기**   62
短文寫作（依提示資料寫出段落）

54 **제시된 주제로 글쓰기**   99
長文寫作（依提示主題寫作）

Part 3 실전 모의고사 實戰模擬試題

실전 모의고사 1회 176
實戰模擬試題　第1回

실전 모의고사 2회 178
實戰模擬試題　第2回

실전 모의고사 3회 180
實戰模擬試題　第3回

실전 모의고사 4회 182
實戰模擬試題　第4回

실전 모의고사 5회 184
實戰模擬試題　第5回

Appendix

정답 및 모범 답안 188
解答

답안 쓰기를 위한 선생님 특강 207
協助答題的教師特別講座

OMR 카드 237
作答紙

한국어능력시험 TOPIK 안내

1. 시험의 목적
- 한국어를 모국어로 하지 않는 외국인 및 재외 동포의 한국어 학습 방향 제시 및 한국어 보급 확대
- 한국어 사용 능력을 측정 · 평가하여 그 결과를 유학 및 취업 등에 활용

2. 응시 대상
한국어를 모국어로 하지 않는 재외 동포 및 외국인으로서
- 한국어 학습자 및 국내외 대학 유학 희망자
- 국내외 한국 기업체 및 공공 기관 취업 희망자
- 외국 학교 재학 중이거나 졸업한 재외국민

3. 유효 기간
성적 발표일로부터 2년간 유효

4. 시험 주관 기관
교육부 국립국제교육원

5. 시험의 활용처
- 정부 초청 외국인 장학생 진학 및 학사 관리
- 외국인 및 12년 외국 교육 과정 이수 재외 동포의 국내 대학 및 대학원 입학
- 한국 기업체 취업 희망자의 취업 비자 획득 및 선발, 인사 기준
- 외국인 의사 자격자의 국내 면허 인정
- 외국인의 한국어 교원 자격 시험(2~3급) 응시 자격 취득
- 영주권 취득
- 결혼 이민자 비자 발급 신청

6. 시험 시간표

구분	교시	영역	한국			시험 시간(분)
			입실 완료 시간	시작	종료	
TOPIK I	1교시	듣기 읽기	09:20까지	10:00	11:40	100
TOPIK II	1교시	듣기 쓰기	12:20까지	13:00	14:50	110
	2교시	읽기	15:10까지	15:20	16:30	70

※ TOPIK I 은 1교시만 실시합니다.
※ 해외 시험 시간은 현지 접수 기관에 문의하시기 바랍니다.

7. 시험 시기

- 연 6회 시험 실시
- 지역별·시차별 시험 날짜 상이

8. 시험의 수준 및 등급

- 시험 수준: TOPIK I, TOPIK II
- 평가 등급: 6개 등급(1~6급)
- 획득한 종합 점수를 기준으로 판정되며, 등급별 분할 점수는 아래와 같습니다.

구분	TOPIK I		TOPIK II			
	1급	2급	3급	4급	5급	6급
등급 결정	80점 이상	140점 이상	120점 이상	150점 이상	190점 이상	230점 이상

※ 35회 이전 시험 기준으로 TOPIK I 은 초급, TOPIK II 는 중·고급 수준입니다.

9. 문항 구성

(1) 수준별 구성

구분	교시	영역(시간)	유형	문항수	배점	총점
TOPIK I	1교시	듣기(40분)	선다형	30	100	200
		읽기(60분)	선다형	40	100	
TOPIK II 등급 결정	1교시	듣기(60분)	선다형	50	100	300
		쓰기(50분)	선다형	4	100	
	2교시	읽기(70분)	선다형	50	100	

(2) 문제 유형

- 선다형 문항(4지선다형)
- 서답형 문항(쓰기 영역)
- 문장 완성형(단답형): 2문항
- 작문형: 2문항(200~300자 정도의 중급 수준 설명문 1문항, 600~700자 정도의 고급 수준 논술문 1문항)

10. 쓰기 영역 작문 문항 평가 범주

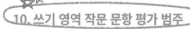

문항	평가 범주	평가 내용
51-52	내용 및 과제 수행	- 제시된 과제에 맞게 적절한 내용으로 썼는가?
	언어 사용	- 어휘와 문법 등의 사용이 정확한가?
53-54	내용 및 과제 수행	- 주어진 과제를 충실히 수행하였는가? - 주제에 관련된 내용으로 구성하였는가? - 주어진 내용을 풍부하고 다양하게 표현하였는가?
	글의 전개 구조	- 글의 구성이 명확하고 논리적인가? - 글의 내용에 따라 단락 구성이 잘 이루어졌는가? - 논리 전개에 도움이 되는 담화 표지를 적절하게 사용하여 조직적으로 연결하였는가?
	언어 사용	- 문법과 어휘를 다양하고 풍부하게 사용하며 적절한 문법과 어휘를 선택하여 사용하였는가? - 문법, 어휘, 맞춤법 등의 사용이 정확한가? - 글의 목적과 기능에 따라 격식에 맞게 글을 썼는가?

11. 문제지의 종류: 2종 (A·B형)

종류	A형	B형
시행 지역	미주 · 유럽 · 아프리카 · 오세아니아	아시아
시행 요일	토요일	일요일

12. 등급별 평가 기준

시험 수준	등급	평가 기준
TOPIK I	1급	- '자기소개하기, 물건 사기, 음식 주문하기' 등 생존에 필요한 기초적인 언어 기능을 수행할 수 있으며 '자기 자신, 가족, 취미, 날씨' 등 매우 사적이고 친숙한 화제에 관련된 내용을 이해하고 표현할 수 있다. - 약 800개의 기초 어휘와 기본 문법에 대한 이해를 바탕으로 간단한 문장을 생성할 수 있다. - 간단한 생활문과 실용문을 이해하고, 구성할 수 있다.
	2급	- '전화하기, 부탁하기' 등의 일상생활에 필요한 기능과 '우체국, 은행' 등의 공공시설 이용에 필요한 기능을 수행할 수 있다. - 약 1,500~2,000개의 어휘를 이용하여 사적이고 친숙한 화제에 관해 단락 단위로 이해하고 사용할 수 있다. - 공식적 상황과 비공식적 상황에서의 언어를 구분해 사용할 수 있다.
TOPIK II	3급	- 일상생활을 영위하는 데 별 어려움을 느끼지 않으며, 다양한 공공시설의 이용과 사회적 관계 유지에 필요한 기초적 언어 기능을 수행할 수 있다. - 친숙하고 구체적인 소재는 물론, 자신에게 친숙한 사회적 소재를 단락 단위로 표현하거나 이해할 수 있다. - 문어와 구어의 기본적인 특성을 구분해서 이해하고 사용할 수 있다.
	4급	- 공공시설 이용과 사회적 관계 유지에 필요한 언어 기능을 수행할 수 있으며, 일반적인 업무 수행에 필요한 기능을 어느 정도 수행할 수 있다. - 또한 '뉴스, 신문 기사' 중 평이한 내용을 이해할 수 있다. 일반적인 사회적·추상적 소재를 비교적 정확하고 유창하게 이해하고, 사용할 수 있다. - 자주 사용되는 관용적 표현과 대표적인 한국 문화에 대한 이해를 바탕으로 사회·문화적인 내용을 이해하고 사용할 수 있다.
	5급	- 전문 분야에서의 연구나 업무 수행에 필요한 언어 기능을 어느 정도 수행할 수 있다. - '정치, 경제, 사회, 문화' 전반에 걸쳐 친숙하지 않은 소재에 관해서도 이해하고 사용할 수 있다. - 공식적, 비공식적 맥락과 구어적, 문어적 맥락에 따라 언어를 적절히 구분해 사용할 수 있다.
	6급	- 전문 분야에서의 연구나 업무 수행에 필요한 언어 기능을 비교적 정확하고 유창하게 수행할 수 있다. - '정치, 경제, 사회, 문화' 전반에 걸쳐 친숙하지 않은 주제에 관해서도 이용하고 사용할 수 있다. - 원어민 화자의 수준에는 이르지 못하나 기능 수행이나 의미 표현에는 어려움을 겪지 않는다.

13. 성적 발표 및 성적 증명서 발급

(1) 성적 발표 및 성적 확인 방법

홈페이지 (www.topik.go.kr) 접속 후 확인

※ 홈페이지에 접속하여 성적을 확인할 경우 시험 회차, 수험 번호, 생년월일이 필요합니다.

※ 해외 응시자도 홈페이지 (www.topik.go.kr)를 통해 자기 성적 확인이 가능합니다.

(2) 성적 증명서 발급 대상

부정 행위자를 제외하고 합격·불합격 여부에 관계없이 응시자 전원에게 발급

(3) 성적 증명서 발급 방법

※ 인터넷 발급 TOPIK 홈페이지 성적 증명서 발급 메뉴를 이용하여 온라인 발급(성적 발표 당일 출력 가능)

14. 접수 방법

(1) 원수 접수 방법

구분	개인 접수	단체 접수
한국	개인별 인터넷 접수	단체 대표자에 의한 일괄 접수
해외	해외 접수 기관 방침에 의함.	

※ 접수 시 필요한 항목: 사진, 영문 이름, 생년월일, 시험장, 시험 수준

(2) 응시료 결제

구분	주의사항
신용 카드	국내 신용 카드만 사용 가능
실시간 계좌 이체	외국인 등록 번호로 즉시 결제 가능 ※ 국내 은행에 개설한 계좌가 있어야 합니다.
가상 계좌(무통장 입금)	본인에게 발급 받은 가상 계좌로 응시료 입금 지원자마다 계좌 번호를 서로 다르게 부여하기 때문에 타인의 가상 계좌로 입금할 경우 확인이 불가능하므로 반드시 본인 계좌 번호로만 입금해야 함. - 은행 창구에서 직접 입금 - ATM, 인터넷 뱅킹, 폰뱅킹 시 결제 확인 필수 - 해외 송금 불가

15. 시험 당일 응시 안내

홈페이지(www.topik.go.kr) 접속 후 확인

韓國語文能力測驗 TOPIK 介紹

1. 測驗目的

– 為母語非韓國語之韓語學習者、韓國僑民、外國人提供學習方向；並期達到普及韓語之效。

– 測試和評量韓國語使用能力，並以此為留學韓國或就業的依據。

2. 測驗對象

作為母語非韓國語之韓國僑民及外國人

– 韓語學習者及欲留學國內外大學者

– 欲於國內外的韓國企業或公家機關就業者

– 在國外學校上學或是已經畢業的在外韓國國民

3. 成績效期

自成績公布日起兩年有效

4. 測驗主辦機關

主辦單位：韓國教育部國立國際教育院

承辦單位：財團法人語言訓練測驗中心（LTTC）

5. 測驗成績可運用之處

– 可用於申請韓國政府邀請外國人獎學金及成績管理

– 外國人及已完成12年外國教育的海外同胞可用於申請國內大學及研究所

– 欲就業於韓國企業者取得工作簽證的選拔及人事基準

– 外國有照醫生於韓國國內執業的許可

– 取得外國人能參加韓語教員資格檢定的應試資格

– 取得永住權

– 結婚移民者可用於申請簽證

6. 測驗時間表

級數	節次	測驗項目	韓國			作答時間（分）
			入場時間	作答開始	作答結束	
TOPIK I	第1節	聽力 閱讀	09:20為止	10:00	11:40	100
TOPIK II	第1節	聽力 寫作	12:20為止	13:00	14:50	110
	第2節	閱讀	15:10為止	15:20	16:30	70

※TOPIK I 只有考1節

※海外國家的測驗日程請詢問當地負責機構。

7. 測驗日期
- 一年舉辦6次（韓國）
- 全球各地區的測驗日期會有所不同

8. 測驗級數及判定
- 測驗及數：TOPIK I、TOPIK II
- 等級判定：六個等級（1～6級）
- 以獲得的總分為判定依據，各等級的分數如下表。

級數	TOPIK I		TOPIK II			
	1級	2級	3級	4級	5級	6級
等級判定	80分以上	140分以上	120分以上	150分以上	190分以上	230分以上

※ 以 35 回之前的測驗（舊制）為基準，TOPIK I 是初級、TOPIK II 是中、高級水平。

9. 題型
(1) 各考試級別的題型組成

級數	節次	測驗項目（時間）	題型	題數	配分	總分
TOPIK I	第1節	聽力（40分鐘）	選擇	30	共100分	200
		閱讀（60分鐘）	選擇	40	共100分	
TOPIK II	第1節	聽力（60分鐘）	選擇	50	共100分	300
		寫作（50分鐘）	作文	4	共100分	
	第2節	閱讀（70分鐘）	選擇	50	共100分	

(2) 題型
- 選擇題（四選一）
- 問答題（寫作）
  - 完成句子（簡答）：2題
  - 作文：2題（1題200～300字中級水準的說明文、1題600～700字高級水準的論述文 ）

10. 寫作題的評分範圍

題數	評分範圍	評分內容
51-52	內容與試題的執行	– 是否確切地寫出試題所要求的內容？
	語言的使用	– 詞彙及文法是否使用正確？
53-54	內容與試題的執行	– 是否確切地執行試題的要求？ – 文章內容是否切合主題？ – 內容的論述是否豐富多元？
	文章的展開結構	– 文章的結構是否明確且符合邏輯？ – 依照內容的不同，文章段落的組成是否正確？ – 是否適時地使用轉折詞／連接詞將文章更有組織性地連接起來？
	語言的使用	– 是否使用適切又豐富的詞彙和文法？ – 文法、詞彙、拼寫是否使用正確？ – 是否依文章目地的不同，寫出符合格式的文章？

11. 試題紙的種類：共2種（A、B型）

種類	A型	B型
施行地區	美洲、歐洲、非洲、大洋洲	亞洲
施行日	星期六	星期日

12. 各等級能力指標

測驗級數	等級	能力指標
TOPIK I	1級	– 能完成「自我介紹、購物、點餐」等日常生活上必需的基礎會話能力，並能理解和表達「個人、家庭、興趣、天氣」等一般個人熟知的話題。 – 能掌握約 800 個常用單字，認識基本語法並造出簡單的句子。 – 能理解和書寫簡單的日常生活實用文句。
	2級	– 能使用韓語進行「打電話、求助」等日常生活溝通，並於「郵局、銀行」等公共設施使用韓語溝通。 – 能掌握約 1,500～2,000 個單字，理解個人熟知的話題，並以段落表達。 – 能區分及使用正式及非正式場合的用語。
TOPIK II	3級	– 日常生活溝通沒有太大困難，具有能使用各種公共設施服務及進行社交活動之基礎語言能力。 – 能理解自己熟悉及社會上熱門的話題，並以段落表達。 – 能區分及使用口語和書面用語。
	4級	– 具備使用公共設施及進行社交活動之語言能力，並能執行部分一般職場業務。 – 能 解電視新聞和報紙中較淺顯的內容，並能理解且流暢表達一般社會性和抽象的話題。 – 透過對常用慣用語和代表性韓國文化的理解，來理解和表達社會及文化方面的內容。
	5級	– 具備在專業 域上進行 究或執行業務所需一定程度的語言能力。 – 能理解並談論不熟悉的主題，如政治、經濟、社會、文化等。 – 可因應場合正確使用正式、非正式和口語、書面用語。
	6級	– 具備在專業 域上進行 究或執行業務所需比較正確而流利的語言能力。 – 能理解並談論不熟悉的主題，如政治、經濟、社會、文化等。 – 雖未能達到母語使用者的水準，但在執行任務和表達上沒有困難。

13. 成績公布及成績單發放

(1) 確認成績的方法

登入官網（www.topik.go.kr）後進行確認

※ 若要於官網查詢成績，需輸入應考期數、准考證號碼及生日。

※ 海外應試者也可以透過官網（www.topik.go.kr）確認成績。

(2) 成績單發放對象

除了違規舞弊者之外，不論是否通過考試，都會發放成績單。

(3) 成績單列印方法

※ 使用官網的發行成績單選項於線上列印

14. 報名方法

(1) 報名方法

地區	個人報名	團體報名
韓國	網路報名	團體代表統一報名
韓國以外其他地區	依各海外地區負責機關之規定	

※ 報名時的必填資料：照片、英文名字、出生年月日、考場、報考等級

(2) 繳交報名費（適用於韓國）

繳費方法	注意事項
信用卡	只能使用韓國國內發行之信用卡
即時轉帳	若有外國人登錄證，可馬上繳費 ※ 但是必須要開設韓國國內的銀行帳戶
虛擬帳號 （無摺存款）	將報名費匯至開立給您的虛擬帳戶 每個人收到的帳戶會有所不同，若是將報名費匯至他人的帳戶中，將會無法進行確認，請務必將費用匯至自己已拿到的帳戶。 – 銀行臨櫃匯款 – 以ATM、網路銀行、手機APP匯款時，務必確認繳款內容 – 不可跨國匯款

15. 考試當天應試說明

請登錄官網（www.topik.go.kr）後進行確認

Part 1

문장
완성형 쓰기 ✏️

填空型寫作

51 **실용문 문장 쓰기**
應用文寫作

52 **설명문 문장 쓰기**
說明文寫作

※ **기출문제 확인** 瞭解歷屆考題

다음을 읽고 ㉠과 ㉡에 들어갈 말을 각각 한 문장으로 쓰시오. (각 10점) 52회

● ● ●

✉ 마이클

_____

수미 씨,

지난번에 책을 (㉠   ) 고맙습니다.

수미 씨의 책 덕분에 과제를 잘할 수 있었습니다.

그런데 책을 언제 (㉡   )?

시간을 말씀해 주시면 찾아가겠습니다.

그럼 답장 기다리겠습니다.

모범 답안 模範答案

㉠ 빌려줘서/빌려주셔서

㉡ 돌려주면 됩니까/돌려 드리면 되겠습니까

~~~~~~

해설 解說

這段文字是為了還書並同時感謝對方借書給自己而寫的一篇短文，填入符合文章脈絡及格式的內容即可。

20

- 초대장이나 안내문, 모집 공고문, 문자 메시지, 편지, 교환 문의 등 목적이 있는 글쓰기입니다.
  這題的題型會是邀請函、說明文、募集公告、簡訊、書信、交換需求等有目的的短文。

- 주로 공지문이나 실용문 등이 나옵니다.
  主要以公告文或應用文形式出題。

- 4~8개의 문장으로 구성된 글의 (　　　) 안에 알맞은 표현 혹은 문장을 써 넣는 문제입니다.
  在由4~8句句子所組成的文章 (　　) 內，填入適當的表現或句子。

- 중급 이상의 단어와 문법을 쓰는 것이 좋습니다.
  建議使用中級以上的單詞及文法為佳。

- 54번까지의 쓰기 문제의 시간을 고려하면 51번은 5분 안에 써야 합니다.
  考慮到第54題的長篇作文的所需時間，第51題應該在5分鐘內作答完畢。

채점 기준 評分標準

맥락에 맞게 符合脈絡

要讓句子與句子之間符合脈絡地連接起來。

(1) 내용이 맥락에 맞게 적절한가?
　　內容符合文章脈絡嗎？

(2) 문장 단위의 표현이 표현이 정확하고 격식에 맞는가?
　　句子表現是否正確？格式是否符合？

격식에 맞게 符合格式

確認書寫該文章的目的與閱讀文章的對象為何，來選擇使用尊待語「-요」或「-습니다」。

기출문제 유형 ▶─ 歷屆考題的題型

類型	內容	(㉠) 答案	(㉡) 答案	歷屆考題
1	문의하는 글 詢問文	이용 조건 使用條件	방법 질문 詢問方法	60th
2	감사의 글 感謝文	감사 내용 感謝內容	시간 질문 詢問時間	52th
3	부탁의 글 請託文	부탁 이유 請託理由	부탁 내용 請託內容	47th
4	초대의 글 邀請文	초대하기 邀請	시간 질문 詢問時間	41th
5	알리는 글 公告文	정보 제공 資訊提供	연락 요청 請對方聯絡	35th

了解51題的題型，也看過歷屆考題後，現在就來學習能夠快速作答的解題技巧吧！

解題技巧	方法
解題技巧 1 훑어 읽기 瀏覽	제시된 글을 처음부터 끝까지 빨리 읽고 글의 목적 파악 快速閱讀整個文章，掌握文章的書寫目的。
解題技巧 2 글의 격식 기억 하기 記住文章的格式	문장의 종결어미가 어떻게 끝나는지, 글에서 반말 혹은 높임말을 쓰는지 확인 確認文章的終結語尾為何？文章內使用的是半語還是尊待語？
解題技巧 3 추측하기 推測	앞과 뒤의 문장으로 맥락을 이해하고 답안 내용 추측 用前後文句理解文章脈絡並推測答案內容為何。
解題技巧 4 오류 수정하기 修正錯誤	마지막으로 작성한 답안의 맞춤법과 조사, 그밖에 틀린 것이 있는지 확인하고 수정 最後確認寫好之答案的拼寫法、助詞及其他部分是否有錯並修正之。

注 意

· 文章不要只看到㉠就開始寫答案，一定要將整個文章瀏覽一遍！

· 也要確認（　　）後面是句號還是問號！

· ㉠和㉡中都各只能個填入一個句子，注意不可以在括弧裡填入兩個（或以上）句子哦！

（　）裡要填的句子和整個文章書寫的目的有很大的關係，為了能快速理解文章內容和寫該文章的目的，須將文章快速讀過。像邀請函、E–mail、說明文等有題目的文章，可以先透過標題來猜測該文章的書寫目的，而且也可以透過相關詞彙猜測文章的內容。

초대합니다 → 文章的目的

저희 아들 성현이가 벌써 태어난 지 일 년이 되었습니다.
바쁘시더라도 꼭 오셔서 축하해 주시면 감사하겠습니다.

1 다음의 제목을 보고 글의 목적을 추측해 봅시다.
看以下題目並猜測該文章的書寫目的為何。

① 모시는 글　　　　② 방 친구를 구합니다!　　③ 초대합니다
④ 청첩장　　　　　⑤ 사진 동아리 축제 안내　⑥ 알립니다
⑦ 아이 봐 주실 분!　⑧ 동호회 모임 알림　　　⑨ 교환 문의
⑩ 싸게 팝니다　　　⑪ 반품합니다　　　　　⑫ 감사합니다
⑬ 분실물을 찾습니다　⑭ 죄송합니다　　　　　⑮ 함께 일할 가족을 찾습니다

상대방을 초대하는 글 邀請	①, ③, ④
다수에게 알리는 글 公告	⑤, ⑥, ⑧
사람이나 물건을 구하는 글 徵人或找東西	②, ⑦, ⑩, ⑬, ⑮
상대방에게 감사하는 글 感謝文	⑫
부탁이나 요청 또는 문의하는 글 請託或是詢問	⑨, ⑪
사과나 양해의 글 道歉文	⑭

TIP

因為第51題是應用寫作，所以常常會出現和書寫目的有關聯的「約定情報（時間、場所…等）」內容。

2 훑어 읽을 때 도움이 되는 관련 어휘는 다음과 같습니다.
以下為能幫助瀏覽的相關單字。

文章目的	相關單字
상대방을 초대하는 글 邀請	생일 파티 生日派對, 생일잔치 生日宴會, 돌잔치 周歲宴, 환갑 六十花甲, 칠순 七十大壽, 팔순 八十大壽
	입학식 開學典禮, 졸업식 畢業典禮, 결혼식 結婚典禮, 청첩장 喜帖, 참석하다 參加出席, 집들이 喬遷宴
다수에게 알리는 글 公告	공연 公演, 축제 慶典, 연주회 演奏會, 전시회 展覽, 초대장 邀請函
	소풍 郊遊, 운동회 運動會, 수학여행 修學旅行, 문화 수업 文化課程, 체험 학습 體驗課程, 수료식 結業式, 인원 人員, 참가비 參加費用, 재료비 材料費
	신입 사원 新進員工, 회의 會議, 회식 聚餐, 체육 대회 運動會, 휴가 休假, 출장 出差, 문의 사항 詢問事項
	회원 가입 加入會員, 탈퇴 退出, 회비 會費, 선착순 마감 按先來後到順序, 정기 모임 定期聚會
	신청자 申請人, 신청 방법 申請方法, 상장 獎狀, 상금 獎金, 상품 獎品, 참여하다 參加
사람이나 물건을 구하는 글 徵人或找失物	남녀 사원 모집 募集男女員工, 직원 모집 募集員工, 인원 人員, 아무나/누구든지 任何／任何人, 경력 經歷
	이사 搬家, 귀국 歸國, 무료 免費, 구입하다 購入, 나눔 分享（名詞）, 나눠주다 分享
	잃어버리다 弄丟, 분실하다 遺失, 분실물 遺失物, 보관하다 保管, 연락처 聯絡資訊, 남기다 留下
상대방에게 감사하는 글 感謝文	도움 幫忙, 덕분에/덕택에 托福…, 지도하다 指導
부탁이나 요청 또는 문의하는 글 請託或是詢問	대신에 代替, 맡기다 託付, 확인하다 確認, 변경하다 變更, 연기하다 延期
	배송 配送, 교환 交換, 환불 退款, 반품 退貨, 제품 이상 產品異常, 영수증 發票, 기간 期間, 이내 以內
사과나 양해의 글 道歉文	지각하다 遲到, 결석하다 缺席, 잊어버리다 忘光, 잃어버리다 弄丟, 지연되다 延遲, 실수하다 失誤, 잘못하다 犯錯, 진심 真心, 양해하다 諒解, 이해하다 理解, 용서하다 原諒

練習 ➊

다음을 훑어 읽은 후 <보기>처럼 글과 관계있는 어휘를 고르시오.

瀏覽以下內容後，像例題一樣，選出與文章相關的詞彙。

보기

우리 집에 놀러 오세요~

드디어 짐 정리가 끝났습니다.
그래서 이사 때 도와주신 분들을 모시고 즐거운 시간을 보낼까 합니다.

✔ 집들이   ② 수료식   ③ 기념회   ④ 전시회

---

(1)

알려 드립니다

구입하신 제품에 문제가 있어서 새 제품으로 바꿔 드리고 있습니다.
영수증을 가지고 꼭 방문해 주시기 바랍니다.
기간은 11월 31일까지입니다.

① 수리   ② 교환   ③ 환불   ④ 초대

---

(2)

주인을 찾습니다!

검정색 서류 가방을 보관하고 있습니다.
3월 17일 컴퓨터실 의자 옆에 있었습니다.
연락이 가능한 시간은 오후 6시부터입니다.

① 분실   ② 배송   ③ 반품   ④ 기간

---

(3)

여러분과 함께하고 싶습니다!

영화에 관심이 많으십니까?
동아리 방을 방문해 주시면 자세하게 소개해 드리겠습니다.

① 모집   ② 축제   ③ 회비   ④ 소풍

在應用文中，有很多如E-mail或書信，以類似和對方談話方式寫的文章，所以學生們常常會犯下使用「-요」為句子結尾的錯誤，但是如果在讀文章時，發現句子都是以「-습니다」結尾的話，那麼在作答的時候也一定要使用「-습니다」結尾。還有，如果讀這篇文章的人是晚輩或是朋友，則須使用半語；如果是長輩或是比自己位階高的人，則須使用尊待語，所以不論是什麼樣類型的文章，都要注意句子的結尾是什麼再寫。

1 높임말을 정확하게 배워 봅시다. 來學習正確的尊待語吧！

---

① 문장의 주어가 사람의 일부이거나 소유물인 경우
當句子的主語是人身體的一部份或所有物時

- 우리 어머니는 목소리가 크세요. 我媽媽的聲音很大。
- 사장님께서는 오늘 약속이 없으십니다. 老闆今天沒有約。

② 높임 단어가 따로 있는 경우
另有尊待詞時

- 그분은 성격이 좋으세요. 他的個性很好。 사람 → 분
- 할머니께서 생신 잔치에서 아주 즐거워하셨습니다. 奶奶在生日宴上非常開心。
  생일 → 생신

③ 받는 대상을 높이는 경우
尊待給予對象的身分

- 교수님께 언제 이 보고서를 드릴까요? 什麼時候要將這份報告呈交給教授？ 주다 → 드리다
- 제가 누구한테 여쭤보면 될까요? 我可以請教誰呢？ 물어보다 → 여쭤보다

注意

· 尊待助詞接在所指人名詞後。
· 이/가 → 께서, 은/는 → 께서는, 에게(한테) → 께

2 높임말 만드는 방법을 잘 알고 있는지 확인해 봅시다.
確認自己是否知道寫出正確尊待語的方法。

> 對主語表示尊待時，「-(으)시」加在形容詞及動詞的語幹後。

		現在		過去		未來、猜測	
形容詞／動詞	母音結尾	-세요	-십니다	-셨어요	-셨습니다	-실 거예요	-실 겁니다
	例子	**가**세요	**가**십니다	**가**셨어요	**가**셨습니다	**가**실 거예요	**가**실 겁니다
	子音結尾	-으세요	-으십니다	-으셨어요	-으셨습니다	-으실 거예요	-으실 겁니다
	例子	**읽**으세요	**읽**으십니다	**읽**으셨어요	**읽**으셨습니다	**읽**으실 거예요	**읽**으실 겁니다
名詞	母音結尾	-세요	-십니다	-셨어요	-셨습니다	-실 거예요	-실 겁니다
	例子	**교수**세요	**교수**십니다	**교수**셨어요	**교수**셨습니다	**교수**실 거예요	**교수**실 겁니다
	子音結尾	-이세요	-이십니다	-이셨어요	-이셨습니다	-이실 거예요	-이실 겁니다
	例子	**선생님**이세요	**선생님**이십니다	**선생님**이셨어요	**선생님**이셨습니다	**선생님**이실 거예요	**선생님**이실 겁니다

3 불규칙도 확인해 봅시다. 也來確認一下不規則變化法！

	現在		過去		未來、猜測	
듣다	들으세요	들으십니다	들으셨어요	들으셨습니다	들으실 거예요	들으실 겁니다
돕다	도우세요	도우십니다	도우셨어요	도우셨습니다	도우실 거예요	도우실 겁니다
만들다	만드세요	만드십니다	만드셨어요	만드셨습니다	만드실 거예요	만드실 겁니다
붓다	부으세요	부으십니다	부으셨어요	부으셨습니다	부으실 거예요	부으실 겁니다

4 다음은 학생들이 자주 틀리는 문장입니다. 무엇이 틀렸는지 확인해 봅시다.
下面是學生們經常寫錯的句子，來確認看看到底錯在哪吧！

내가 선생님 집을 방문해도 괜찮아요? 我可以去拜訪老師府上嗎？	제가 선생님 댁을 방문하셔도 괜찮으세요?	✕
	제가 선생님 댁을 방문 드려도 괜찮으세요?	○

> 因為句子的主語是「我」，所以不能寫像是「方問하셔도」的這種尊待語。

注意

· 一定要確認在尊待句的主語是什麼！
· 熟悉各類尊待詞語！

할머니가 준 소중한 물건이에요. 這是奶奶給我的貴重物品。	할머니께서 드리신 소중한 물건이세요.	✕
	할머니께서 주신 소중한 물건이에요.	○

> 因為句子的主語是「奶奶」，所以必須使用尊待語「주신」。

練習 ②

높임말을 연습해 봅시다. 다음 빈칸을 채워 보시오.
來練習尊待語吧！請填滿下面的空格。

	敬語		敬語
집 家		이름 名字	
나이 年紀		자다 睡覺	
죽다 死		마시다 喝	
말하다 說		데리고 가다 帶走	
먹다 吃	잡수시다	있다 在／有	계시다
주다 給	드리다	아들, 딸 兒子、女兒	아드님

練習 ③

다음 문장을 <보기>처럼 높임 문장으로, 그리고 '-습니다'로 바꿔 보시오.
參考例題，將下面句子改寫成尊待句，並將句尾改成「-습니다」。

> 보기　나한테 큰 도움을 줘서 감사해요. → 저한테 큰 도움을 주셔서 감사합니다.

⑴ 언제 시간이 돼요?

　→ _____

⑵ 이 책을 교수님에게 선물로 주려고 해요.

　→ _____

⑶ 내가 오늘 밤에 집으로 전화해도 돼요?

　→ _____

⑷ 우리 할아버지는 궁금한 게 있으면 인터넷을 찾아봐요.

　→ _____

51題是個須先將前後文都讀過後，再來推測（ ）裡內容的題型。在推測時也須注意主語和「는」、「도」等助詞。如果想快速將推測的內容寫成句子，必須熟悉不同用途文章的必要項目。

●●●

✉ 박선우
_____

지민 씨,

지난달에 결혼식에 (㉠   ) 감사합니다.

많은 분들의 축하와 응원으로 신혼여행까지 잘 다녀왔습니다.

(㉡   ) 마음으로 다음 주말에 저희 집에 초대할까 합니다. ⟵ 文章的目的

토요일 점심 때 시간이 괜찮으실까요? 그럼 답장 기다리겠습니다.

---

1 글의 목적에 따라 주로 51번 문제에서 사용되는 예문은 다음과 같습니다.
以下為依照文章書寫目的的不同，第51題主要會使用的例句。

書寫目的	必備內容	例句
초대 邀請	시간 時間	저는 다음 주 주말이 좋은데 OO 씨는 언제가 좋습니까? 我覺得下周周末時間不錯，OO覺得什麼時候好呢？
	장소 場所	저희 집에 초대할까 합니다. 我想邀請你來我家。
	목적 目的	저희 아버님 칠순 잔치에 가까운 분들을 모시고자 합니다. 我打算邀請親朋好友來參加我父親的七十歲壽宴。
모집/행사/ 알림 募集／活動／ 公告	시간 時間	9월 26일 금요일 7시에 신입생/새내기 환영회가 있습니다. 9月26日星期五7點有迎新會。
	장소 場所	학생회관 3층 춤 동아리 방에서 신청하시면 됩니다. 在學生會館3樓的熱舞社社辦申請就可以了。
		장소가 학생회관 휴게실에서 학생 식당으로 변경되었습니다. 場地從學生會館的休息室改為學生餐廳。

書寫目的	必備內容	例句
모집/행사/알림 募集／活動／公告	대상 對象	노래를 좋아하시는 분이면 누구나/누구라도 환영합니다. 歡迎所有喜歡唱歌的人。
	권유 勸誘	관심 있는 분들의 많은 참여/참가를 부탁드립니다. 有興趣的朋友們請踴躍參加。
	장소 場所	그동안 사용했던 물건들을 정리하려고 합니다. 我打算整理我用過的東西。
구함 徵人	이유 理由	갑자기 일이 생겨서 도와주실 분을 찾습니다. 事情突發，因此尋求能夠幫忙的人。
	조건 條件	근처에 사시는 분이면 좋겠습니다. 希望是住在附近的人。
		야간 근무가 가능하신 분 환영합니다. 歡迎可以夜間上班的人。
감사 感謝	이유 理由	저희 결혼식에 참석해 주셔서 감사합니다. 謝謝你來參加我們的婚禮。
		조문/문상을 와 주셔서 감사합니다. 謝謝您前來弔唁。
부탁/요청/문의 請託／請求／詢問	이유 理由	옷의 치수가 맞지 않는데 교환할 수 있을까요? 衣服尺寸不合，可以換嗎？
	요청 請求	다음에는 잘 확인하시고 보내 주시기 바랍니다. 希望下次請好好確認後再寄來。
사과 道歉	이유 理由	미리 말씀드리지 못해서 죄송합니다. 抱歉沒能事先告訴你。
		약속을 지키지 못한 것을 사과드립니다. 抱歉沒能遵守約定。
	다짐 承諾	다시는 이런 일이 생기지 않게 주의하겠습니다. 我會注意避免再讓這種事發生。
		앞으로는 절대/결코 이런 일이 없도록 하겠습니다. 我以後絕對不會再讓這種事發生。

練習 4

앞 또는 뒤 문장의 내용을 보고 내용이 이어지도록 (   ) 안에 들어갈 문장을 골라 <보기>처럼 번호를 쓰시오.
參考範例，閱讀前後句子內容後選出使內容連貫的句子，將其號碼填入 (   )。

보기   주말에는 선약이 있습니다. → (①   )
       (②   ) → 저도 꼭 참석할 예정입니다.

① 혹시 평일에 만나도 됩니까?
② 미영 씨도 이번 모임에 오시지요?
③ 혹시 그림을 못 그려서 걱정되십니까?
④ 신청 기간은 10월 3일 금요일까지입니다.
⑤ 저는 지하철 역 근처면 어디든지 좋아요.
⑥ 갑자기 귀국해야 해서 물건을 정리합니다.
⑦ 신학기를 맞이하여 신입 회원을 모집합니다.
⑧ 참가하실 분은 사무실에 미리 알려 주시기 바랍니다.
⑨ 저는 언제든지 괜찮으니까 편한 시간을 알려 주세요.
⑩ 지난번에 댁으로 초대해 주셔서 재미있는 시간을 보냈습니다.

(1) 수진 씨는 바쁘시지요? → (   )

(2) 신청은 이메일로 하시면 됩니다. → (   )

(3) 그런데 약속 장소는 어디가 좋겠어요? → (   )

(4) 외국인을 대상으로 요리 대회가 열립니다. → (   )

(5) (   ) → 이번에는 제가 선생님을 초대하고 싶습니다.

(6) (   ) → 그래서 필요하신 분께 무료로 드리겠습니다.

(7) (   ) → 태권도에 관심 있으신 분이면 누구나 환영합니다.

(8) (   ) → 그래도 초보자를 위한 수업이니까 걱정하지 마십시오.

已經完成㉠和㉡內的句子了嗎？那最後務必要確認一下自己寫的句子有沒有錯誤！

	要注意的重點	常見錯誤
맞춤법 拼寫法	有可能會因為緊張而連題目裡出現過的單字也寫錯，所以一定要確認拼字是否正確。	그 시간은 안되요. (x) → 그 시간은 안 돼요. (○) 　那個時間我不行。 토요일만 안 돼고 다 됩니다. (x) → 토요일만 안 되고 다 됩니다. (○) 　除了週六之外都可以。
조사 助詞	常有考生會寫錯助詞或是沒寫到一定要寫的助詞，一定要仔細確認這個部分。	이 꽃을 좋아요. (x) → 이 꽃이 좋아요. (○) 　我喜歡這個花。 예쁘고 값이도 싸요. (x) → 예쁘고 값도 싸요. (○) 　既漂亮又便宜。

練習 ❺

문장의 빈칸에 조사를 넣어 보십시오.
將助詞填入空白處。

⑴ 신청을 하실 때는 신분증 ＿＿＿＿ 필요합니다.

⑵ 이사 날 ＿＿＿＿ 되기 전에 연락 한번 주십시오.

⑶ 문화 수업 장소가 용인 민속촌 ＿＿＿＿ 결정되었습니다.

⑷ 19일부터 일주일 동안 사진 동아리 전시회 ＿＿＿＿ 엽니다.

⑸ 학기 ＿＿＿＿ 끝나기 전에 보고서를 제출해 주시기 바랍니다.

⑹ 모임 장소 ＿＿＿＿ 바뀌었으니까 다른 분들에게도 알려 주세요.

⑺ 김밥 ＿＿＿＿ 싫은 사람은 미리 말씀해 주십시오. 샌드위치를 준비하겠습니다.

⑻ 지하철 4호선 명동역 2번 출구 ＿＿＿＿ 오십시오. 거기 ＿＿＿＿ 기다리겠습니다.

再次確認一下到目前為止學過的解題技巧，然後將解題技巧應用在答題上。

1 다음을 읽고 ㉠과 ㉡에 들어갈 말을 한 문장씩 쓰시오.
閱讀下面的文章後，寫出適合填入㉠和㉡的文句，來完成文章。

스키 캠프 모집

스키 캠프 회원을 모집합니다. 기간은 12월 26일부터 12월 28일까지입니다.
장소는 올림픽 스키장입니다. 한국대학교 학생이면 (　　㉠　　).
스키가 없으신 분은 미리 발 사이즈를 (　　㉡　　) 캠프에서 준비합니다.
참가를 원하시는 분은 11월 30일까지 신청해 주시기 바랍니다.
☎ 신청 및 문의: 02-597-3369

모범 답안　模範答案

㉠ 누구든지/누구나 참가하실 수 있습니다　　　　㉡ 알려 주시면
　 누구든지/누구나 신청하실 수 있습니다

~~~~~~

解題技巧 1　훑어 읽기 瀏覽
→ 掌握到此文章的書寫目的為募集參加露營活動的人。

解題技巧 2　글의 격식 기억하기 記住文章的格式
→ 記住全部的句子都是以格式體書寫，句子的結尾是「–습니다」。

解題技巧 3　추측하기 推測
→ ㉠: 前面的句子有提到關於露營的時間及場所。（　）前面有「若是韓國大學的學生」的條件，可以得知這篇文章是在提供參與資格的相關訊息。
→ ㉡: 這句是在説明滑雪場會幫沒有滑雪板的人準備滑雪板，因此參加的人須提供自己的鞋子尺寸。

解題技巧 4　오류 수정하기 修正錯誤
→ 確認一下尊待句是否寫對了。

・當表達自己想法時,不宜凸顯나(我),如「내 생각에는」、「내가 생각하기에는」等,而應客觀化以「우리」為主語。並且不宜武斷地說「-아/어야 한다」,而以「-아/어야 할 것이다」委婉表示更佳。

有用的文法

ᄀ:누구도 참가하실 수 있습니다 (X)
→ 「누구도後面不可以接肯定內容,像「可以參加」這種肯定句,應該要用「누구나」或「누구든지」。

ᄀ:참가하실 수 있습니다 (△)
→ 雖然意義上沒有錯,但是因為ᄀ前面有「한국대학교 학생이면」這個條件存在,所以應該要寫和該條件呼應的「누구나」或「누구든지」。

・ᄀ: 됩니다 (X) 答案要寫出中級水準的句子,如果仔細閱讀整篇文章,會發現可以使用「참가하다」或「신청하다」等單字來作答。

・ᄀ: 누구나 참가할 수 있습니다 (△)　　ᄂ: 알려 주면 (△)
整篇文章都是尊待句,所以ᄀ和ᄂ的句子也應該要加「-시-」。

・有用的單字・

캠프 露營｜참가하다 參加｜참가자 參加者｜마감이 되다 截止｜
선착순 마감 按先來後到順序｜장비 裝備｜대여 出借

2　다음을 읽고 ㉠과 ㉡에 들어갈 말을 한 문장씩으로 쓰시오.
閱讀下面的文章後,寫出適合填入㉠和㉡的文句來完成文章。

● ● ●

✉ E-mail

안녕?

이번에 (　　㉠　　) 축하해! 빅터 씨가 네가 한국어능력시험을 본 것과 3급을 딴 것을 알려 줬어. 나도 러시아에서 한국어능력시험을 보고 싶어. 네가 공부한 (　　㉡　　) 고맙겠어!
나도 그 책을 주문해서 공부하면 시험을 잘 볼 수 있을 것 같아.

러시아에서 너의 친구 라리사

模範答案

ㄱ 한국어능력시험에서 3급을 딴 것을   ㄴ 책 제목/이름을 알려 주면/가르쳐 주면

解題技巧 1 훑어 읽기 瀏覽

→ 透過「축하해」和「고맙겠어！」，掌握到此文章的書寫目的為祝賀某事及請託某事。

解題技巧 2 글의 격식 기억하기 記住文章的格式

→ 確認句子的結尾後，記得答案要以半語書寫。

解題技巧 3 추측하기 推測

→ ㄱ: 可以透過後面的句子來猜測祝賀的事情是什麼。
→ ㄴ: 透過後面「나도 그 책을 사서 공부하면」這句，可得知文章作者想用相同的書來準備考試，因此可以猜出作者想知道那本書是什麼書。

解題技巧 4 오류 수정하기 修正錯誤

→ 如果你ㄱ的答案寫的是「한국어능력시험에 3급을 따서」，可以把它改成「시험에서」。
→ 如果你ㄴ的答案寫的是「가리켜 줄 수 있어」，可以把它改成「가르쳐 줄 수 있어」以符合意義且正確拼寫。

注意

· ㄱ: 한국어능력시험을 본 것과 3급을 딴 것 (X)
  → 考試這件事並不是要祝賀的事情，如果直接把後面的句子照抄會被扣分。
  ....
· ㄴ: 한국어능력시험에서 3급을 따서 (X)
  → 「N을／를 축하하다」或「- ／는／은 것을 축하하다」為正確的表現方式，因為已經取得3級了，所以寫過去式時制就可以了。
· ㄴ: 책 이름은 뭐야 (△)
  → 要使用中級以上的文法和詞彙。

・有用的單字・

급을 따다 取得…級 ｜ **자격증을 따다** 考取證照 ｜ **시험에 합격하다/붙다** 通過考試 ｜
시험에 불합격하다/떨어지다 未通過考試／落榜

3 다음을 읽고 ㉠과 ㉡에 들어갈 말을 한 문장씩으로 쓰시오.
閱讀下面的文章後，寫出適合填入㉠和㉡的文句，來完成文章。

●●●

✉ 마이클

부장님,

어제는 많이 죄송했습니다. 추석 전날이라서 (㉠   ).
늦지 않으려고 일찍 출발했는데 고향에 가는 차들이 많았습니다.
다음 회의 때는 (㉡   ).
그럼 추석 잘 보내시기 바랍니다.

로버트

모범 답안 模範答案

㉠ 길이 막혀서/막히는 바람에 늦었습니다

㉡ 결코/절대로 늦지 않겠습니다
결코/절대로 늦지 않도록 주의하겠습니다

〰〰〰〰〰〰〰〰〰〰〰〰〰〰〰〰〰〰〰〰〰〰〰〰〰〰〰〰〰〰

解題技巧 1 **훑어 읽기** 瀏覽
→ 透過「죄송합니다」這句話，掌握到此文章的書寫目的為向對方道歉。

解題技巧 2 **글의 격식 기억하기** 記住文章的格式
→ 確認到句子是以「-습니다」結尾。

解題技巧 3 **추측하기** 推測
→ ㉠: 透過後面「늦지 않으려고」可得知文章作者已經遲到了，因此㉠應該要提及遲到這件事以及遲到的理由。
→ ㉡: 透過「다음부터」這句，可得知接下來必須寫出未來不會再犯相同疏失的句子。

解題技巧 4 **오류 수정하기** 修正錯誤
→ 如果你㉠的答案寫的是「차가 막혀서」，可以把它改成「차가 밀려서」或是「길이 막혀서」。

ㄱ:**차가 많은 바람에 늦었습니다 (X)**

→ 敘述壞結果的理由所使用的「–는 바람에」不可以與形容詞一同使用,所以應該要寫成「길이 막히는 바람에 늦었습니다」。

ㄴ:**늦지 않습니다 (X)**

→ 因為有提到「다음부터」,所以要使用展現個人意志的「–겠–」。

ㄴ:**꼭 늦지 않겠습니다 (X)**

→ 「꼭」不可以跟負面的句子一同使用,所以應該要用「절대로」或「결코」,若沒使用「절대로」或「결코」則會被扣分。

· ㄱ: **길이 막혀서 늦었어요 (X)**

→ 因為這封信是寫給上司看的,而且其他句子也都是用「–습니다」結尾,所以要注意不可以寫「–아/어요」。

·有用的單字·

추석 中秋節 | **설날** 新年 | **명절** 節日 | **연휴** 連休 | **황금연휴** 黃金假期 | **공휴일** 國定假日 | **징검다리 휴일** 彈性休假

※ [1-6] 다음을 읽고 ㉠과 ㉡에 들어갈 말을 한 문장씩 쓰시오.

練習 1

지갑을 찾습니다!

10월 2일 학생 휴게실에서 (㉠   ).
검은색 남자 지갑이고 크기는 어른 손바닥 정도입니다.
지갑 안에 신분증이 모두 들어 있어서 꼭 찾아야 합니다. 제 연락처는 010-1234-5678입니다.
지갑을 (㉡   ).

㉠ ....

㉡ ....

練習 2

● ● ●

✉ E-mail

안녕하세요? 신디예요.
요즘 봄이라서 산에 꽃이 아주 예뻐요.
경수 씨도 산을 (㉠   )?
저는 이번 주 토요일이나 일요일에 시간이 돼요.
만약 경수 씨가 이번 주말에 바쁘면 다음 주 주말도 가능할 것 같아요.
저는 약속이 있지만 (㉡   ) 꼭 되는 시간을 미리 알려 주세요.

㉠ ....

㉡ ....

| 보낸 사람 | eyw1@never.com |
| 받는 사람 | ptoky@anmail.com |

교수님께

안녕하세요?

저는 '한국어 문법' 수업을 듣고 있는 쿠사코 에미라고 합니다.

제가 그동안 몸이 아파서 수업에 가지 못했습니다.

그래서 지난주 (㉠   ). 정말 죄송합니다.

제가 다음 주에 퇴원하는데 혹시 시험 대신에 (㉡   )?

교수님께서 허락해 주시면 이번 학기가 끝나는 날까지 보고서를 제출하겠습니다.

한국어교육학과 1학년

쿠사코 에미 올림

㉠ ....

㉡ ....

동아리 알림!

우리 동아리가 가을 축제에서 춤 발표를 합니다.

9월부터 매주 수요일 7시부터 2시간 동안 동아리 방에서 연습합니다.

모든 회원들은 한 사람도 (㉠   ) 연습에 참여해 주십시오.

그리고 8월 31일까지 동아리 회비를 (㉡   ).

여러분이 낸 회비로 연습 때 먹을 간식을 준비할 겁니다.

㉠ ....

㉡ ....

보낸 사람	eywey5@naver.com
받는 사람	poky@hanmail.com

안녕하세요?
지난번 저희 어머니가 돌아가셨을 때 와 주셔서 감사합니다.
저에게 큰 힘이 되었습니다.
감사의 마음으로 회사 근처에서 식사를 대접하고 싶습니다.
(㉠   )?
바쁘시겠지만 다음 주에 되시는 시간을 알려 주시면 (㉡   ).

㉠ ....

㉡ ....

練習 ⑥

My page:

교환 요청
_____

제가 주문한 사이즈보다 큰 옷이 배달되었어요.
(㉠   ) 주문한 치수가 없으면 환불해 주세요.
교환이 가능하다면 상품을 (㉡   ).
처음 주문했을 때는 이 주일 후에 받아볼 수 있었어요.
그럼 빠른 처리 부탁드려요.

㉠ ....

㉡ ....

※ 기출문제 확인 瞭解歷屆考題

다음을 읽고 ㉠과 ㉡에 들어갈 말을 각각 한 문장으로 쓰시오. (각 10점)   52회

우리는 기분이 좋으면 밝은 표정을 짓는다. 그리고 기분이 좋지 않으면 표정이 어두워진다. 왜냐하면(㉠). 그런데 이와 반대로 표정이 우리의 감정에 영향을 주기도 한다. 그래서 기분이 안 좋을 때 밝은 표정을 지으면 기분도 따라서 좋아진다. 그러므로 우울할 때일수록 (㉡) 것이 좋다.

모범 답안 模範答案

㉠ 감정이 표정에 영향을 주기/끼치기 때문이다

㉡ 밝은 표정을 짓는/하는

해설 解說

這篇文章是在說明表情和情感之間的影響關係，填入符合文章脈絡及格式的內容即可。

- 제시된 설명문의 ( ) 안에 문장을 쓰는 문제입니다.
  這是在提示的說明文 ( ) 內填入句子以完成文章的題目。

- 4~6개의 문장으로 구성된 설명문이며 주제는 다양합니다.
  本題是由4～6個句子所組成的說明文，並有各式各樣的不同主題。

- 중급 이상의 단어와 문법을 쓰는 것이 좋습니다.
  使用中級以上的單詞及文法為佳。

- 54번까지의 쓰기 문제의 시간을 고려하면 52번은 5분 안에 써야 합니다.
  考慮到第54題長篇作文的所需時間，第52題應該在5分鐘內作答完畢。

※ 評分標準和第51題相同。

기출문제 유형 ▶ 歷屆考題的題型

類型	句子的連接	歷屆考題
1 이유나 조건 理由或條件	· '그래서, 그러므로, 따라서, 이런 이유로, 때문에'로 연결 用「그래서、그러므로、따라서、이런 이유로、때문에」連接。 · 접속사가 생략될 때는 앞 문장에 '마찬가지이다/다름없다'로 연결 當連接詞被省略時，前面的句子以「마찬가지이다／다름없다」連接。	47th 41st 52nd 35th
2 이유 理由	· 앞 문장을 보고 '왜냐하면'으로 시작하는 이유 쓰기 根據前面句子的內容，以「왜냐하면」開頭，寫出理由。 · '왜냐하면 -기 때문이다'의 뒤 문장을 보고 앞 문장 쓰기 由「왜냐하면–기 때문이다」後面的句子判斷，寫出前面的句子。	47th
3 대조 對照	· '이와 반대로, 이와 달리, 반면에, 첫째/둘째, 먼저/다음으로, 하나는/다른 하나는'으로 연결 用「이와 반대로、이와 달리、반면에、첫째／둘째、먼저／다음으로、하나는／다른 하나는」連接。 · 앞이나 뒤의 문장과 내용이 상반되는 대조의 문장 쓰기 寫出與前文或後文內容相反的對照句子。	37th 52nd
4 반대 轉折	· '그러나, 그렇지만, 하지만, 그런데'로 연결 用「그러나、그렇지만、하지만、그런데」連接。 · 반대 내용의 문장 쓰기(부분 부정의 문장 쓰기도 있음) 寫出相反的內容。〈包含部分否定〉	35th 60th

了解52題的題型，也看過歷屆考題後，現在就來學習能夠快速作答的解題技巧吧！

解題技巧	
解題技巧 1 **훑어 읽기** 瀏覽	제시된 글을 처음부터 끝까지 빨리 읽으면서 주제 단어와 핵심 단어(keyword) 를 찾아 밑줄 치고 문제의 유형을 파악 快速閱讀整個文章，找出並畫線標示文章主旨及關鍵單字，以掌握問題的類型。
解題技巧 2 **글의 격식 기억 하기** 記住文章的格式	문어체와 종결어미 '-다' 를 써야 하는 것을 기억 記得要使用書面文體，終結語尾要使用「–다」結束。
解題技巧 3 **추측하기** 推測	앞과 뒤의 문장으로 맥락을 이해하고 답안 내용을 추측 用前後文句來理解文章脈絡並推測答案內容。
解題技巧 4 **오류 수정하기** 修正錯誤	마지막으로 작성한 답안의 맞춤법과 조사, 그밖에 틀린 것이 있는지 확인하고 수정 最後確認作答內容的拼寫、助詞及各部分是否有錯，並修正之。

注意

· 能寫出答案的相關線索也可能出現在文章的最後，所以要把整篇文章完整地仔細讀完。
· 要注意答案不可以以口語體書寫，也要注意不可以省略助詞。
· 好好熟悉常出題的間接引用法句子。

第52題是一段說明文，只要找到主題字，就能輕易理解這篇文章的內容，且若是找到關鍵字（keyword），寫起答案就會容易許多，所以務必仔細閱讀並將重點畫底線。

주제 단어 主題字	第52題說明文主題字即是題目。 →答案內有主題字的情況很多。
핵심 단어 關鍵字	作答時的關鍵性詞彙。 → ㉠和㉡的前後文中一定有關鍵字。 → 主要是展現文章脈絡的連接詞、句子的主語…等。

1 다음 설명문의 주제 단어와 핵심 단어는 다음과 같습니다.
下面說明文的主題字及關鍵字如下。

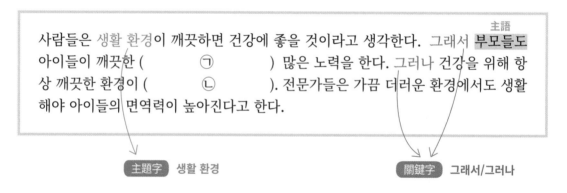

사람들은 생활 환경이 깨끗하면 건강에 좋을 것이라고 생각한다. 그래서 **부모들도** 主語
아이들이 깨끗한 (　　　㉠　　　) 많은 노력을 한다. 그러나 건강을 위해 항
상 깨끗한 환경이 (　　　㉡　　　). 전문가들은 가끔 더러운 환경에서도 생활
해야 아이들의 면역력이 높아진다고 한다.

主題字 생활 환경

關鍵字 그래서/그러나

2 답안을 작성하는 데 직접적인 정보를 주는 핵심 단어를 찾았으면 문제의 유형을 생각해 보고 답안을 확인해 보십시오.
如果找到了作答時可提供直接性情報的關鍵字，就思考問題的題型，確認答案。

㉠ 그래서로 시작하는 유형 ① 문제 以그래서開頭的題型 ① 問題
　因為主語是부모들，所以答案要以「–게」或「–도록」的句子回答。

㉡ 그러나로 시작하는 유형 ④ 문제 以그러나開頭的題型 ④ 問題
　因為後面的句子有出現骯髒環境所帶來的肯定性影響，所以㉡要寫乾淨環境的句子。

㉠ 깨끗한 환경에서 생활할 수 있도록/있게

㉡ 좋은 것은 아니다/좋지는 않다

練習 ①

(1) 다음 설명문을 훑어 읽으면서 주제 단어와 핵심 단어에 밑줄을 치시오.
仔細閱讀下面文章，並畫線標示出主題字及關鍵字。

> 여행을 가는 사람들은 패키지여행을 하거나 아니면 자유 여행을 한다. 패키지여행은
> 여행사가 만든 일정으로 관광 안내사와 함께 단체 여행을 하는 것이다. 반면에 자유
> 여행은 (㉠   ). 두 여행 방식 모두 장단점이 있지만 대체로 노인들은 패키
> 지여행을 선호한다. 반대로 (㉡   ). 체력이 부족한 노인들은 모든 것을 다
> 처리해 주는 패키지여행을 편하게 느끼지만 젊은이들은 스스로 결정할 수 있는 자유
> 로운 여행을 더 좋아하기 때문이다.

(2) 훑어 읽으면서 밑줄 친 주제 단어와 핵심 단어를 써 보시오.
寫出閱讀時畫線標示出的主題字及關鍵單字。

주제 단어: _____ , _____   핵심 단어: _____ , _____

(3) 다음을 읽고 ㉠과 ㉡에 들어갈 말을 한 문장씩으로 쓰시오.
閱讀文章後，寫出適合填入㉠和㉡的文句，來完成文章。

㉠ _____

㉡ _____

寫說明文時要注意句尾要寫「–다」。而且要記得不能使用口語體，要用書面體。

우리는 흔히 취미 생활을 삶에 활력을 주는 (　　㉠　　). 그러나 취미 생활이 부정적인 영향을 끼칠 때도 있다. 취미 생활을 즐기느라고 본업을 소홀히 한다거나 취미 생활을 위해 비용을 쓰는 경우도 있기 때문이다. 그러므로 취미 생활은 (　　㉡　　) 쓰면서 하는 것이 좋다.

書面體

1　'-다'로 끝나는 문장의 활용을 알아봅시다.
來看一下如何以「–다」作為文章的句尾吧！。

現在	動詞	母音結尾（✕）	-ㄴ다	가다 → 간다, 읽다 → 읽는다
		子音結尾（○）	-는다	※ 不規則 ㄹ: 살다 → 산다
	形容詞		-다	필요하다 → 필요하다
	있다, 없다			살다 → 살 수 있다
	-고 싶다			살다 → 살고 싶다
	N이/가 아니다			문제 → 문제가 아니다
	이다		-(이)다	문제 → 문제(이)다 어려움 → 어려움이다
過去	動詞、形容詞		-았/었다	살다 → 살았다, 힘들다 → 힘들었다
	이다	終聲子音（✕）	-였다	문제 → 문제였다
		終聲子音（○）	-이었다	어려움 → 어려움이었다
未來	動詞、形容詞		-ㄹ/을 것이다	하다 → 할 것이다
	이다		-일 것이다	문제 → 문제일 것이다 어려움 → 어려움일 것이다

2 구어체 표현을 문어체 표현으로 바꾸는 방법을 공부해 봅시다.
來學習一下如何將口語體改成書面體吧！

구어체 → 문어체 口語體→書面體

- 근데 → 그런데
- 되게, 엄청, 완전 → 매우
- 엄마, 아빠 → 어머니, 아버지, 부모님
- 한테 → 에게
- 명사+(이)랑 → 명사+과/와

- 이건 → 이것은, 이걸 → 이것을, 이게 → 이것이
- 이런 → 이러한
- 같이 → 함께
- -아/어 가지고 → 아/어서, -기 때문에, -(으)ㄴ/는 탓에

설명문에 자연스러운 문어체 표현 說明文中自然的書面體表現方式

- 그래서 → 그러므로, -(으)므로, -(이)므로, 따라서
- -(으)면서 → -(으)며
- -(으)려는 → -기 위한
- -(으)려고 → -기 위해서

- 부정의 '안'과 '못' → '-지 않다'와 '-지 못하다'
- -(으)면 좋다 → -(으)ㄴ/는 것이 좋다
- -대요 → -다고 하다, -ㄴ/는다고 하다
- -래요 → -(이)라고 하다

練習 **2**

문장의 끝을 '-다'로 바꾸고 표현도 문어체로 바꾸시오.
將句子的句尾改成「–다」，並轉換成書面體。

(1) 고생한 보람이 있을 거예요.

→ _____

(2) 그러니까 급할수록 천천히 하면 좋아요.

→ _____

(3) 아무도 하고 싶은 걸 다 하면서 못 살아요.

→ _____

(4) 근데 불규칙하게 생활해 가지고 건강이 나빠졌대요.

→ _____

如果已經由瀏覽找到關鍵字並掌握題目的類型，現在就能依照題目的類型來推測符合文章脈絡的正確答案了。

1 유형별로 글의 맥락에 맞는 답안을 알아봅시다.
依照題型找出符合文章脈絡的答案。

題型1 **理由或條件**

외우는 것도 훈련이다. 그러므로 처음에는 외우기를 못하는 사람도 (
).

Answer 많이 연습하면 잘할 수 있다
▶ 只要寫出符合前面出現的原因或條件的答案即可。

題型2 **理由**

한국에서는 봄에 산불이 많이 난다. 왜냐하면 봄 날씨는 건조하고 바람도 (
).

Answer 세게/강하게/많이 불기 때문이다
▶ 可以寫有關前面句子的理由。因為已經以「왜냐하면」開頭了，所以用「–기 때문이다」來結尾。

題型3 **對照**

일을 하는 태도는 크게 두 가지로 나눌 수 있다. 하나는 일을 빨리하지는 못하지만 꼼꼼히 하는 것이다. 다른 하나는 (   ).

Answer 일을 빨리하지만 대충하는 것이다
▶ 寫出與前面的句子相對照的內容即可。

題型4 **對立**

우리는 영원히 살 수 있을 것처럼 산다. 그러나 사람은 누구나 (   ).

Answer 죽을 수밖에 없다/죽게 마련이다
▶ 用中級文法寫出與前面的句子對立的內容即可。

앞 또는 뒤 문장을 읽고 (   ) 안에 들어갈 문장을 써 보시오.
閱讀前面或後面的句子，寫出適合填入（   ）的句子。

題型1 　理由或條件

(1) 기부도 습관이다.
   그래서 (   ).

(2) 일을 잘하기 위해서는 휴식이 반드시 필요하다.
   그러므로 아무리 바빠도 (   ).

(3) 결혼한 부부 중에 아이를 낳지 않는 부부가 많다.
   그 때문에 우리나라의 인구가 (   ).

(4) 유리는 깨지기 쉽다. 관계도 마찬가지이다.
   사람과의 관계도 잘못하면 유리처럼 (   ).

題型2 　理由

(5) 숙제는 아이들의 학습에 (   ).
   아이들이 숙제를 통해 혼자서 공부하는 습관을 기를 수 있기 때문이다.

(6) 칭찬을 많이 받은 아이가 (   ).
   왜냐하면 칭찬이 자존심에 긍정적 영향을 미치기 때문이다.

(7) 어릴 때 만들어진 식습관은 고치기 어렵다고 한다.
   왜냐하면 편식을 했던 아이는 (   ).

(8) '잠이 보약이다'라는 말이 있다.
   왜냐하면 잠을 푹 자면 면역력이 (   ).

⑼ 밤에 일찍 자고 아침에 일찍 일어나는 생활 습관을 가진 사람들이 있다.
　반대로 (　　　　　　　　　　　　　　).

⑽ 동양에서는 인간관계에서 (　　　　　　　　　　　　　　).
　이와 달리 서양에서는 인간관계에서 나이를 별로 중요하게 생각하지 않는다.

⑾ 유행에 관심이 많고 유행을 중요하게 생각하는 사람들이 있다.
　반면에 (　　　　　　　　　　　　).

⑿ 부모와 떨어져 있게 됐을 때 아이들의 태도는 달라진다.
　먼저 부모와 함께 있을 때보다 더 조용하게 가만히 있는 아이들이 있다.

　다음으로 (　　　　　　　　　　　　).

⒀ 직장인들은 보통 월요일부터 금요일까지 일한다.
　그러나 장사를 하는 사람들은 (　　　　　　　　　　　　).

⒁ 보통 (　　　　　　　　　　　　) 생각한다.
　그런데 돈이 많아도 행복하지 않은 사람이 있다.

　그리고 돈이 없어도 행복하게 사는 사람도 많다.

⒂ 일반적으로 명품이라고 불리는 제품들이 품질이 좋다.
　그렇지만 명품이 (　　　　　　　　　　　　).

　이름값을 못하는 명품도 많다.

⒃ 해마다 여름에는 태풍 때문에 피해가 크다.
　그러나 (　　　　　　　　　　　　).
　극지방은 춥고 적도 지방은 더운 지구의 열 불균형을 해소시켜 주기 때문이다.

最後檢查拼寫、助詞等部分，如果有要使用間接引用法的部分，確認一下是否有寫正確，並檢查答案是否為文章脈絡相呼應的句子。

1 문장의 종류에 따라 간접화법의 불규칙 활용이 다른 것에 주의합니다.
注意因句子的種類不同，其間接引用的不規則活用也會有所不同。

動詞	陳述句			疑問句	祈使句	建議句
	過去	現在	未來			
오다	왔다고	온다고	올 거라고	오냐고	오라고	오자고
받다	받았다고	받는다고	받을 거라고	받냐고	받으라고	받자고
자르다	잘랐다고	자른다고	자를 거라고	자르냐고	자르라고	자르자고
듣다	들었다고	듣는다고	들을 거라고	듣냐고	들으라고	듣자고
벌다	벌었다고	번다고	벌 거라고	버냐고	벌라고	벌자고
줍다	주웠다고	줍는다고	주울 거라고	줍냐고	주우라고	줍자고
낫다	나았다고	낫는다고	나을 거라고	낫냐고	나으라고	낫자고

形容詞	陳述句			疑問句
	過去	現在	未來	
싸다	쌌다고	싸다고	쌀 거라고	싸냐고
높다	높았다고	높다고	높을 거라고	높냐고
다르다	달랐다고	다르다고	다를 거라고	다르냐고
힘들다	힘들었다고	힘들다고	힘들 거라고	힘드냐고
더럽다	더러웠다고	더럽다고	더러울 거라고	더럽냐고

名詞＋이다	陳述句			疑問句
	過去	現在	未來	
선생님이다	선생님이었다고	선생님이라고	선생님일 거라고	선생님이냐고
교수이다	교수였다고	교수라고	교수일 거라고	교수냐고

다음 질문에 간접화법으로 대답해 보시오.
請用間接引用話法回答下面的問題。

(1) 전문가들은 무리하게 운동하는 것은 오히려 건강에 _____.
　　　　　　　　　　　　　　　　　　　　　　　　　　　(해롭다)

(2) 인생의 선배들은 항상 감사하면서 _____ 조언한다.
　　　　　　　　　　　　　　　　　　　(살다)

(3) 성공한 사람들은 끊임없이 도전하는 것이 성공의 _____.
　　　　　　　　　　　　　　　　　　　　　　　　　　　　(비결이다)

(4) 올림픽에서 금메달을 _____ 고 해서 그 선수가 제일 많이 연
습한 것은 아니다.　　　　　　(따다)

2 바른 답안 쓰기를 위해 반드시 문장의 호응을 주의합니다.
為了寫出正確答案，請務必注意句子的前後呼應。

文法表現		例句
왜냐하면	-기 때문이다	왜냐하면 희망을 잃지 않았기 때문이다. 因為他並沒有失去希望。
장점은/특징은/ 긍정적인 면은/ 중요한 것/점은	N이다 -은/는 것이다 N(이)라는 것이다	장점은 긍정적으로 생각하는 태도이다. 優點是正向思考的態度。 중요한 것은 태도이다. 重要的是態度。 특징은 언제나 긍정적이라는 것/점이다. 他的特點就是隨時都很樂觀。
첫 번째는/하나는	N(이)다 -다는/ㄴ다는/ 라는 것이다	첫 번째는 희망을 잃어버렸다는 것/점이다. 第一點是他失去了希望。 다른 하나는 소극적인 태도이다. 另一點是他消極的態度。
아무리	-아/어도 -더라도	아무리 힘들어도 희망을 잃어버리면 안 된다. 不論有多辛苦，都不能失去希望。 아무리 힘들더라도 희망을 잃어버리면 안 된다. 不論有多辛苦，都不能失去希望。

文法表現		例句
-아/어야(만)	-(으)ㄹ 수 있다	희망을 잃지 않아야만 살아남을 수 있다. 只有不失去希望，才能活下來。
만약/만일	-(으)면/-다면	만일 희망이 없다면 우리는 살아갈 수 없다. 如果沒有希望，我們就活不下去。
아무도/아무것도/ 아무 N도	(부정)	희망을 잃어버리면 아무것도 할 수 없다. 如果失去希望，就什麼也做不了。 아무 희망도 없이 살 수 있을까? 我們能不抱持任何希望地活下去嗎？
언제나/항상/ 누구나/반드시	-는 것은 아니다 (부분 부정)	언제나 희망을 가지는 것은 아니다. 人是不可能隨時都抱持著希望的。

練習 ⑤

어울리는 것끼리 연결해서 설명문의 문장을 완성해 보시오.
把適合的選項相連，以完成說明文的句子。

(1) 이 제품의 특징은　　　　　　　·

(2) 왜냐하면 이 제품은　　　　　　·

(3) 주의사항은 첫째　　　　　　　·

(4) 제품의 주의사항을 기억해야　·

(5) 제품을 고장 없이 오래 사용하기 ·
　　위해서는

　·① 오래 쓸 수 있다.

　·② 오래 쓸 수 있다는 점이다.

　·③ 사용 후에 잘 말리는 것이 좋다.

　·④ 사용 후에 잘 말리는 것이다.

　·⑤ 고장이 잘 나지 않기 때문이다.

再次確認一下到目前為止學過的解題技巧，然後將解題技巧應用在答題上。

1 다음을 읽고 ㉠과 ㉡에 들어갈 말을 한 문장씩 쓰시오.
閱讀下面的文章後，寫出適合填入㉠和㉡的文句，來完成文章。

> 사람들은 육체의 건강을 중요하게 생각한다. 그런데 육체의 건강뿐만 아니라 (㉠   ).
> 몸에 병이 생기면 어렵지 않게 하던 일도 할 수 없게 된다. 마음에 병이 생겼을 때도 마찬
> 가지이다. 다른 사람이 보기에 (㉡   ). 그러므로 육체와 정신이 모두 문제가
> 없을 때 건강하다고 말할 수 있다.

모범 답안 模範答案

㉠ 정신의 건강도 중요하다

㉡ 어렵지 않은 일/쉬운 일도 할 수 없게 된다

~~~~~~

解題技巧 1 **훑어 읽기** 瀏覽
→ 主題字：건강 ｜ 關鍵字：그런데, 마찬가지이다 ｜ 主語：사람 ｜㉠題型4 ㉡題型1

解題技巧 2 **글의 격식 기억하기** 記住文章的格式
→ 句尾以「－다」結尾，要使用書面體。

解題技巧 3 **추측하기** 推測
→ ㉠: 前面的句子有提到身體上的健康很重要，不過這句是以「그런데」為開頭，且
　　因為㉠前面有「뿐만 아니라」，所以後面應該是與身體不同的其他某個事項也
　　是重要的內容，才是自然的，並且再參考最後一句的內容，則可以猜測出㉠應
　　該是指精神上的健康也很重要。
→ ㉡: 前面的句子有「마찬가지이다」，且「그래서」被省略掉了，只要用和身體生
　　病時相同的內容就可以了。

解題技巧 4 **오류 수정하기** 修正錯誤
→ 如果㉠或㉡的答案中有用到「－아／어요」結尾，要改成「－다」結尾。

· ㉠: 마음의 건강도 중요하다. (△)

在作答之前很重要的是要先仔細閱讀整篇文章，由最後一句可以知道和「육체」呼應的反義詞不是「마음」而是「정신」。

· ㉡: 어렵지 않은 일도 할 수 없다. (△), 어렵지 않게 하던 일도 할 수 없게 된다. (X)

因為前面的句子裡有「마찬가지이다」，所以要使用和前個句子同一形態的「-게 되다」，但是㉡前面已經有出現「다른 사람들이 보기에」了，所以不能連答案的內容都寫得跟前個句子的內容一模一樣。

────

•有用的單字•

육체 身體 ｜ 정신 精神 ｜ 심신 心神 ｜ 병이 생기다 生病 ｜ 병이 들다 生病 ｜ 병을 앓다 得病 ｜
병이 악화되다 病情惡化 ｜ 병이 호전되다 病情好轉 ｜ 질병 疾病

2 다음을 읽고 ㉠과 ㉡에 들어갈 말을 한 문장씩 쓰시오.
閱讀下面的文章後，寫出適合填入㉠和㉡的文句，來完成文章。

> 낮이 가장 길고 밤이 가장 짧은 날을 '하지'라고 한다. 반면 (㉠   )'동지'라고 한다. 예로부터 '동지'가 되면 팥죽을 끓여 먹는 전통이 있었다. 왜냐하면 옛날 사람들은 붉은 색이 나쁜 기운을 물리치고 (㉡   ). 그래서 밤이 가장 긴 '동지'에 귀신을 쫓기 위해 붉은 색 음식을 먹었다고 한다.

모범 답안 模範答案

㉠ 밤이 가장 길고 낮이 가장 짧은/낮이 가장 짧고 밤이 가장 긴 날을

㉡ 귀신을 쫓는다고 생각했기 때문이다

────

解題技巧 1 훑어 읽기 瀏覽
→ 主題字：동지 ｜ 關鍵字：반면, 왜냐하면 ｜ 主語：옛날 사람들 ｜ ㉠題型3 ㉡題型2

解題技巧 2 글의 격식 기억하기 記住文章的格式
→ 句尾以「-다」結尾，要使用書面體。

解題技巧3 **추측하기 推測**

→ ㉠: 後面的句子有提到「반면」，所以只要寫出和「하지」相反的內容就可以了。

낮이 가장 길고 밤이 가장 짧은 날 白天最長夜晚最短的日子

밤이 가장 길고 낮이 가장 짧은 날 夜晚最長白天最短的日子

→ ㉡: 因為句子開頭是「왜냐하면」，所以可以得知這句是要說明吃紅豆粥這項傳統的理由，透過「귀신을 쫓기 위해」這句，就能猜測（ ）內的內容了，不過因為主語是「옛날 사람들」，紅色只是一種去除厄運的手段，所以要使用間接引用法寫出符合文章脈絡的句子。

解題技巧4 **오류 수정하기 修正錯誤**

→ 確認以「왜냐하면」作為開頭的㉡，答案是否有符合句型的呼應。

注意

· ㉠: **낮이 짧고 밤이 길은 (X)**

「길다」後面接名詞時應寫成「긴」，就算文章的最後一句有出現「밤이 가장 긴 동지」，也不可以寫錯。

· ㉡: **귀신을 쫓기 때문이다 (X), 귀신을 쫓는다고 생각했다 (X)**

句子的主語是「옛날 사람들」，而人們「認為」用紅色的東西就可以趕走惡鬼，並且如果有「왜냐하면」出現，句子的最後就要用「-기 때문이다」結尾。

·有用的單字·

동지 冬至 | 하지 夏至 | 예로부터 自古… | 옛날부터 自古… | 전통 傳統 | 풍습 風俗 | 물리치다 擊退 | 쫓아내다 趕出

---

3 다음을 읽고 ㉠과 ㉡에 들어갈 말을 각각 한 문장으로 쓰시오.

閱讀下面的文章後，寫出適合填入㉠和㉡的文句，來完成文章。

학교에서 보는 시험 준비로 놀 시간이 없는 아이들이 많다. 이런 이유로 정부가 초등학교에서 (㉠   ). 시험이 없다면 아이들은 충분히 놀 수 있고 그만큼 스트레스도 줄 수 있기 때문이다. 그러나 시험에는 부정적인 면만 있는 게 아니라 (㉡   ). 시험을 준비하면서 배운 것을 잊어버리지 않게 복습하기 때문이다. 그러므로 시험을 없애는 것에 반대하는 부모들도 있다.

모범 답안 模範答案

㉠ 시험을 없앤다고 한다/시험을 폐지한다고 한다

㉡ 긍정적인 면도 있다

解題技巧 1 **훑어 읽기** 瀏覽

→ 主題關鍵字：시험 │ 關鍵字：이런 이유로, 그러나 │ 主語：정부 │ ㉠題型1 ㉡題型4

解題技巧 2 **글의 격식 기억하기** 記住文章的格式

→ 句尾以「-다」結尾，要使用書面體。

解題技巧 3 **추측하기** 推測

→ ㉠: 因為後面的句子有提到「시험이 없다면」，所以可以得知應出現取消考試的相關內容，而主語是政府，所以要用間接引用法來寫答案句。

→ ㉡: 在敘述完考試的負面影響之後，出現了「그러나」這個轉折詞，而且㉡後面的內容也是有關考試的正面影響。㉡前面已經有出現負面的敘述了，所以這裡只要寫正面的敘述就可以了。

解題技巧 4 **오류 수정하기** 修正錯誤

→ 確認一下是否把間接引用法的句子不小心寫錯成口語體的「-ㄴ/는/대요」了。

有用的文法

㉡: 긍정적인 면이 있다 (X)

→ ( ) 前面有提到「부정적인 면만 있는 게 아니라」。以「N만 있는 게 아니라/N만 아니라 N도」作為另外還有其他內容的意義，必須連도也要寫到。

> **注意**

· ㉠: **시험이 없다 (X), 시험을 취소한다고 한다 (X)**

　　不可以不看主語只看後面的句子，就直接寫出「시험이 없다」，應該運用技巧快速閱讀整篇文章，將最後一句的「시험을 없애다」正確填入㉠。

....

· ㉡: **좋은 면도 있다 (△)**

　　「부정적인 면」的反義詞以「긍정적인 면」來說是最正確的答案。

- 有用的單字 -

예습 預習 │ 복습 複習 │ 장점 優點 │ 단점 缺點 │ 시험을 보다/치다 考試 │ 중간고사 期中考 │
기말고사 期末考 │ 성적 成績 │ 성적표 成績單 │ 없애다 廢除 │ 폐지하다 廢止、廢除

※ [1-6] 다음을 읽고 (   ) 안에 들어갈 말을 각각 한 문장으로 쓰시오.

練習①

아이들은 누구나 부모로부터 돌봄과 관심을 받기 원한다. 이것은 동물의 경우도 마찬가지이다. 그러므로 너무 바빠서 (㉠   ) 반려동물을 키우는 것은 문제가 있다. 또한 반려동물을 장난감처럼 생각하고 키우는 사람들도 문제가 크다. 이런 사람들은 보통 반려동물이 병들면 책임지지 않을 사람들이다. 따라서 전문가들은 반려동물을 키우기 전에 먼저 (㉡   ) 조언한다.

㉠ ....

㉡ ....

練習②

양력은 지구가 태양을 (㉠   ) 일 년으로 만든 달력이다. 이와 달리 음력은 달이 지구를 한 바퀴 도는 데 필요한 시간을 한 달로 만든 달력이다. 지금은 양력을 쓰지만 (㉡   ). 달의 모양으로 쉽게 날짜가 지나는 것을 알 수 있었기 때문이다. 그러나 지금도 설이나 생일 같은 특별한 날을 음력으로 보내기도 한다. 한국의 달력 밑에 있는 작은 크기의 날짜가 음력 날짜이다.

㉠ ....

㉡ ....

練習 3

한여름에는 더워서 잠을 잘 못 자는 사람들이 많다. 그래서 잠자기 전에 찬물로 샤워를 하는 사람들이 있다. 그러나 (㉠   ). 찬물로 샤워를 하면 일시적으로 체온이 내려갔다가 얼마 지나지 않아 올라가지만 미지근한 물은 체온을 내려 주기 때문이다. 또 숙면을 위해서는 (㉡   ). 운동을 하면 체온이 올라가서 숙면할 수 없기 때문이다.

㉠ ....

㉡ ....

練習 4

사람들이 삶을 살아가는 태도는 두 가지이다. 하나는 주어진 환경을 부정적으로 생각하고 불평하는 것이다. (㉠   ). 어차피 동일한 환경이라면 어떻게 사는 것이 더 행복할까? 물론 불평보다는 감사할 거리를 찾는 태도이다. 긍정적인 생각은 어떤 상황에도 우리를 좌절하지 않게 해 준다. 그러므로 전문가들은 우리가 힘들 때일수록 (㉡   ) 조언한다.

㉠ ....

㉡ ....

달리기 경주는 두 가지로 나눌 수 있다. 첫째는 100미터 달리기 같은 단거리 경주이다. (㉠). 그런데 단거리 선수와 장거리 선수들은 체형도 다르다고 한다. 순간적인 힘을 써야 하는 단거리 선수들은 (㉡). 반면에 마라톤처럼 먼 거리를 달려야 하는 장거리 선수들은 몸이 작고 근육도 굵지 않은 편이라고 한다.

㉠ ....

㉡ ....

사회적으로 외모와 다이어트에 대한 관심이 높아지면서 운동 중독증인 사람도 생겨나고 있다. 운동 중독증인 사람들은 자신이 할 수 있는 능력보다 과도하게 운동을 하려는 증상을 보인다. 그래서 몸이 (㉠). 그러나 전문가들은 피곤할 때 운동을 하면 오히려 (㉡). 자신에게 맞는 운동을 할 때, 그리고 자신의 몸 상태에 맞게 적당한 시간 운동을 할 때 최대의 효과를 볼 수 있다고 한다.

㉠ ....

㉡ ....

Part **2**

작문형 쓰기 ✏️

作文

53 제시된 자료 보고 단락 쓰기
短文寫作（依提示資料寫出段落）

54 제시된 주제로 글쓰기
長文寫作（依提示主題寫作）

※ 기출문제 확인 瞭解歷屆考題

다음을 참고하여 '인주시의 자전거 이용자 변화'에 대한 글을 200~300자로 쓰시오.
단, 글의 제목을 쓰지 마시오. (각 30점) 60회

모범 답안 模範答案

인주시의 자전거 이용자 변화를 살펴보면, 자전거 이용자 수는 2007년 4만 명에서 2012년에는 9만 명, 2017년에는 21만 명으로, 지난 10년간 약 5배 증가하였다. 특히 2012년부터 2017년까지 자전거 이용자 수가 급증한 것으로 나타났다. 이와 같이 자전거 이용자 수가 증가한 이유는 자전거 도로가 개발되고 자전거 빌리는 곳이 확대되었기 때문인 것으로 보인다. 자전거 이용 목적을 보면, 10년간 운동 및 산책은 4배, 출퇴근은 14배, 기타는 3배 늘어난 것으로 나타났으며, 출퇴근 시 이용이 가장 높은 증가율을 보였다.

해설 解說

這是對腳踏車使用者變化的資料予以說明的問題，「使用者數」、「變化原因」及「使用目的」等全部都要說明。

- 문제에 제시된 자료(표나 그래프)를 한 단락으로 설명하는 문제입니다.
  這是將題目所提示的資料內容（表格或圖表）以一個段落說明的問題。

- 원고지에 200~300자를 써야 합니다.
  須寫滿稿紙200～300字。

- 제목은 쓰지 않으며, 도입-전개-마무리의 구조로 씁니다.
  不用書寫題目，依照前導–展開–結論的結構來寫。

- 제시된 정보를 글로 풀어 쓰고 필요한 경우 자신의 의견을 붙여서 마무리합니다.
  將圖表所提供的資料以文字說明，有需要時加上自己的意見來結尾。

- 중고급 수준의 어휘와 문법을 사용하는 것이 좋습니다.
  使用中高級以上的單詞及文法為佳。

- 54번까지의 쓰기 문제의 시간을 고려하면 53번은 15분~20분 안에 써야 합니다.
  考慮到第54題的長篇作文的所需時間，第53題應該在15～20分鐘內作答完畢。

채점 기준 評分標準

문제에서 요구하고 있는 과제를 충실히 수행했습니까?
是否充分回答試題中所要求的內容？

評分項目	評分標準
내용 및 과제 수행 內容與提問的執行	· 질문 과제 수행 執行試題的提問。 · 주제와 관련된 내용 契合主題。 · 풍부하고 다양한 내용 표현 豐富、多樣的內容表述。
글의 전개 구조 文章的開展結構	· 단락의 논리적 구조 段落的合理結構。 · 적절한 담화 표지 사용 使用得宜的話語標記。
언어 사용 語言的使用	· 적절하고 정확하며 다양한 어휘와 문법 사용 　使用合宜、正確又豐富的詞彙和文法。 · 문법, 어휘, 맞춤법의 정확성 　文法、詞彙、拼寫的正確與否。 · 격식에 맞는 글쓰기 書寫合於格式的文章。

제시된 자료를 적절하게 사용하고 있습니까?
是否適量使用試題中所提示的資料？

TIP

指能夠邏輯性地連接句子與句子、段落與段落，例如「또한」、「이에 비해」、「이처럼」等擁有特定功能的詞彙或表現。

유형 題型	문제 유형 題目類型	종류 作答類型	회차 歷屆考題回次
1	분류하고 특징 쓰기 分類後寫出其特點	대상 설명하기 說明題目所提及的對象	37th
2	장점과 단점 쓰기 寫出優點及缺點		TOPIK Sample Test
3	현황과 원인 쓰기 寫出現況和原因	조사 결과 설명하기 說明調查結果	47th
			60th
4	설문 조사 결과 비교 분석해 쓰기 比較並分析問卷調查結果		35th
			52nd

고득점 전략 배우기 ▶ 學習得高分的解題技巧

讓我們一起來學一些能夠把答案寫得更好更快的解題技巧！

解題技巧	方法
로드맵 계획하기 規劃流程圖	**문제를 읽고 유형을 파악한 후 글의 순서를 구성** 閱讀題目後掌握題型，再建構文章的書寫順序。 第53題由提示就能夠掌握題型，如果知道了題型，就能預測答案書寫的順序，而流程圖就是規劃以何種順序來組織一個段落的技巧。
단락 구조화하기 段落結構化	**'도입-전개-마무리'의 구조로 한 단락 쓰기** 依照「前導－展開－結論」的結構寫出一個段落的文章。 雖然是寫一個段落，但是盡可能應該以前導–展開–結論的結構配合寫200〜300字文章的要求作答。答案最多不要超過八個句子，以前導一句、展開四至六句、結論一句的結構來說最為適當。
설명 방법 찾기 找出說明方法	**문제의 유형에 맞는 전형적인 문형이나 표현으로 쓰기** 寫出符合該題型的典型句型或表現手法 按題型各有其典型的句型與表現，與其練習多個必備句型，不如練習到能夠精準地靈活運用句型，並且宜運用多樣必備詞彙。
오류 수정하기 修正錯誤	**마지막으로 문어체, 맞춤법, 조사, 원고지 쓰기 등을 확인하고 틀린 것 수정하기** 最後確認書寫體、拼寫、助詞、稿紙書寫格式…等等是否有誤，並修正錯誤。 檢查拼寫、助詞…等部分，以及是否有用書面體及符合文章脈絡呼應。53題的答案要寫在稿紙上，所以也要熟知稿紙的書寫方法。 稿紙書寫方法 ▶ 如何在稿紙上寫作 ▶ p. 95

注意

· 因為只要寫一個段落，所以作答時不要換行！

· 因問題不同，有時候不用寫結尾的句子也沒關係。

· 因為是要寫說明文，所以要注意不要把自己的主觀想法也寫進去！

題型1 ▶ 분류하고 특징 쓰기 分類後寫出其特徵

※ 다음 그림을 보고 대중 매체를 어떻게 나눌 수 있는지 200~300자로 쓰시오. (30점) 53회

해설 解說

這一題是先將主題分類之後寫出其特徵的問題。將主題分類後，從圖片左邊項目開始，將提示的例子和其特徵一起說明就可以了。有些問題可能會提示性格、目的或是角色… 等等的資料。

1 전략의 적용 解題技巧應用

解題技巧 ❶ 로드맵 계획하기 | 規劃流程圖

지시문 파악
掌握指示文字

※ ○○을 어떻게 나눌 수 있는지 쓰시오.
Ex 대중 매체를 어떻게 나눌 수 있는지 쓰시오.

개념 설명	분류 및 예시	각각의 특징 또는 성격	정리/요약
說明概念	分類及舉例	各自的特徵或性質	整理／摘要

① 개념설명　　　　　　　　대중 매체란 무엇입니까?
② 분류 및 예시　　　　　　대중 매체의 종류에는 무엇이 있습니까?/각 종류에 해당하는 대중 매체는 어떤 것들이 있습니까?
③ 각각의 특징 또는 성격　분류한 대중 매체의 특징은 무엇입니까?
④ 정리/요약　　　　　　　지금까지 쓴 내용을 어떻게 정리할 수 있습니까?

도입 前導	정의 定義	대중 매체는 많은 사람에게 대량으로 정보를 전달하는 수단이다.
전개 展開	분류 分類	· 대중 매체에는 인쇄 매체, 전파 매체, 통신 매체가 있다. · 인쇄 매체에는 책, 잡지, 신문 등이 있다. · 인쇄 매체는 기록이 오래 보관되고, 정보의 신뢰도가 높다. · 전파 매체에는 텔레비전, 라디오 등이 있다. · 전파 매체는 정보를 생생하게 전달하며 오락성이 뛰어나다. · 통신 매체에는 인터넷 등이 있다. · 통신 매체는 다량의 정보를 생산한다.
	예시 舉例	
	특징 特色	
마무리 結論	정리/요약 整理／摘要	대중 매체는 종류가 다양하며 각각의 특징이 있다.

題型1 **에 필요한 필수 문형과 표현** 必要的句型及表現

도입 前導	정의 定義	· N(이)란 N이다　 · N(이)란 N을/를 말한다 Ex 대중 매체란 많은 사람에게 대량으로 정보를 전달하는 수단이다. 　　大眾媒體是對眾人大量傳遞資訊的手段。 如果覺得定義很困難，可以說明主題字的性質，或是介紹現況 來做為前導文句也可以。 Ex 요즘 대중 매체가 사람들에게 끼치는 영향이 갈수록 높아지고 있다. 　　如今，大眾媒體對人們的影響越來越深。
전개 展開	분류 分類	· A와 B로 나눌 수 있다　 · 크게 두 가지로 나눌 수 있다 以某個基準來分類的情況下，可以使用「～에 따라」。 Ex 대중 매체는 유형에 따라 인쇄 매체, 전파 매체, 통신 매체로 나눌 수 있다. 　　大眾媒體依照類型可分為印刷媒體、傳播媒體及通訊媒體。
	차례 順序	· 첫 번째 A는 ~ 두 번째 B는 ~ 세 번째 C는 ~ · 우선 A는, 다음으로 B는, 마지막으로 C는 ~ 依序說明分類出來的項目使用的模型。 Ex 첫 번째 인쇄 매체는 ~. 두 번째 전파 매체는 ~. 세 번째 통신 매체는 ~. 　　第一，印刷媒體是～；第二，傳播媒體是～；第三，通訊媒體是～

전개 展開	예시 舉例	· A에는 a와 b 등이 있다/속한다 ② A는 a와 b 등을 들 수 있다/ 꼽을 수 있다 · A는 a와 b 등이며/등으로 ~ **Ex** 인쇄 매체는 책, 잡지, 신문 등이 있는데 기록이 오래 보관되고 정보의 신뢰도가 높다는 특징이 있다. 印刷媒體有書籍、雜誌、報紙…等，有著記載內容能長時間保管，資訊信賴度高的特色。
마무리 結論	정리/ 요약 整理／ 摘要	· 이처럼 N은 종류가 다양하며 각각 특징이 있다. · 이와 같이 N은 크게 ＿＿＿＿ 가지로 나눌 수 있고 각기 특징이 다르다. **Ex** 이와 같이 대중 매체는 크게 세 가지로 나눌 수 있고 각기 특징이 다르다. 如上述所示，大眾媒體大致可分為三種類型，且各自有不同的特色。

·有用的單字·

종류 種類 │ 분류하다 分類 │ 나누다 分成 │ 기준에 따라서 依照標準 │
다양하다 多樣的、各式各樣的 │ 속하다 屬於 │ 예를 들다 舉例 │ 꼽다 屈指 │
각각 各自 │ 특징이 있다 有…的特徵 │ 특징을 가지다 有…的特徵 │
목적으로 하다 作為目標 │ 먼저 首先 │ 다음으로 接下來 │ 마지막으로 最後

解題技巧 ❹ 오류 수정하기 │ 修正錯誤

注意文法和文章脈落的呼應是否正確。

· 대중매체이란 (x) → 대중매체란 (O)
· 크게 세 가지를 나눌 수 있다. (x) → 크게 세 가지로 나눌 수 있다. (O)
　　　　　　　　　　　　　　　　　大致可分為三種類型。
· 라디오, 텔레비전 등으로 들 수 있다. (x) → 라디오, 텔레비전 등을 들 수 있다. (O)
　　　　　　　　　　　　　　　　　　　　例如廣播、電視…等。

2 모범 답안 확인 確認模範答案

정의 定義
분류 分類
차례 順序
예시 舉例
정리 整理

대중 매체란 많은 사람에게 대량으로 정보를 전달하는 수단이다. 이러한 대중 매체는 다양한데 크게 인쇄 매체, 전파 매체, 통신 매체로 나눌 수 있다. 먼저 인쇄 매체는 책, 잡지, 신문 등으로 기록이 오래 보관되고 정보의 신뢰도가 높다는 특징이 있다. 다음으로 전파 매체가 있는데 텔레비전, 라디오 등이 이에 속한다. 정보를 생생하게 전달하고 오락성이 뛰어나다는 특징을 가진다. 마지막으로 인터넷 같은 통신 매체가 있다. 쌍방향 소통이 가능하며 다량의 정보를 생산한다는 특징이 있다. 이처럼 대중 매체는 종류가 다양하며 각각의 특징이 있다.

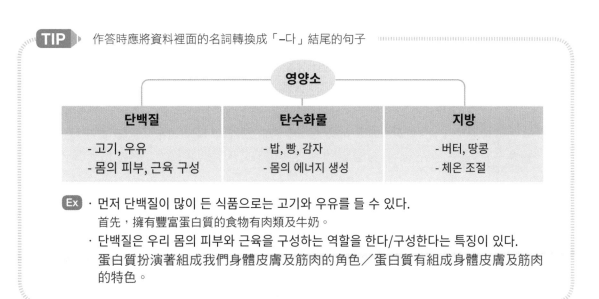

TIP ▶ 作答時應將資料裡面的名詞轉換成「–다」結尾的句子

영양소

단백질	탄수화물	지방
- 고기, 우유	- 밥, 빵, 감자	- 버터, 땅콩
- 몸의 피부, 근육 구성	- 몸의 에너지 생성	- 체온 조절

Ex · 먼저 단백질이 많이 든 식품으로는 고기와 우유를 들 수 있다.
首先，擁有豐富蛋白質的食物有肉類及牛奶。
· 단백질은 우리 몸의 피부와 근육을 구성하는 역할을 한다/구성한다는 특징이 있다.
蛋白質扮演著組成我們身體皮膚及筋肉的角色／蛋白質有組成身體皮膚及筋肉的特色。

3 전략을 적용한 답안 작성 연습 練習應用解題技巧作答

※ 다음 그림을 보고 광고를 어떻게 나눌 수 있는지 200~300자로 쓰시오. (30점)

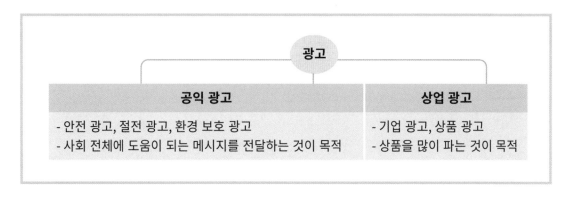

광고

공익 광고	상업 광고
- 안전 광고, 절전 광고, 환경 보호 광고	- 기업 광고, 상품 광고
- 사회 전체에 도움이 되는 메시지를 전달하는 것이 목적	- 상품을 많이 파는 것이 목적

解題技巧1

문제를 읽고 유형1 의 로드맵 작성을 통해 답안의 순서를 계획해 봅시다.
閱讀題目後，寫出題型1的流程圖，以規劃作答順序。

로드맵

도입과 마무리의 내용에 맞게 전개의 내용을 써 보면서 단락을 구조화합시다.
符合前導及結論的內容書寫申論，並將文章段落結構化。

도입 前導	정의 定義	광고란 대중 매체를 이용해 상품이나 서비스 등을 사람들에게 알리는 것을 말한다.	如果定義太難，可以介紹現況。
전개 展開	분류 分類 예시 舉例 특징 特色	・광고는 (그 목적에 따라) ＿＿＿＿＿＿ 　　　　　　　과 ＿＿＿＿＿＿＿. ・공익 광고에는 ＿＿＿＿＿＿＿＿＿. ・공익 광고의 목적은 ＿＿＿＿＿＿＿. ・상업 광고에는 ＿＿＿＿＿＿＿＿＿. ・상업 광고의 목적은 ＿＿＿＿＿＿＿ ＿＿＿＿＿＿＿＿＿＿＿＿＿＿＿.	說明分類基準。
마무리 結論	정리 整理	이와 같이 광고는 크게 두 가지로 나눌 수 있으며, 각각 그 목적이 다르다.	寫結束句子時，要考慮到整體字數。

유형1 의 필수 문형과 표현으로 답안을 써 봅시다.
以題型1的必要句型及表現手法作答。

＿＿＿＿＿＿＿＿＿＿＿＿＿＿＿＿＿＿＿＿＿＿＿＿＿＿	① 정의
＿＿＿＿＿＿＿＿＿＿＿＿＿＿＿＿＿＿＿＿＿＿＿＿＿＿	② 분류
＿＿＿＿＿＿＿＿＿＿＿＿＿＿＿＿＿＿＿＿＿＿＿＿＿＿	③ 분류
＿＿＿＿＿＿＿＿＿＿＿＿＿＿＿＿＿＿＿＿＿＿＿＿＿＿	④ 목적
＿＿＿＿＿＿＿＿＿＿＿＿＿＿＿＿＿＿＿＿＿＿＿＿＿＿	⑤ 예시
＿＿＿＿＿＿＿＿＿＿＿＿＿＿＿＿＿＿＿＿＿＿＿＿＿＿	⑥ 목적
＿＿＿＿＿＿＿＿＿＿＿＿＿＿＿＿＿＿＿＿＿＿＿＿＿＿	⑦ 정리

※　本題無解答，請於作答後，自行與解題技巧4之模範答案相比較。

모범 답안을 통해 자신이 쓴 답안과 비교해 오류를 확인해 봅시다.
由模範答案及自己寫的答案，確認一下錯誤的地方。

---

① 광고란 텔레비전이나 신문, 인터넷 같은 매체를 이용해 상품이나 서비스 등을 사람들에게 알리는 것을 말한다. ② 광고는 그 목적에 따라 공익 광고와 상업 광고로 나눌 수 있다. ③ 먼저 공익 광고에는 안전을 강조하는 안전 광고, 전기 절약을 홍보하는 절전 광고, 환경 보호를 촉구하는 환경 보호 광고 등이 있다. ④ 이러한 공익 광고의 목적은 사회 전체에 도움이 되는 메시지를 대중에게 전달하고 알리는 것이다. ⑤ 다음으로 상업 광고에는 기업 광고, 상품 광고가 이에 속한다. ⑥ 기업 광고든지 상품 광고든지 그 목적은 기업에서 만들어 낸 상품을 많이 팔아 이익을 얻는 것이다. ⑦ 이처럼 광고는 공익 광고와 상업 광고 크게 두 가지로 나눌 수 있으며 각각 그 목적이 다르다.

TIP

前導句也可以說明現況。若展開部分很難說明分類基準或難以對提示的廣告做補充說明，也可以省略。

① 대중 매체의 발달로 인해 광고의 영향력이 갈수록 커지고 있다. ② 이러한 광고는 공익 광고와상업 광고로 분류할 수 있다. ③ 첫째 공익 광고에는 안전 광고, 절전 광고, 환경 보호 광고 등이 있다.

장점과 단점 쓰기 寫出優缺點

※ 다음 표를 보고 인터넷의 장단점에 대해 쓰고 인터넷을 잘 이용하기 위해서는 어떻게 해야하는지 200~300자로 쓰십시오. (30점)　　　　　　　　　　　　토픽 예시 문제

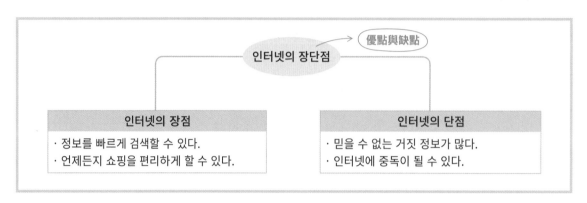

해설　解說

這是要寫出主題字優缺點的問題，不是要寫出自己認為的優缺點，而是寫出提示的圖表內容。尤其若有指示要寫出該怎麼做才行的要求時，將其內容作為結尾句來完成段落即可。

1　전략의 적용 解題技巧應用

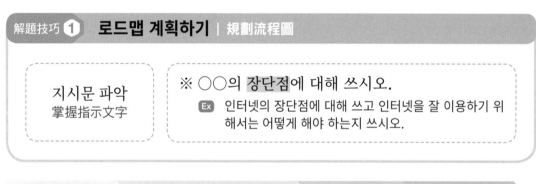

① 현상 소개　　　　　요즘 인터넷을 이용하는 사람이 많습니까?
② 장점과 단점　　　　인터넷의 장점은 무엇입니까?/인터넷의 단점은 무엇입니까?
③ 정리/요약　　　　　인터넷을 이용할 때 주의할 점은 무엇입니까?

도입 前導	현상 소개 介紹現況	인터넷을 이용하는 사람이 점점 많아진다.
전개 展開	장점 優點	· 정보를 빠르게 검색할 수 있다는 장점이 있다 · 언제든지 쇼핑을 편리하게 할 수 있는 것도 장점이다.
	단점 缺點	· 단점은 믿을 수 없는 거짓 정보가 많은 것이다. · 인터넷에 중독될 수 있는 것도 단점이다.
마무리 結論	할 일 要做的事	인터넷을 사용할 때는 단점에 유의해야 한다.

題型2 **에 필요한 필수 문형과 표현** 必備句模型及表現

도입 前導	현상/ 정의 現象/ 定義	· 최근/요즘 -고 있다　· N(이)란 N을/를 말한다
		雖然資料裡沒有提到，但是為了將文章組織起來，必須寫出前導文句，可以介紹現況，也可以說明主題字。 Ex 인터넷이란 전 세계를 컴퓨터로 연결해 정보를 전달하는 수단을 말한다. 網路是指一種透過電腦將全世界連結並傳播資訊的手段。
전개 展開	나열 陳列	① A₁이 있다. 또/그리고/뿐만 아니라 A₂도 있다 ② 그뿐만 아니라 -는 것도 단점이다 ③ 또한 -는다는 장점/단점도 있다 ④ 또 -는 것도 장점/단점에 해당한다 Ex 인터넷을 이용하면 정보를 빠르게 검색할 수 있다는 장점이 있다. 뿐만 아니라 언제든지 편하게 쇼핑을 할 수 있는 것도 장점에 해당한다. 使用網路可以快速搜索資訊，不僅如此，隨時都能購物也算是它的優點。
	대조 對照	· 이러한 -는 반면에 · 반면에 단점/장점도 있다 Ex 이러한 장점이 있는 반면에 雖然有這樣的優點，但同時…／但另一方面… 정보를 빠르게 검색할 수 있는 반면에 거짓 정보도 많다. 雖然可以快速搜索資訊，但同時也存在著許多假資訊。

		· 이처럼/이와 같이 · 그러므로/따라서 N에 유의해야 할 것이다
마무리 結論	정리/ 할 일 整理／ 要做的事	如果題目沒有特別提到要你寫出「該怎麼做」，因為畢竟是說明文，所以把目前為止的所有內容整理之後寫出結尾的句子就可以了。 **Ex** 이처럼 인터넷은 장점도 있고 단점도 있는 것을 알 수 있다. 　　如上述所示，可以得知網路有優點也有缺點。 如果須寫出「該怎麼做」，可以以「그러므로」或「따라서」作為句子開頭，「–야 할 것이다」或「–는 것이 좋다」結尾就可以了。 **Ex** 그러므로 인터넷을 이용할 때는 정보가 신뢰할 만한 것인지 점검해 보고 중독이 되지 않도록 유의하는 것이 좋다. 　　因此，在使用網路時，最好要檢視該資訊是否值得信賴，也要注意不要過度沉迷於網路。

TIP ▶

如果要敘述優缺點，可以參考下列的表現。

도입 前導	최근 이용자가 더 많아진 인터넷의 장점은 다음과 같다.
차례 順序	첫 번째로 필요한 정보를 빠르고 쉽게 검색할 수 있는 점이다.
나열 陳列	또 다른 장점은 언제든지 어디에서든지 편리하게 쇼핑할 수 있다는 점이다.
대조 對照	반면에 단점도 있다.
차례 順序	먼저 인터넷의 정보 중에는 믿을 수 없는 거짓 정보가 많다.
나열 陳列	또한 습관처럼 이용하다 보면 중독이 될 수 있는 점도 단점이라고 할 수 있다.
정리 整理	이처럼 인터넷은 장점과 단점이 모두 있는 것을 알 수 있다.

·有用的單字·

장점 優點 | **단점** 缺點 | **게다가** 而且、再加上 | **첫째** 第一 | **둘째** 第二 | **셋째** 第三 |
반면에 另一方面… | **뿐만 아니라** 不僅如此 | **따라서** 因此、所以

只須說明題目所指示的優缺點，不用提及自身想法或經驗。

· 나는 인터넷 때문에 시간을 많이 빼앗기는 것도 단점이라고 생각한다. (X)
· 내 경우를 봐도 인터넷을 많이 해서 눈이 나빠졌다. (X)

應使用符合文章呼應的「장점／단점은 –이다」或是「N은–을 수 있다는 장점／단점이 있다」來寫。

· 첫 번째 장점은 빠르고 쉽게 검색할 수 있다. (X)
　→ 첫 번째 장점은 빠르고 쉽게 검색할 수 있다는 점이다. (O)
　　第一個優點是可以快速又輕鬆地搜索資訊。

2　모범 답안 확인　確認模範答案

（현상 現象）
（나열 陳列）
（대조 對照）
（정리 整理）

최근 인터넷을 이용하는 사람들이 점점 많아지고 있다. 인터넷으로 정보를 빠르게 검색할 수 있기 때문이다. 또 시간에 관계없이 인터넷을 통해 언제든지 편하게 쇼핑을 할 수도 있기 때문이다. 그런데 이러한 장점이 있는 반면에 단점도 있다. 우선 인터넷에서 얻은 정보 중에는 사실 확인이 안 된 믿을 수 없는 거짓 정보가 많다. 뿐만 아니라 습관처럼 아무 생각 없이 이용하다 보면 중독이 될 수도 있다. 그러므로 인터넷을 이용할 때는 이러한 단점에 유의해야 할 것이다.

3　전략을 적용한 답안 작성 연습　練習應用解題技巧並寫出答案

※　다음 표를 보고 재택근무의 장단점에 대해 쓰고, 재택근무가 잘 되기 위해서는 어떻게
　　해야 하는지 200~300자로 쓰시오. (30점)

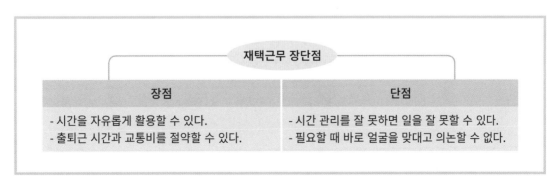

재택근무 장단점	
장점	단점
- 시간을 자유롭게 활용할 수 있다. - 출퇴근 시간과 교통비를 절약할 수 있다.	- 시간 관리를 잘 못하면 일을 잘 못할 수 있다. - 필요할 때 바로 얼굴을 맞대고 의논할 수 없다.

문제를 읽고 **유형2** 의 로드맵 작성을 통해 답안의 순서를 계획해 봅시다.
閱讀題目後，寫出題型2的流程圖，以規劃作答順序。

로드맵

도입과 마무리의 내용에 맞게 전개의 내용을 써 보면서 단락을 구조화합시다.
符合前導及結尾的內容書寫申論，並將文章段落結構化。

도입 前導	정의 定義	직장에 출근하지 않고 집에서 일하는 것을 재택근무라고 한다.	如果定義太難，可以介紹現況。
전개 展開	장점 優點	· 재택근무의 장점은 ＿＿＿＿＿＿＿ ＿＿＿＿＿＿＿＿＿＿＿＿＿＿＿ ＿＿＿＿＿＿＿＿＿＿＿＿＿＿＿.	因為現象屬正面現象，所以先說明優點再說明缺點。
	단점 缺點	· 재택근무의 단점은 ＿＿＿＿＿＿＿ ＿＿＿＿＿＿＿＿＿＿＿＿＿＿＿ ＿＿＿＿＿＿＿＿＿＿＿＿＿＿＿.	
마무리 結論	할 일 要做的事	재택근무를 할 때는 시간을 정해서 일하고 메신저 등을 이용해 항상 소통이 가능하도록 해야 할 것이다.	寫出能夠補充缺點的內容。

유형2 의 필수 문형과 표현으로 답안을 써 봅시다.
用題型2的必備句模型及表現來寫寫看答案。

_____ ① 정의

_____ ② 장점1

_____ ③ 장점2

_____ ④ 대조

※ 本題無解答，請於作答後，自行與解題技巧4之模範答案相比較。

解題技巧4

모범 답안을 통해 자신이 쓴 답안과 비교해 오류를 확인해 봅시다.
比較模範答案及自己寫的答案，確認一下錯誤的地方。

① 직장에 출근하지 않고 집에서 일하는 것을 재택근무라고 한다. ② 직장인 입장에서 재택근무는 원하는 시간에 일하면 되므로 시간을 자유롭게 활용할 수 있는 장점이 있다. ③ 또한 출퇴근 시간과 교통비를 아낄 수 있다는 장점도 있다. ④ 반면에 단점도 있다. ⑤ 집에서 근무하다 보면 시간 관리를 잘 못할 수 있고 그 결과로 일의 진행이 지연될 수도 있다. ⑥ 뿐만 아니라 문제가 생겼을 때 바로 얼굴을 맞대고 의논할 수 없는 것도 단점이다. ⑦ 그러므로 재택근무를 할 때는 시간을 정해서 일하고 메신저 등을 이용해 항상 소통이 가능하도록 해야 할 것이다.

TIP ▶

如果覺得要定義在家工作一詞太難的話，可以直接說明該現象來做為前導文句，也可以像後面的句子一樣寫出其優點。

① 요즘 재택근무를 하는 사람들이 꾸준히 증가하고 있다. ② 이는 재택근무의 장점이 많기 때문인데 첫 번째 장점으로는 직장에 출근해서 일하는 것보다 시간을 자유롭게 활용할 수 있는 점을 들 수 있다. ③ 두 번째 장점은 출퇴근 시간과 교통비를 절약할 수 있다는 점이다.

題型3 **현황과 원인 쓰기** 寫出現況和原因

※ 다음을 참고하여 '국내 외국인 유학생 현황'에 대한 글을 200~300자로 쓰십시오. 단, 글의 제목을 쓰지 마십시오. (30점) 47회

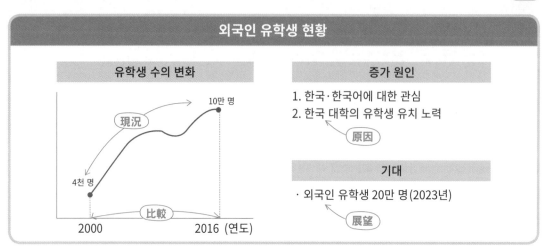

해설 解說

這是要利用題目所提示的圖表來說明主題現況的問題。只要和過去相比並說明現況，然後寫出產生變化的理由即可。若干問題也會一起提示目標或未來展望等資料。一般來說只要依照資料提示的順序（左→右、上→下）來建構文章即可。

1 전략의 적용 解題技巧應用

解題技巧 ① **로드맵 계획하기** | 規劃流程圖

| 지시문 파악
掌握題目指示 | ※ ○○의 **현황**에 대한 글을 쓰시오.
Ex 국내 외국인 유학생 현황에 대해 쓰시오. |

| 현상 소개
介紹現象 | 현황
現況 | 변화 원인(이유)
變化原因（理由） | 전망/예상
未來展望／預測 |

① 현상 소개　　　　외국인 유학생 수는 증가입니까? 아니면 감소입니까?
② 현황　　　　　　과거와 비교해 얼마나(몇 배)/어떻게 변화되었습니까?
③ 원인(이유)　　　이러한 변화의 이유는 무엇입니까?
④ 전망　　　　　　앞으로는 어떻게 될 것 같습니까?

도입 前導	현상 소개 介紹現象	국내에서 유학하는 외국인 유학생이 증가했다.
전개 展開	현황 現況	· 2000년에는 4천 명이었다. · 2016년에는 10만 명이 되었다.
	원인(이유) 原因（理由）	· 증가 원인은 한국과 한국어에 대한 관심 증가이다. · 증가 원인은 한국 대학의 유학생 유치 노력이다.
마무리 結論	전망 未來展望	2023년에는 외국인 유학생이 20만 명이 될 것이다.

解題技巧 ❸   **설명의 방법 찾기** | 找出說明方法

題型3 **에 필요한 필수 문형과 표현** 題型 3 必備句模型及表現

도입 前導	현상/정의 介紹現象／ 定義	· 최근/요즘 -했다 · 최근/요즘 -고 있다 · N(이)란 N을/를 말한다
		閱讀提示資料，寫出前導文句即可。
전개 展開	출처 資料出處	· N에 따르면/의하면
		如果有資料出處，在展開段落揭示出處。 Ex 교육부가 실시한 조사에 따르면 한국에 체류하는 유학생은 중국 학생이 제일 많은 것으로 나타났다. 根據教育部調查顯示，韓國國內留學生以中國學生最多。
	비교 현황 比較現況	· A년에 N(이)던 N이 B년에는 N이/가 되었다 · 몇 년 동안 감소하더니 (A년부터 다시 증가세를 보이기 시작해서)지금은 N이/가 되었다 · A년에 비해서 B년에는 N배 이상 증가/감소한 것으로 나타났다
		強調多的表現方式 Ex 현재 50%에 이르렀다. (= 올해에는 50%에 달했다.) 現在達到了50%。（＝今年達到了50%） 強調少的表現方式 Ex 지금은 50%에 그쳤다. (= 현재는 50%에 불과하다.) 現在止於50%。（＝目前僅達50%）

전개 展開	원인 原因	· 이러한 원인으로는 N을/를 들 수 있다 · 이런 변화의 원인으로 N을/를 꼽을 수 있다 · 이러한 변화 이유는 ~ 때문인 것으로 보인다
		說明原因的時候，也可以使用「영향을 끼치다／미치다」。 **Ex** 대학들의 유학생 유치 노력도 영향을 미친 것으로 보인다. 　　顯示各大學對於招收留學生的努力也帶來了影響。
마무리 結尾	전망·정리 未來展望／ 整理	·　　　　　 년에는/앞으로는 -(으)ㄹ 것으로 기대된다/예 측된다/전망된다 · N을/를 통해서 -는 것을 알 수 있다
		如果資料內有「기대、예측、전망」，可利用提示的數值， 寫出具體的結尾句子。 **Ex** 이와 같은 증가세가 계속된다면 2023년에는 외국인 유학생이 20만 명에 이를 것으로 기대된다. 　　若這趨勢持續增加，則預料2023年國內的外國留學生將達到20萬 　　人。 如果資料內只提示了現況和原因，那結尾可以把目前為止說 明過的內容作個整理，或是預測圖表的趨勢也可以。 **Ex** 이를 통해서 앞으로도 외국인 유학생 수가 지속적으로 증가할 것으 로 예측된다. 　　透過上述所示，可以預測未來國內的外國留學生數量將持續增加。

① 현황과 원인만 있는 자료 只有現況和原因的資料

題型3掌握變化是＋（增加、延長、上升、變長…等）還是－（減少、縮短、下降、變短…等）非常重要，也有像下述形式出題的情況，在題目是這種資料的情況下，在規劃流程圖時，就有確認到底是＋還是－的必要。

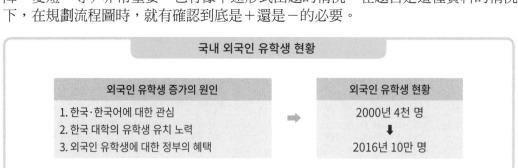

雖然資料裡先提示原因，但是題型3的流程圖是現象→現況→變化原因→未來展望，先透過現況資料，確認是＋狀況後再來作答，且因為要寫出三個原因，所以可以使用下列句型或是表現；結尾的話，雖然資料內沒有關於「未來期待」的內容，但是預測到＋狀況會持續下去，故可寫出對於未來展望的內容。

도입 前導	현상 現象	최근 국내의 외국인 유학생이 계속 증가하고 있다.
전개 展開	현황 現況	2000년 4천 명에 불과했던 유학생 수는 꾸준히 증가하여 2016년에는 10만 명에 이르렀다.
	원인 原因	이러한 증가의 원인은 다음과 같다. 첫째 ~ 둘째 ~ 셋째 ~
마무리 結論	전망 未來預測	이러한 원인으로 앞으로도 외국인 유학생 수는 지속적으로 증가할 전망이다.

② 정보가 많은 현황 그래프 資訊多的現況圖

53題是須將圖表內提示的所有情報都說明出來的題目。如下圖表，就須要將各年度現況皆加以說明。

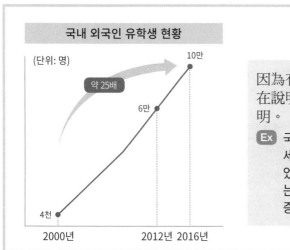

因為有「約25倍」的這個情報，所以在說明現況時，宜利用該情報具體說明。

Ex 국내 외국인 유학생 수가 계속해서 증가세를 보이고 있다. 2000년에는 4천 명이었는데 2012년에는 6만 명, 2016년에는 10만 명으로 지난 16년 동안 25배나 증가한 것으로 나타났다.

③ 전망 대신 목적이 있는 자료 無展望卻有目的的資料

若干問題也有可能提示目標。就如在流程圖上所見，順序放在最後就可以了。

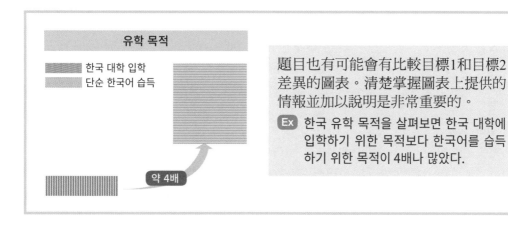

題目也有可能會有比較目標1和目標2差異的圖表。清楚掌握圖表上提供的情報並加以說明是非常重要的。

Ex 한국 유학 목적을 살펴보면 한국 대학에 입학하기 위한 목적보다 한국어를 습득하기 위한 목적이 4배나 많았다.

증가하다 增加 | 감소하다 減少 | 증가세 增加趨勢 | 감소세 減少趨勢 | 증가율 增加率 |
감소율 減少率 | 급증하다 急遽增加 | 급감하다 急遽減少 | 늘어나다 增多 |
줄어들다 變少 | 향상되다 成長 | 확대되다 擴大 | 축소되다 縮小 | 약 ~ 배 約～倍 |
꾸준히 連續不斷地 | 지속적으로 持續地 | 비해서 與…相比 | 비교하면 與…比較的話 |
급격하게 急遽地 | 서서히 慢慢地 | 가파르게 陡峭地 | 완만하게 緩慢地 |
큰 폭으로 大幅 | 소폭으로 小幅 | 영향을 미치다/끼치다 給予影響 | 기대되다 受期待 |
전망되다 受展望 | 예상되다 預想

解題技巧 ④ 오류 수정하기 | 修正錯誤

注意句子前後文的呼應。

· 최근 유학생이 많아진다. (×)
  → 최근 유학생이 많아지고 있다. (○) / 최근 유학생이 많아졌다. (○)
    最近留學生數量正在增加。／最近留學生變多了。

· 증가 원인은 한국어에 대한 관심이다. (×)
  → 증가 이유로는 한국어에 대한 관심이 높아진 것을 들 수 있다. (○)
    增加的理由可說是對韓語的關心變高。
    증가 원인으로는 한국어에 대한 관심이 높아진 것을 꼽을 수 있다. (○)
    增加的原因可說是對韓語的關心變高。

· 2023년에는 외국인 유학생이 20만 명인 것으로 예상된다. (×)
  → 2023년에는 외국인 유학생이 20만 명일 것으로 예상된다. (○)
    據估計2023年外國留學生將達到20萬人。

---

2 모범 답안 확인 確認模範答案

| 현상 現象 |
| 비교 比較 |
| 현황 現況 |
| 원인 原因 |
| 전망 展望 |

최근 국내에서 유학하는 외국인 유학생이 급증했다. 2000년에 4천 명이던 유학생이 가파른 상승세를 보이다 잠시 주춤하더니 다시 증가세를 보이며 2016년에 이르러 10만 명이 되었다. 이러한 증가의 원인으로 우선 외국인들의 한국과 한국어에 대한 관심이 증가한 것을 들 수 있다. 한국 대학에서 유학생을 유치하려는 노력도 유학생 증가에 큰 영향을 미친 것으로 보인다. 이러한 영향이 계속 이어진다면 2023년에는 외국인 유학생이 20만 명에 이를 것으로 기대된다.

TIP

根據所提供的資料，第53題文章的流程圖有以下教程。

- 현상 소개 ➡ 현황 ➡ 전망
- 현상 소개 ➡ 현황 ➡ 원인
- 현상 소개 ➡ 현황 ➡ 원인 ➡ 전망/예상
- 현상 소개 ➡ 현황 ➡ 원인 ➡ 목적

3 전략을 적용한 답안 작성 연습 練習應用解題技巧作答

※ 다음을 참고하여 '한국의 여름이 길어지는 현상'에 대한 글을 200~300자로 쓰시오. (30점)

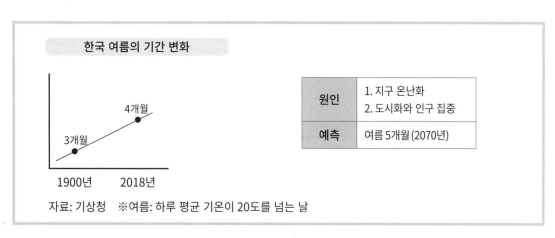

解題技巧1

문제를 읽고 유형3 의 로드맵 작성을 통해 답안의 순서를 계획해 봅시다.
閱讀題目後，規劃出題型3的流程圖，來規劃答案的順序。

로드맵

도입과 마무리 내용에 맞게 전개의 내용을 써 보면서 단락을 구조화합시다.
符合前導及結尾來書寫申論，並將文章段落結構化。

도입 前導	현상 소개 現象 介紹	한국의 여름이 점점 길어지고 있다.	變化為＋。

전개
展開
	현황
	現況
	➡원인
	原因
		· 기상청에 따르면 1900년에는 _____
		  2018년 4개월이 되었다.
		· 이러한 변화의 원인은 _____.
		  _____도 원인이다.
			說明所有資料
			（出處及夏天
			的定義）。

마무리 結論	전망 展望	2070년에는 여름이 5개월이 될 것이다.	具體說明增加 的幅度。

유형3 문제에 맞는 필수 문형과 표현으로 답안을 써 봅시다.
用題型3必備句模型及表現來作答。

_____.	①현상
_____	②현황(출처, 비교)
_____	③원인1
_____	④원인2
_____	⑤예상

※　本題無解答，請於作答後，自行與解題技巧4之模範答案相比較。

解題技巧4

모범 답안을 통해 자신이 쓴 답안과 비교해 오류를 확인해 봅시다.

與模範答案相比較來瞭解自己寫的答案錯誤的地方。

---

① 한국의 여름이 해마다 길어지고 있다. ② 기상청 자료에 따르면 1900년 3개월이던 여름이 해마다 꾸준히 길어져 2018년에는 4개월인 것으로 나타났다. ③ 하루 평균 기온이 20도를 넘는 여름이 이처럼 계속 길어지는 원인으로는 먼저 지구 온난화를 들 수 있다. ④ 또한 도시화와 인구 집중도 여름 기간 변화에 영향을 미친 것으로 보인다. ⑤ 앞으로도 이와 같은 영향이 계속된다면 2070년에는 한국의 여름이 지금보다 한 달이나 더 늘어나 5개월이 될 것으로 예상된다.

TIP

這個題目中有提示夏天的定義，可利用這一點來寫前導文。

① 하루 평균 기온이 20도를 넘는 날을 여름이라고 한다. ② 기상청 자료에 의하면 1900년 3개월이던 여름이 2018년에는 4개월로 지속적으로 길어지는 것으로 나타났다.

題型4 **설문 결과 비교 분석 쓰기** 問卷調查結果比較分析寫作

※ 다음 그래프를 보고, 연령대에 따라 필요하다고 생각하는 공공시설이 무엇인지 비교 분석하여 그에 대한 자신의 생각을 글을 200~300자로 쓰십시오. (30점) **35회**

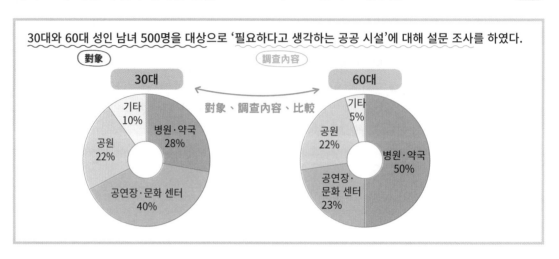

30대와 60대 성인 남녀 500명을 대상으로 '필요하다고 생각하는 공공 시설'에 대해 설문 조사를 하였다.

對象

調查內容

對象、調查內容、比較

30대
- 기타 10%
- 병원·약국 28%
- 공원 22%
- 공연장·문화 센터 40%

60대
- 기타 5%
- 병원·약국 50%
- 공원 22%
- 공연장·문화 센터 23%

해설 解說

這是要說明圖表上所提示的調查結果的問題。可以將調查結果按各調查對象，由順位高的開始說明，也可以比較說明兩者。如果題目有要求要寫出自我想法，則在最後的結語寫出自己分析的結果即可。

1 **전략의 적용** 解題技巧應用

解題技巧 1 **로드맵 계획하기** | 規劃流程圖

지시문 파악
掌握題目的指示

※ ○와 ○를 **대상으로** **설문조사를** 하였다.

Ex 30대와 60대를 대상으로 필요하다고 생각하는 공공시설이 무엇인지 비교하고 자신의 생각을 쓰시오.

조사 대상, 설문 내용 소개 → **조사 결과 비교** → **정리/분석 (자기 생각)**
調查對象、調查內容介紹　　調查結果比較　　整理／分析（自我想法）

① 조사 대상, 내용　　　누구를 대상으로 어떤 조사를 했습니까?
② 조사 결과 비교　　　그래프를 통해 본 조사 결과는 어떻습니까?/대상별로 비교한 결과는 어떻습니까?
③ 정리/분석　　　　　이러한 결과를 통해 무엇을 알 수 있습니까?

도입 前導	조사 대상과 내용 調查對象及內容	30대와 60대 성인 남녀를 대상으로 필요하다고 생각하는 공공시설에 대한 조사를 실시하였다.
전개 展開	조사 결과 비교 比較調查結果	· 30대의 경우는 공연장·문화 센터가 40%, 병원, 약국이 28%로 조사됐다. · 60대의 경우는 병원, 약국이 50%, 공연장·문화 센터가 23%로 조사됐다. · 30대와 60대 모두 공원이 20%로 나타났다.
마무리 結論	분석 (자기 생각) 分析（自我想法）	자신의 나이와 관계있는 공공시설이 더 필요하다고 생각한다.

解題技巧 ❸ **설명의 방법 찾기** | 找出說明方法

題型4 **에 필요한 필수 문형과 표현** 題型4必備句模型及表現

도입 前導	조사 대상, 내용 調查對象及 內容	· A와 B를 대상으로 N에 대해 조사했다 · A를 B를 대상으로 N에 대한 조사를 실시했다 Ex 30대와 60대 성인 남녀 500명을 대상으로 필요하다고 생각하는 공공시설에 대해 조사를 실시하였다. 以30幾歲及50幾歲的男性及女性共500名為對象，就有何應有的公共設施實施調查。
전개 展開	그래프 설명 圖表說明	· 조사 결과는 다음과 같다 · 그 결과 A의 경우는 N(으)로 나타났고 B의 경우는 N(으)로 나타났다 當句子變長時，要注意前後文呼應。 Ex 조사 결과 30대가 가장 필요하다고 생각하는 공공시설은 문화 센터인 것으로 나타났고 60대는 병원인 것으로 나타났다. 根據調查解果顯示，30幾歲的受訪者認為最需要的公共設施為文化中心；而60幾歲的受訪者則最需要醫院。 · N이/가 _____%로 1위를 차지했다 · N이/가 _____%로 가장 높게/낮게 나타났다 · N이/가 1위로 _____%에 달했다 · N이/가 _____%로 가장 높게 나타났으며 N이/가 _____%로 그 뒤를 이었다 · N(이)라고 응답한 사람은 _____%로 나타났다 · 다음으로 N 순이었다

		常會出現喜好度等的調查問題，可按順位來說明圖表。
		Ex 30대의 경우 공연장·문화 센터가 40%로 1위를 차지했다. 다음으로 병원·약국이 20%로 그 뒤를 이었다. 以30幾歲的受訪者來說，公演場地、文化中心的為40%占第一位，醫院及藥局占20%為其次。
전개 展開	대조 對照	· 반면에 · 이와 달리 通常調查對象會是兩個，此時有將兩者差異予以對照說明的方法，如果兩個調查對象的應答結果相同的話，那這個方法會是個不錯的方法。 **Ex** 30대는 공연장·문화 센터가 40%로 가장 높게 나타난 반면에 60대는 병원·약국이 50%로 가장 높게 나타났다. (중략) 공원 시설에 대해서는 30대와 60대 모두 22%로 동일하게 나타났다. 30幾歲的調查結果顯示，認為需要公演場地、文化中心為40%占最高位；另一方面，60幾歲的受訪者則是醫院、藥局為50%的比例占最高位。（中間省略）對於公園設施的部分，30幾歲和60幾歲的受訪者的調查結果都同為22%。 可以將一個調查對象的調查結果全部說明完畢後，再用「反面在」作為開頭繼續說明，如果兩者間沒有共同結果，用這個方法來作答也會比較容易，文章的字數也較能控制得宜。 **Ex** 이와 달리 60대의 경우는 병원·약국이 50%로 가장 높게 나타났다. 與此不同，60幾歲受訪者是醫院及藥局為50%呈高比例。
마무리 結論	정리/분석 整理／分析	· 이상의 설문조사 결과를 통해 -는 것을 알 수 있다 · 이를 통해 -는 것을 알 수 있다 當時間不足或是想不起整理的句子該怎麼寫時，也可以寫個簡單的結尾就好。 **Ex** 이상의 설문조사 결과를 통해 30대와 60대는 필요하다고 생각하는 공공시설에 대한 생각이 다르다는 것을 알 수 있다. 由上述調查結果，可以得知30幾歲受訪者及60幾歲受訪者對於應有的公共設施為何的想法不同。 **Ex** 이상의 설문조사 결과를 통해 30대와 60대는 필요하다고 생각하는 공공시설에 대한 생각이 크게 다르지 않다는 것을 알 수 있다. 由上述調查結果，可以得知30幾歲受訪者及60幾歲受訪者對於應有的公共設施為何的想法並沒有太大差異。

① 막대그래프 자료 柱狀圖資料

題型4是要將調查結果以數字說明的問題。像下面這種資料的呈現方式，也可應用上面學過的必備句型來說明。

90%(357명)	10%	■그렇다 ■아니다

- 20대의 90%가 '그렇다'라고 응답했다.
- 20대는 '그렇다'라고 응답한 사람이 90%를 차지했다.
- 20대는 '그렇다'라고 응답한 사람이 90%로 나타났다.
- 자료에 따르면 '그렇다'가 357명으로 90%에 달했다.

② 이유와 순위가 있는 자료 有顯示理由和排名的資料

近年來題型4的出題形式多樣化，也有出題形式要同時寫出調查結果和理由，所以也要熟悉下列形式的資料。

즉석식품을 먹는가

'그렇다'라고 응답한 이유

	🙂	🙂
1위	요리하기가 쉬움	시간이 절약됨
2위	가격이 저렴함	가격이 저렴함

通常這類型的資料，會先提示可得知回答「그렇다」和「아니다」的人有多少的圖表，也會提示回答「그렇다」和「아니다」的理由。

Ex '그렇다'라고 응답한 이유에 대해 남자는 요리하기가 쉬워서, 여자는 시간이 절약되어서라고 응답한 경우가 가장 많았다. 다음으로는 남자와 여자가 동일하게 가격이 저렴해서라고 응답한 것으로 조사됐다.

·有用的單字·

반면에 另一方面 | 이와 달리 與此不同 | 동일하게 同樣地 | 마찬가지로 相同 |
공통적으로 共同的 | 상대적으로 相對的 | 절반 수준 一半的程度 | 달하다 達到 |
차지하다 占據、占有 | 나타나다 呈現 | 조사되다 被調查 | 응답하다 回答 |
응답자 作答者 | 뒤를 잇다 接著…其次 | 순이다 依序是… | 불과하다 只不過是 |
그치다 止於… | 이어서 接下來

Part 2 │ 短文寫作（依提示資料寫出段落） 89

解題技巧 4 오류 수정하기 | 修正錯誤

注意句子前後文的呼應。

- 자료에 따라서 (X) → 자료에 따르면 (O) 依資料所示~
- 1위를 조사됐다 (X) → 1위로 조사됐다 (O) 調查結果為第一名
- 1위로 차지했다 (X) → 1위를 차지했다 (O) 占據第一名

---

2 모범 답안 확인 確認模範答案

조사 대상, 내용 調查對象及內容

그래프 설명 圖表說明

대조 對照

분석 分析

30대와 60대 성인 남녀를 대상으로 필요하다고 생각하는 공공시설에 대한 조사를 실시하였다. 조사 결과 30대의 경우 공연장·문화 센터가 40%로 가장 높게 나타났으며 병원·약국이 28%로 그 뒤를 이었다. 반면에 60대는 병원·약국이 전체의 절반 수준인 50%로 가장 높게 나타났으며 공연장·문화 센터가 23%로 조사되었다. 공원 시설의 필요성에 대한 견해는 30대와 60대가 22%로 동일하게 나타났다. 이상의 설문 조사 결과를 통해 자신의 나이와 직접적으로 관계가 있는 공공시설에 대한 요구가 상대적으로 크다는 사실을 알 수 있다.

---

3 전략을 적용한 답안 작성 연습 練習運用解題技巧作答

※ 남자와 여자를 대상으로 '하고 싶은 여가 활동'에 대해 실시한 설문 조사입니다. 그래프를 보고 조사 결과를 비교하여 200~300자로 쓰시오.

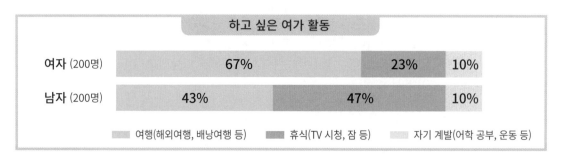

解題技巧1

문제를 읽고 유형4 의 로드맵 작성을 통해 답안의 순서를 계획해 봅시다.
閱讀題目後，寫出題型4的流程圖，以規劃作答順序。

로드맵

解題技巧2

도입과 마무리의 내용에 맞게 전개의 내용을 써 보면서 단락을 구조화합시다.
符合前導及結尾來書寫申論，並將文章段落結構化。

도입 前導	조사 대상 조사 내용	여자와 남자 200명을 대상으로 하고 싶은 여가 활동에 대해 설문조사를 했다.	說明受調查對象者。
전개 展開	조사 결과	· 그 결과 여자는 _____ 그리고 _____ 응답이 뒤를 이었다. · 반면에 남자는 _____ _____ 제일 많았고 다음으로 _____ 순이었다.	利用圖表提示之數字說明。
마무리 結論	정리	남녀가 서로 다른 여가 활동을 원하는 것 을 알 수 있다.	若還有足夠字數，則可具體敘述。

解題技巧3

유형4 문제에 맞는 필수 문형과 표현으로 답안을 써 봅시다.
用題型4必備句模型及表現來作答。

_____

_____ ①
조사 대상
설문 내용

_____

_____ ②~⑤
조사 결과
(대조, 비교, 예시)

_____ ⑥ 정리

_____

※ 本題無解答，請於作答後，自行與解題技巧4之模範答案相比較。

모범 답안을 통해 자신이 쓴 답안과 비교해 오류를 확인해 봅시다.
比較模範答案及自己寫的答案，確認一下錯誤的地方。

---

① 여자와 남자 200명을 대상으로 하고 싶은 여가 활동에 대해 설문조사를 실시하였다. ② 그 결과 여자는 해외여행이나 배낭여행 같은 여행이라고 응답한 사람이 67%로 가장 많았다. ③ 반면에 남자는 텔레비전 시청, 잠 같은 휴식이라고 응답한 사람이 57%로 가장 높았다. ④ 두 번째로 하고 싶은 여가 활동은 여자의 경우는 휴식으로 23%를 차지했고 남자의 경우는 여행으로 43%를 차지했다. ⑤ 어학 공부나 운동 같은 자기 계발이라고 응답한 사람은 여자와 남자 모두 10%에 그쳤다. ⑥ 이상의 결과를 통해 남녀 동일하게 자기 계발보다는 다른 여가 활동을 원하는 것을 알 수 있다.

TIP

可依上述技巧按各調查對象比較其差異，也可如解題技巧2（段落結構化）的結構將一個調查結果全部說明之後，再說明另一個調查對象的調查結果。

1 첫 줄 쓰기 第一行的寫作

要開始一個新的段落時，必須空下最左邊的第一格。

○	한	국	과		일	본	의		음	식		문	화	를		비	교	해
보	면		다	른		점	이		무	척		많	다	.	한	국		사	람

2 한글과 문장 부호 쓰기 韓文字和標點符號寫法

句號（.）和逗號（,）、驚嘆號（！）、問號（？）也是一格寫一個，但是驚嘆號（！）和問號（？）後面必須空一格。

띄어쓰기   띄어쓰기(X)   띄어쓰기(X)

좋	아	할	까	？	∨	비	빔	밥	,	김	밥		등	이	다		그	리	고

3 숫자 쓰기 數字寫法

在第53題說明答案的資料時，會用到很多數字，所以請務必記熟。

18	년		9	월

20	％	로

1,	00	0	명	을

4 알파벳 쓰기 英文寫法

如果需要寫到英文，大寫字母一格寫一個，小寫字母則是一格寫兩個。

A	는

bo	ok

5 조사 쓰기 助詞寫法

「이／가、은／는、을／를, 에／에서／에서는、하고／와／과、에게／한테、의」…等助詞，一定要和前面的名詞貼寫，且助詞後面要空一格。

	한	국	과	∨	일	본	의	∨	음	식		문	화	를	∨	배	운	다	.

6 관형형 쓰기 (-은 것, -는 것, -을 것) 冠形詞形（–은 것, –는 것, –을 것）

很多人在寫「간 곳、가는 곳、갈 곳」等時會沒有空格，這部分要特別注意。

| 보 | 면 | | 다 | 른 | ∨ | 점 | 도 | | 있 | 고 | | 배 | 울 | ∨ | 것 | 도 | | 있 | 다 | . |

7 마지막 칸에 한글과 문장 부호 함께 쓰기 最後一格韓文字與標點符號併寫

雖然一個字一格，數字則是兩格，但是若要換行時，句號（.）或逗號（,）或百分比符號（％）…等，與前面的字寫在同一格，因為這些符號不能寫在新的一行的第一格。

| 질 | 문 | 에 | | 배 | 추 | 김 | 치 | 라 | 고 | | 응 | 답 | 한 | | 사 | 람 | 은 | | 58% |
| 로 | | 깍 | 두 | 기 | 라 | 고 | | 응 | 답 | 한 | | 사 | 람 | 보 | 다 | | 높 | 았 | 다. |

8 유의해야 할 띄어쓰기 必須特別注意的分寫法

當最後一格須空格的時候，直接換行寫在第一行即可。只有開啟一個新段落時，才在換行後空下第一格，從第二格開始寫。

첫	∨	번	째	/	두	∨	번	째	는	/	세	∨	번	째	로	는
할	∨	수	∨	있	다	/	할	∨	수	는	∨	있	다	/		
할	∨	수	밖	에	∨	없	다									
쉬	고	∨	싶	다	/	쉬	고	는	∨	싶	다	.				
공	부	할	∨	때		너	무		졸	리	다	.				
이	∨	책	의		글	자	가		작	다	.					
수	업	이		끝	난	∨	줄		몰	랐	다	.				
수	업	을		시	작	한		지		두	∨	달	이		됐	다	.
숙	제	하	는	∨	데	에		두	∨	시	간	이		걸	렸	다	.
시	험	이		어	려	운		것	은		공	부	를		열	심	히
안		했	기		때	문	이	다	.							

注意

有很多考生會因為要修正稿紙上寫錯的部分而消耗時間，不要忘記考試的時候最重要的就是在時間內完成整個作文。

예상 문제 풀기 ▶ 預測考題

練習 ①

※ 다음을 참고하여 보행 중 스마트폰 이용과 사고 발생 현황에 대한 글을 200~300자로 쓰시오.

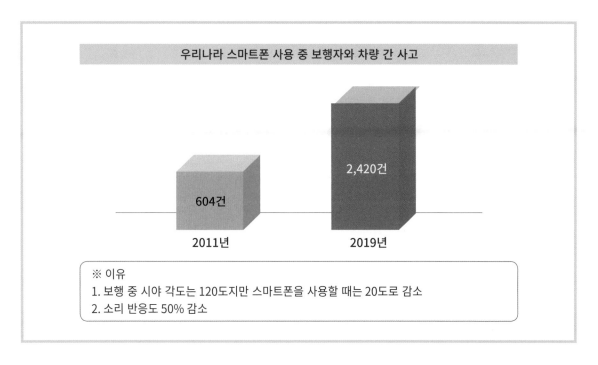

우리나라 스마트폰 사용 중 보행자와 차량 간 사고

604건 — 2011년
2,420건 — 2019년

※ 이유
1. 보행 중 시야 각도는 120도지만 스마트폰을 사용할 때는 20도로 감소
2. 소리 반응도 50% 감소

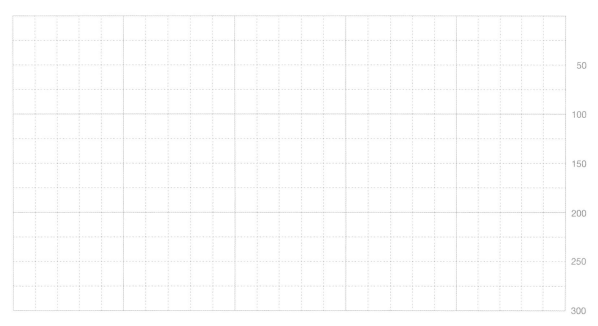

練習 ②

※ 다음 그림을 보고 발효 식품을 어떻게 나눌 수 있는지 200~300자로 쓰시오.

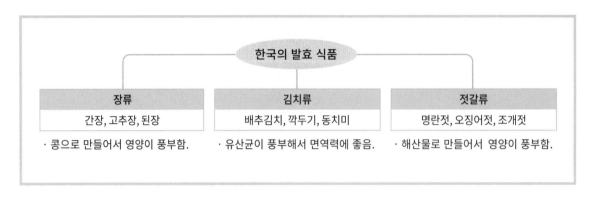

한국의 발효 식품		
장류	**김치류**	**젓갈류**
간장, 고추장, 된장	배추김치, 깍두기, 동치미	명란젓, 오징어젓, 조개젓
· 콩으로 만들어서 영양이 풍부함.	· 유산균이 풍부해서 면역력에 좋음.	· 해산물로 만들어서 영양이 풍부함.

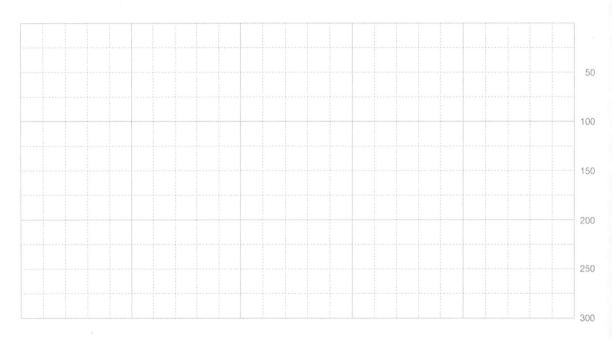

※ 다음 표를 보고 교복의 장단점에 대해 쓰고, 교복에 대한 자신의 생각을 200~300자로 쓰시오.

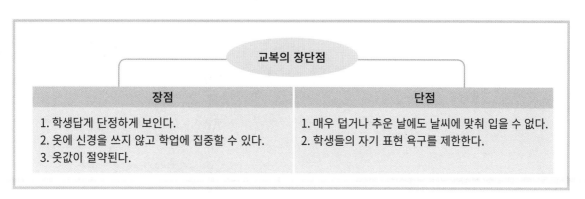

교복의 장단점

장점	단점
1. 학생답게 단정하게 보인다.	1. 매우 덥거나 추운 날에도 날씨에 맞춰 입을 수 없다.
2. 옷에 신경을 쓰지 않고 학업에 집중할 수 있다.	2. 학생들의 자기 표현 욕구를 제한한다.
3. 옷값이 절약된다.	

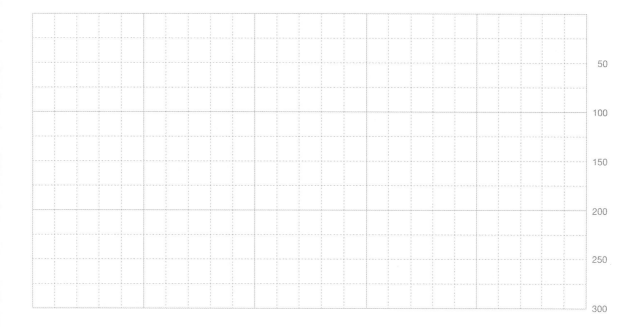

50
100
150
200
250
300

※ 다음을 참고하여 '다문화 가구 현황'에 대한 글을 200~300자로 쓰시오. 단, 글의 제목은 쓰지 마시오.

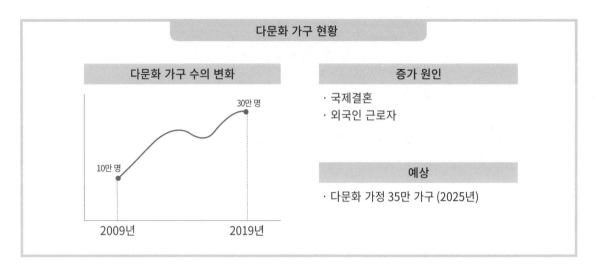

※ 기출문제 확인 瞭解歷屆考題

다음을 주제로 하여 자신의 생각을 600~700자로 글을 쓰십시오. 단, 문제를 그대로 옮겨 쓰지 마십시오. (50점) 47회

> '칭찬은 고래도 춤추게 한다'는 말처럼 칭찬에는 강한 힘이 있습니다. 그러나 칭찬이 항상 긍정적인 영향만 주는 것은 아닙니다. 아래의 내용을 중심으로 칭찬에 대한 자신의 생각을 쓰십시오.
>
> • 칭찬이 미치는 긍정적인 영향은 무엇입니까?
> • 부정적인 영향은 무엇입니까?
> • 효과적인 칭찬의 방법은 무엇입니까?

 解說

題目裡面所提示的主題是「稱讚的影響」。仔細思考通常被認為是件好事的稱讚有什麼負面影響，寫出對於如何做好稱讚的自我想法。此時須有按問題提問順序建立起段落的能力。

문제의 이해 ▶ 題目的理解

· 주어진 주제에 대해 자신의 생각이나 주장을 쓰는 글입니다.
  這是寫出自己對於題目提示內容之想法或主張的文章。

· 띄어쓰기를 포함해서 600~700자 길이로 글을 써야 합니다.
  須寫包含分寫法在內，600～700字長度的文章。

· 주어진 2~3개의 질문에 대해서 풍부한 내용의 답을 논리적으로 써야 합니다.
  必須對於題目所提示的2～3個問題寫出內容豐富且具邏輯性的答案。

· 전체 글을 도입-전개-마무리의 단락 구조로 완성되게 써야 합니다.
  整體文章須依照前導-展開-結論的結構來書寫。

· 구조와 내용을 나타내는 데 필수 문형과 표현, 그리고 다양한 어휘를 사용해야 합니다.
  在呈現結構及內容上使用必備句型和表現，以豐富的詞彙來完成文章。

· 51번~54번까지의 쓰기 문제의 시간을 고려하면, 54번은 30분 안에 글을 완성해야 합니다.
  考慮到第51～54題寫作所需時間，第54題應該在30分鐘內作答完畢。

① '칭찬은 고래도 춤추게 한다'는 말처럼 칭찬에는 강한 힘이 있습니다. 그러나 칭찬이 항상 긍정적인 영향만 주는 것은 아닙니다. 아래의 내용을 중심으로 ② 칭찬에 대한 자신의 생각을 쓰십시오.

◀ ① 배경 설명 說明背景

◀ ② 주제 主題

• 칭찬이 미치는 긍정적인 영향은 무엇입니까?
• 부정적인 영향은 무엇입니까?
• 효과적인 칭찬의 방법은 무엇입니까?

◀ 질문 1 問題1
◀ 질문 2 問題2
◀ 질문 3 問題3

모범 답안 模範答案

도입 단락 前導段落	우리는 칭찬을 들으면 일을 더 잘하고 싶어질 뿐만 아니라 좀 더 나은 사람이 되고 싶은 마음이 든다. 그리고 자신감이 생겨 공부나 일의 성과에도 긍정적인 영향을 미친다. 그래서 자신이 가진 능력 이상을 발휘하고 싶어지는 도전 정신이 생기기도 하는 것이다. 한마디로 말해 칭찬은 사람을 한 단계 더 발전시키는 힘을 가지고 있다.	◀ 질문 1의 답 提問1的回答
전개 1 단락 展開段落1	그런데 이러한 칭찬이 독이 되는 경우가 있다. 바로 칭찬이 상대에게 기쁨을 주는 것이 아니라 부담을 안겨 주는 경우이다. 칭찬을 들으면 그 기대에 부응해야 한다는 압박감 때문에 자신의 실력을 제대로 발휘하지 못하게 되는 일이 생기게 된다. 칭찬의 또 다른 부정적인 면은 칭찬받고 싶다는 생각에 결과만을 중시하게 되는 점이다. 일반적으로 칭찬이 일의 과정보다 결과에 중점을 두고 행해지는 경우가 많기 때문이다.	◀ 질문 2의 답 提問2的回答
전개 2 단락 展開段落2	그래서 우리가 상대를 칭찬할 때에는 그 사람이 해낸 일의 결과가 아닌 그 일을 해내기까지의 과정과 노력에 초점을 맞추는 것이 중요하다. 그래야 칭찬을 듣는 사람도 일 그 자체를 즐길 수 있다. 또한 칭찬을 듣고 잘해야 한다는 부담에서도 벗어날 수 있을 것이다.	◀ 질문 3의 답 提問3的回答
마무리 結論	우리는 보통 칭찬을 많이 해 주는 것이 중요하다고 생각하는데 칭찬은 그 방법 역시 중요하다는 것을 잊지 말아야 할 것이다.	◀ 자기 생각 己見

類型	評分標準
내용 및 과제 수행 內容與提問的執行	· 질문 과제 수행 執行試題的提問。 · 주제와 관련된 내용 契合主題。 · 풍부하고 다양한 내용 표현 豐富、多樣的內容表述。
글의 전개 구조 文章的開展及結構	· 단락의 논리적 구조 段落的合理結構。 · 중심 생각 中心思想。 · 담화 표지와 문형 사용 適切地使用話語標記句型。
언어 사용 語言的使用	· 다양한 중고급 어휘와 문법 使用中高級的詞彙和文法。 · 문법, 어휘, 맞춤법의 정확성 文法、詞彙、拼寫正確。 · '-다' 형 및 문어체 以「-다」結尾，書面體。

기출문제 유형 ▶ 歷屆考題的題型

	類型	主題	題目	歷屆考題回次
1	중요성 유형 重要性類型	가치 주제 價值主題	의사소통의 중요성 溝通的重要性	52th
2	조건 유형 條件類型		인재의 조건 人才的條件	37th
3	영향 유형 影響類型	양면성 주제 兩面性主題	칭찬의 영향 稱讚的影響	47th
4	찬반 유형 贊成與反對類型	논란 주제 辯論主題	자연 개발 v. 자연 보존 自然開發vs.自然保護	34th

54번 답안을 작성하기 위해 다음과 같은 전략이 필요합니다.
書寫第54題的答案，你須要如下的解題技巧。

解題技巧	方法
로드맵 계획하기 規劃流程圖	**문제를 읽고 유형을 파악한 후 단락의 순서를 구성하기** 閱讀題目後掌握題型，再建構文章的書寫順序。 必須能在閱讀題目中掌握主題及題型，規劃文章書寫順序。尤其在第54題的流程圖裡，也包含了規畫如何依照這個順序來建構段落。
단락 구조화하기 段落結構化	**각 단락의 내부 구조 익히기** 熟悉個段落的文章內部結構。 必須能學習前導段落、展開段落、結論段落各自擁有的功能和內部結構，應用在寫作上。
필수 문형 사용하기 使用必備句型	**각 단락의 필수 문형과 표현 적절하게 사용하기** 適切使用各段落的必備句型及表現。 依照類型的不同，前導段落、展開段落、結論段落也會有不同的必備句型和表現，必須將它們記起來並加以使用。
어휘 확장하기 擴展詞彙	**다양하고 풍부한 중고급 어휘와 표현 사용하기** 使用多樣豐富的中高級詞彙及表現手法。 必須擴張作答時所需與主題和題型相關詞彙，並使用豐富且多樣的中高級詞彙。
오류 수정하기 修正錯誤	**오류를 확인하고 수정하기** 確認錯誤部分並予以修正。 寫作時必須記得要使用「–다」型的書面文體，並遵守稿紙的使用規則，寫完文章之後也要修正拼寫等部分的錯誤。

題型1 ▶ 중요성 유형 重要性類型

52회

> 우리는 살면서 서로의 생각이 달라 갈등을 겪는 경우가 많다. 이러한 갈등은 의사소통이 부족해서 생기는 경우가 대부분이다. 의사소통은 서로의 관계를 유지하고 발전시키는 데 중요한 요인이 된다. 의사소통의 중요성과 방법에 대해서 아래의 내용을 중심으로 자신의 생각을 쓰라.

- 의사소통은 왜 중요한가?　→　重要性
- 의사소통이 잘 이루어지지 않는 이유는 무엇인가?　→　失敗的理由
- 의사소통을 원활하게 하는 방법은 무엇인가?　→　提升方案

※　模範答案請詳閱P.192

해설 解說

關鍵字是「중요하다」、「필요하다」，選擇人們普遍認同的主題，確認其重要或是需要的理由，並詢問其提升方案，這是最常出題的題型。

1　전략의 적용 解題技巧應用

解題技巧 ❶ 로드맵 계획하기 | 規劃流程圖

유형 파악 掌握類型	※ 針對○○寫下自己的想法。 Ex 以下列內容為中心，針對溝通的重要性與方法寫下自己的想法。

주제 도입 主題導入	중요성 重要性	실패하는 이유 失敗的理由	증진 방안 提升方案	자기 생각 己見
도입 단락 前導段落		전개 1 단락 展開段落1	전개 2 단락 展開段落2	마무리 단락 結論段落

解題技巧 **2-4** **구조, 문형, 어휘 전략** | 組織、句型、詞彙解題技巧

(1) 도입 단락 쓰기 前導段落

① 단락의 이해 段落的理解

도입 단락은 주제를 소개하고 다음 내용을 예고하는 것이 주된 기능입니다. 주제 도입과 첫 번째 질문의 답, 그리고 다음 내용에 대한 예고 문장을 각각 1문장씩 3문장 이상을 160~180자 정도로 쓴다고 생각하면 쉽게 쓸 수 있습니다.
前導段落是用來說明主題後，預告接下來內容的段落。只要想成分別各用一句話來主題導入、回答題目的第一個問題，以及預告接下來的內容，共三個以上的句子，組成160～180字的文章，就能輕鬆寫出前導段落了。

주제를 도입할 때 문제에 나온 표현을 그대로 쓰지 말고 어휘와 문형을 바꿔 다르게 시작해야 합니다.
主題導入時，不要將題目直接原封不動再寫一遍，得將詞彙和句型改寫，來個不一樣的開頭。

질문이 3개이므로 첫 번째 질문을 도입 단락에서 답해야 합니다. '중요한 이유, 중요성'의 문형을 넣어서 두 번째 문장을 써야 합니다.
因為問題共有3個，所以第一個問題必須在前導段落作回答，並在第二句置入「重要的原因」或「重要性」句模型書寫。

② 단락의 구조화 段落的結構化

주제 도입 主題導入	· 의사소통은 어떤 상황에서 나타날까? (배경 상황) 溝通是在什麼情況之下發生？（背景狀況）
중요성 重要性	· 의사소통은 어떤 중요한 역할을 할까? 溝通扮演了什麼樣的重要角色？
다음 질문 下一個問題	· 다음 질문은 무엇인가? 第二個問題是什麼？

③ 필수 문형 사용하기 使用必要的句模型

結構	基本句模型
주제 도입 主題導入	· 사람들은 누구나 -(으)면서 살아간다 · 우리는 살아가면서 -게 된다 · 현대 사회에서는 -는 일이/경우가 많다
	主題的導入多半是介紹背景情況，經常會是敘述人們的想法或行為。 **Ex** 사람들은 누구나 공동체 안에서 많은 관계를 맺으며 살아간다. 　　每個人活在這世上，都會在共同體裡與他人建立各種關係。 　　우리는 살아가면서 공동체에 안에서 많은 관계를 맺게 된다. 　　我們活著活著，就會在共同體裡與他人建立許多關係。 　　현대 사회에서는 사람들 간의 관계가 복잡해지는 일이 많다. 　　現代社會裡，人與人之間的關係常變得複雜。
중요성 重要性	· -기 위해서는 N이/가 반드시 필요하다 · N은/는 (N이/가 -는 데)에 필요한/중요한 역할을 한다 · N은/는 N에 큰/지대한 도움을 준다 · N은/는 N을/를 (향상/개선/증진/성장/발전)할 수 있게 해 준다
	Ex 인간관계를 잘 유지하기 위해서는 의사소통의 능력이 필요하다. 　　為了維持良好的人際關係，必須具備溝通的能力。 　　의사소통의 능력은 인간관계를 맺는 데에 중요한 역할을 한다. 　　溝通能力在建立人際關係上扮演著重要的角色。 　　의사소통의 능력은 인간관계를 맺는 데에 큰 도움을 준다. 　　溝通能力在建立人際關係上有相當大的幫助。 　　의사소통의 능력은 인간관계를 성공적으로 맺을 수 있게 해 준다. 　　溝通能力讓人們能夠成功建立起人際關係。
다음 질문 下一個問題	· 왜 -는 것일까? · -은/는 무엇일까?
	儘管可以照抄題目給的第二個問題，但如果可以換句話說的話會更好。 **Ex** 의사소통이 잘 이루어지지 않는 이유는 무엇일까? (題目裡面的句子) 　　溝通無法順利達成的理由為何？ 　　왜 사람들은 의사소통에 자주 실패하는 것일까? (換句話說) 　　人們為什麼常常會溝通失敗？

④ **어휘 확장하기** 擴展詞彙

從題目裡選出關鍵字				
의사소통, | 관계 유지, 발전, 갈등	**주제어의 어휘 확장** 擴展主題字 →	**當你具備溝通技巧時** 인간관계 유지, 발전, 이해, 소통, 친밀감	**當你不具備 溝通技巧時** 대화 단절, 오해, 불신, 갈등, 분쟁	**문장의 재구성** 重組句子 →

필요성, 중요성, 가치 必需性、重要性、價值	가치가 있다 有價值, 필요하다 需要, 중요하다 重要, 의미를 가진다 有意義, 중요한 역할을 하다 扮演重要角色, 긍정적 영향을 미친다 給予正面的影響, 크게 도움이 된다 有很大的幫助, 큰 도움을 준다 給予很大的助益, 긍정적 효과가 있다 有正面效果
가치의 근거 價值的依據	발전 發展, 향상 向上提升, 개선 改善, 이해 理解, 소통 溝通, 활성화 活化, 행복 幸福, 자유 自由, 평화 和平, 성과 成果, 성장 成長, 안정 安全, 깨달음 曉悟, 기회 機會, 계기 契機

⑤ **전략 적용 답안 확인** 確認應用解題技巧後的答案

도입 단락 前導段落

주제 도입 主題導入	사람들은 누구나 가정과 학교, 또는 직장에서 다른 사람과 다양한 관계를 맺으며 살아간다. <u>의사소통 능력은 인간관계를 맺을 때 중요한 역할을 한다.</u> 의사소통이 제대로 이루어지면 친밀하고 화목한 관계를 맺을 수 있지만 잘 이루어지지 않으면 오해와 갈등으로 이어진다. <u>그러면 의사소통에서 실패하는 이유는 무엇일까?</u>
Q1 중요성 重要性	
Q2 다음 질문 下一個問題	

(2) **전개 1 단락 쓰기** 展開段落1

① **단락의 이해** 段落的理解

전개 단락은 질문에 대해 답해야 하는 부분이므로 질문에 대한 자신의 생각이 있어야 합니다. 먼저 두 가지 답을 찾으십시오. 그런 후에 중심 생각을 먼저 쓰고 그 뒤에 앞 문장을 뒷받침해 주는 문장을 하나 덧붙이면 됩니다. 중심 문장 2개와 각각 뒷받침 문장 2개를 써서 최소 4개의 문장을 200자로 정도로 쓴다고 생각하면 쉽게 쓸 수 있을 겁니다.
因為展開段落是個必須回答題目所指示之問題的部分，所以必須對問題有自己的想法。首先，找出兩種答案後，先寫出你的中心思想，再寫出可以支持你前述論點的句子，你可以寫兩句關於中心思想的主要論點，再寫出兩句支持各論點的句子，最少共4個句子，來組成約200字的段落。

중심 문장에는 질문이 요구하는 '이유' 문형을 넣어서 써야 합니다.
在主要論點句子裡，應使用到問題所要求的「理由」句模型。

뒷받침 문장으로 상술과 결과의 방법을 선택해서 쓸 수 있습니다.
支持論點的句子，可以選擇以詳述細節與結果的方法來撰寫。

② **단락의 구조화** 段落的結構化

의사소통이 실패하는 이유
溝通失敗的理由

생활 방식의 차이 生活方式的差異 中心思想1＋支持該論點的句子1	**사고방식의 차이** 思考方式的差異 中心思想2＋支持該論點的句子2

	중심 문장 主要論點	· 왜 의사소통에서 실패할까? 為什麼會溝通失敗？	이유 1 理由1
1	뒷받침 문장 支持論點的句子	· 좀 더 자세히 이야기하면? 如果要再說得更詳細點的話？	상술 詳述
2	중심 문장 主要論點	· 왜 의사소통에서 실패할까? 為什麼在溝通上失敗？	이유 2 理由2
	뒷받침 문장 支持論點的句子	· 그 결과 어떤 상황이 생기는가? 其結果會有什麼狀況發生？	결과 結果

TIP

要展開段落必須要有豐富的思考能力，第53題只要活用題目所指示的資料來作答就可以，但是第54題則是要自己去創造那些資料，兩種題型間有著很大的差異，對於題目的問題務必要找到兩種答案以撰寫展開段落。

③ 필수 문형 사용하기　使用必備句模型

結構		基本句模型
중심 문장 主要 論點	이유 理由	· (-(으)ㄴ/는 이유는) -기 때문이다 · -기 때문에 -게 되었다/-(으)ㄹ 수 있었다 **Ex** 소통을 못하는 이유는 생활 방식의 차이가 있기 때문이다. 無法溝通的理由是因有生活方式差異之故。 생활 방식이 다르기 때문에 의사소통을 하지 못하게 되었다. 因為生活方式不同而無法溝通。
	첨가 添加	· (A를 살펴보면 먼저/우선/무엇보다도) B가 있다. 또한/게다가 C 도 있다 **Ex** 의사소통이 실패하는 이유를 살펴보면, 무엇보다도 서로 생활 방식이 다르 기 때문이다. 또한 사고방식의 차이로 인해 의사 불통을 초래하기도 한다. 仔細觀察溝通失敗的理由，發現最大的因素是因為生活方式的不同，再加 上因思考方式的不同，而導致溝通失敗。

> **TIP**
>
> 一般來說，主要論點的開頭會使用較多〈添加〉，因為這個方式是想到哪裡就加一個的
方式，能反映出你的思路。

뒷받침 문장 支持 論點的 句子	상술 詳述	· (즉/다시 말해) -은/는 것이다 · (즉/다시 말해) -다는/라는 것이다 **Ex** 의사소통이 안 되는 이유는 생활 방식의 차이가 있기 때문이다. 溝通不成的理由是因為生活方式有所差異之故。 즉 생활 방식이 다르기 때문에 서로 이해할 수 없는 것이다. 這也就是因為生活方式不同而無法互相理解的。 다시 말해 생활 방식이 달라서 서로 의견 차이가 난다는 것이다. 換句話說，這是因為生活方式不同，而產生相互意見差異。
	결과 結果	· -(으)면 -게 된다 · 그로 인해/이를 통해/따라서 -게 된다 **Ex** 생활이 다르면 경험의 폭이 달라지게 되어 의사소통이 잘 되지 않는다. 當生活不同，經歷的幅度也會有所不同，因而進行溝通無法順利。 생활이 다름으로 인해 경험이 폭이 달라져 의사소통이 방해를 받게 된다. 因生活不同經歷幅度有異，溝通上形成阻礙。

詳述是將前句意義較難的句子，以簡單方式説明的方法，而結果則是對前事所產生的結果狀態予以思考。

④ 어휘 확장하기 擴展詞彙

부정적 영향 負面影響	부정적 영향을 미치다 帶來負面影響, 실패하다 失敗, 초래하다 導致, 방해를 하다 妨礙, 부담이 되다 成為負擔, 도움이 되지 못하다 幫不上忙

⑤ 전략 적용 답안 확인 確認應用解題技巧後的答案

전개 1 단락 展開段落1

이유 1 理由1
상술 詳述
이유 2 理由2
결과 結果

<u>의사소통이 잘 이루어지지 않는 이유는 우선 사람들의 생활 방식이 차이가 있기 때문이다.</u> 즉 생활 환경이 달라지면서 경험의 폭도 달라져 이해하기 어려워진 것이다. <u>게다가 다른 생활 방식은 사고방식의 차이로 이어져 자주 오해와 갈등을 초래하기도 한다.</u> 이렇게 되면 서로가 마음의 문을 닫고 소통을 피하게 되는 법이다.

(3) 전개 2 단락 쓰기 展開段落2

① 단락의 이해 段落的理解

답을 둘로 분류한 후 각각 중심 생각 문장과 뒷받침 문장, 총 4 문장을 180~200자 정도로 씁니다.
將你的答案分成兩類後，寫出各中心思想及支持該論點的句子，共4個句子，來組成約180～200字的段落。

중심 문장에는 질문이 요구하는 '방안' 문형이 들어가야 합니다.
闡述主要論點的句子裡，須置入問題所要求的「方案」句模型。

뒷받침 문장으로 결과와 예측의 방법을 선택해서 연습해 봅시다.
用來支持論點的句子，請選擇結果與預測的方法來練習。

② 단락의 구조화 段落的結構化

의사소통 증진 방안
促進溝通的方案

존중, 배려 尊重、體諒 中心思想1＋支持該論點的句子1	완곡한 언어 형식 婉轉的語言形式 中心思想2＋支持該論點的句子2

1	중심 문장 主要論點句	· 의사소통을 잘하기 위해서 어떻게 해야 하는가? 良好的溝通該如何進行？	방안 1 方案1
1	뒷받침 문장 支持論點句	· 그 결과 무슨 상황이 생기나? 那樣的結果有什麼樣的狀況產生？	결과 結果
2	중심 문장 主要論點句	· 의사소통을 잘하기 위해서 어떻게 해야 하는가? 良好的溝通該如何進行？	방안 2 方案2
2	뒷받침 문장 支持論點句	· 반대 상황을 가정한다면 어떤 예측을 할 수 있나? 假設相反狀況，那可以做出什麼樣的預測？	예측 預測

③ 필수 문형 사용하기 使用必備句型

結構		基本句模型
중심 문장 主要論點句	방안 方案	· -(으)려면 -아/어야 한다 · -기 위해서는 -이/가 필요하다 · -기 위해서는 -는 것이/자세가 필요하다/필수적이다 **Ex** 의사소통을 원활하게 하려면 타인을 존중하고 배려해야 한다. 若要溝通順利，就必須尊重及體諒他人。 의사소통을 원활하게 하기 위해서는 존중심과 배려심이 필요하다. 為了達到順利的溝通，尊重和體諒是必要的。 의사소통을 원활하게 하기 위해서는 타인을 존중하고 배려하는 적극적인 자세가 필수적이다. 為了達到順利的溝通，尊重及體諒他人的積極態度是必要的。
중심 문장 主要論點句	첨가 添加	· A를 살펴보면 먼저/우선/무엇보다도 B가 있다. 또한/게다가 C도 있다 **Ex** 의사소통을 원활하게 하기 위해서는 존중과 배려가 필요하다. 또한 언어 형식에서도 부드럽고 완곡하게 표현해야 한다. 為了達到順利的溝通，尊重和體諒是必要的，同時，語言的表達形式也應該要柔軟及婉轉。
뒷받침 문장 支持論點句	결과 結果	· -(으)면 -게 된다 · 그로 인해/이를 통해/따라서 -게 된다 **Ex** 의사소통을 잘하려면 존중심과 배려심이 필요하다. 이런 마음은 서로의 입장을 이해하게 하여 의사소통에 도움을 준다. 若要溝通順利，尊重和體諒是必要的，這樣的心態能讓我們理解相互的立場，幫助達到順利溝通的效果。

뒷받침 문장 支持論點句	예측 預測	· (만약/만일) -는다면/-(으)면 -(으)ㄹ 수 있을 것이다 · -이/가 없다면/-지 않는다면 -(을) 수 없을 것이다
		Ex 완곡한 언어로 표현한다면 의사소통이 활발하게 이루어질 것이다. 如果使用委婉的語言表達的話，溝通將會順利達成。 거칠고 직설적인 언어로 표현한다면 의사소통에 방해를 받을 것이다. 如果使用粗魯且過於直白的語言表達方式，可能會對溝通造成阻礙。

TIP ▶

預測是預料沒有發生的下一個階段並予以推論的方式，可分為正面的預測和負面的預測。預測也常常作為支持主要論點的句子。

④ **어휘 확장하기** 詞彙擴充

방안 方案	해결책 解決方法, 방안 方案, 방법 方法, 노력 努力, 극복하다 克服, 해결하다 解決, 실천하다 實踐, 대처하다 應對, 대책을 마련하다 準備對策, 힘쓰다 費心思, 모색하다 摸索, 갖추다 具備
결과 結果	높이다 提高／提升, 기르다 培養, 향상되다 提升, 개선되다 改善, 발전하다 發展, 성과가 나타나다 成果呈現, 목표가 이루어지다 達成目標
	바람직하다 可望的／正確的／妥當的, 효율적이다 有效率的, 효과적이다 有效果的, 도움이 되다 助益, 성과가 좋다 成果佳

⑤ **전략 적용 답안 확인** 確認應用解題技巧後的答案

전개 2 단락 展開段落2

방안 1 方案1
결과 結果
방안 2 方案2
예측 預測

원활한 의사소통을 하기 위해서는 먼저 상대방을 존중하고 배려하는 마음이 있어야 한다. 존중과 배려는 상대방의 입장을 먼저 생각하게 함으로써 상호 이해에 도움을 준다. 다음으로 이러한 마음을 부드럽고 완곡한 언어로 적극적으로 표현해야 한다. 비록 그런 마음이 있더라도 말을 하지 않거나 거칠고 퉁명스러운 말투로 표현한다면 상대방에게 거부감을 주게 되어 의사소통을 방해할 것이다.

(4) 마무리 단락 쓰기 結論段落

① 단락의 이해 段落的理解

마무리 단락은 지금까지의 내용을 정리하면서 자신의 생각을 말하는 부분입니다. 최소 3문장으로 100~120자 정도 쓰면 됩니다.
結論段落是整理到目前為止的內容並闡述自己想法的部分，最少以3個句子組成約100～200字的寫作即可。

첫 문장은 주제와 유형을 넣어서 쓰는 것이 좋습니다.
第一句宜寫出主題和類型。

두 번째 문장은 반드시 주제와 관련시켜 자신의 생각을 써야 합니다. 대체로 필요하다고 깨닫게 된 사실이나 제안, 결심 등을 쓰면 됩니다.
第二句一定要寫出和主題有關的內容並寫出自己的想法，基本上寫出感覺必要的事實、建議或決心。

마지막 문장에는 주제와 관련시켜 미래에 대한 기대를 쓰면 됩니다.
最後一句寫出和主題有關，對未來的期望就可以了。

② 단락의 구조화 段落的結構化

정리 整理	· 지금까지 내용을 한 문장으로 요약한다면? 將上述內容摘要成一個句子。
의견 意見	· 주제에 대해 가장 중요하다고 생각한 것을 말한다면? 談論關於這個主題，你認為最重要的。
기대 期待	· 이 주제와 관련하여 미래 사회가 어떻게 되면 좋을까? 關於這個主題，你希望未來社會應如何？

③ 필수 문형 사용하기 使用必備句模型

結構	基本句模型
정리 整理	· 이처럼 · 지금까지 N에 대해 살펴보았다 **Ex** 이처럼 의사소통은 인간관계에 아주 중요한 능력이다. 就像這樣，溝通是處理人際關係上非常重要的能力。 지금까지 의사소통 능력의 중요성에 대해 살펴보았다. 目前為止，我們看了溝通能力的重要性。
의견 意見	· (-기 위해서는) -아/어야 한다고 생각한다 · -(으)려면 -는 것이 중요하다/필요하다 · (-도록) -아/어야 할 것이다

의견 意見	**Ex** 의사소통을 하기 위해서는 서로 존중하고 배려해야 한다고 생각한다. 我認為要進行良好的溝通，就必須互相尊重及體諒。 의사소통을 잘하려면 서로 존중하고 배려하는 것이 필요하다. 若要溝通順利，就必須互相尊重及體諒。 서로 존중하고 배려할 수 있도록 노력해야 할 것이다. 我們應該努力學習互相尊重及體諒。
기대 期待	· 앞으로 -기 바란다 · 앞으로 -아/어야 할 것이다 **Ex** 앞으로 우리 모두가 소통할 수 있는 따뜻한 사회가 되기 바란다. 希望我們的社會未來能成為一個所有人都能互相溝通的溫暖社會。 앞으로 우리 모두가 소통하는 따뜻한 사회를 만들어야 할 것이다. 我們應該創造所有人都能互相溝通的溫暖社會。

④ 어휘 확장하기 詞彙擴充

主題與題型
의사소통의 중요성

→ 주제어의 어휘 확장
主題語的詞彙擴充

→ 關鍵字
인간관계, 존중과 배려,
입장 이해, 소통하는 사회

→ 자기 생각
己見

⑤ 전략 적용 답안 확인 解題技巧答案確認

마무리 단락 結論

정리 整理
의견 意見
기대 期待

이처럼 의사소통 능력은 공동체를 이루는 데 반드시 갖춰야 할 중요한 능력이다. 의사소통을 잘하기 위해서는 타인에 대한 존중과 배려가 필요하다. 앞으로 우리 사회가 서로 입장을 이해하며 소통하는 따뜻한 공동체가 되기 바란다.

TIP

在寫結論的時候會發現受字數限制而必須將結論簡短結束，因此必須學習簡潔寫作法。
這種時候，將對於該議題的整理一起寫進你的意見寫成一句，對於未來的「期待」一句，共兩句就可以了。

Ex 이처럼 의사소통을 잘하기 위해서는 존중과 배려를 반드시 갖춰야 할 것이다. 앞으로 우리 사회가 서로 입장을 이해하며 소통하기 바란다.

在介紹這段最常犯的錯誤就是直接抄題目指示裡的句子。因為這種錯誤會導致扣分，所以你應該要改變句型和字彙來寫出新的句子。

在介紹這段裡，用來引出接下來會發生什麼事的問題，應該要用像下面這種「 – (으) 까 ? 」的句模型。

→ 의사소통에서 실패하는 이유는 무엇입니까? (X)

→ 의사소통에서 실패하는 이유는 무엇일까? (O)
　溝通失敗的理由為何？

下面是在寫理由時最常犯的錯。

→ 의사소통에서 자주 실패하는 이유는 상대방에 대한 배려심이 없다. (X)

→ 의사소통에서 자주 실패하는 이유는 상대방에 대한 배려심이 없기 때문이다. (O)
　常常溝通失敗的理由是因沒有體諒對方的心之故。

重要及必要問題內的關鍵字「중요하다」及「필요하다」，常常都會用錯。

→ 상대방을 배려하고 존중하는 마음이 필요한다. (X) → 필요하다 (O)
　需要有體諒及尊重對方的心。

→ 의사소통 능력이 중요한다. (X) → 중요하다 (O)
　溝通能力很重要。

```
• 有用的單字 •

제대로 好好地／徹底地 │ 이어지다 接續 │ 소통 溝通 │ 불통 無法溝通 │ 폭 幅度／範圍 │
서로 互相 │ 피하다 逃避／躲避 │ 존중하다 尊重 │ 배려하다 體諒 │ 입장 立場 │
상호 이해 互相理解 │ 완곡하다 委婉的 │ 거칠다 粗魯的／粗暴的 │ 퉁명스럽다 不悅的 │
거부감 抗拒感 │ 타인 他人 │ 공동체 共同體
```

2 전략 적용 답안의 전체 글 확인하기 確認應用解題技巧後的整篇完整答案

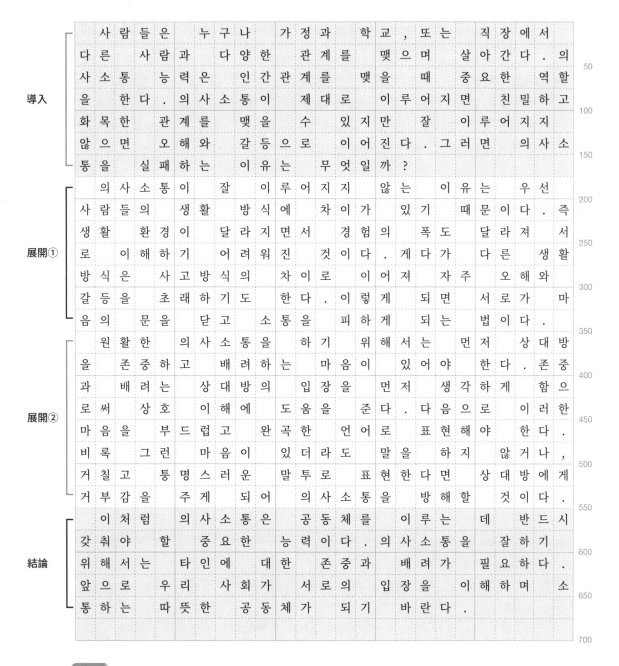

導入

사람들은 누구나 가정과 학교, 또는 직장에서 다른 사람과 다양한 관계를 맺으며 살아간다. 의사소통 능력은 인간관계를 맺을 때 중요한 역할을 한다. 의사소통이 제대로 이루어지면 친밀하고 화목한 관계를 맺을 수 있지만 잘 이루어지지 않으면 오해와 갈등으로 이어진다. 그러면 의사소통을 실패하는 이유는 무엇일까?

展開①

의사소통이 잘 이루어지지 않는 이유는 우선 사람들의 생활 방식에 차이가 있기 때문이다. 즉 생활 환경이 달라지면서 경험의 폭도 달라져서로 이해하기 어려워진 것이다. 게다가 다른 생활 방식은 사고방식의 차이로 이어져 자주 오해와 갈등을 초래하기도 한다. 이렇게 되면 서로가 마음의 문을 닫고 소통을 피하게 되는 법이다.

展開②

원활한 의사소통을 하기 위해서는 먼저 상대방을 존중하고 배려하는 마음이 있어야 한다. 존중과 배려는 상대방의 입장을 먼저 생각하게 함으로써 상호 이해에 도움을 준다. 다음으로 이러한 마음을 부드럽고 완곡한 언어로 표현해야 한다. 비록 그런 마음이 있더라도 말을 하지 않거나, 거칠고 퉁명스러운 말투로 표현한다면 상대방에게 거부감을 주게 되어 의사소통을 방해할 것이다.

結論

이처럼 의사소통은 공동체를 이루는 데 반드시 갖춰야 할 중요한 능력이다. 의사소통을 잘하기 위해서는 타인에 대한 존중과 배려가 필요하다. 앞으로 우리 사회가 서로의 입장을 이해하며 소통하는 따뜻한 공동체가 되기 바란다.

TIP

TOPIK歷屆考題的模範答案在第192頁，與之比較、對照將有所助益。

3 전략을 적용한 쓰기 연습 運用解題技巧並作答練習

※ 다음을 주제로 하여 자신의 생각을 600~700자로 글을 쓰시오. 단, 문제를 그대로 옮겨 쓰지 마시오.

> 세계 모든 나라에서는 교육의 내용에 항상 역사가 포함되어 있습니다. 역사 교육은 왜 하는 것일까요? 역사 교육을 통해 무엇을 배워야 할까요? 역사 교육의 필요성에 대해 아래의 내용을 중심으로 자신의 생각을 쓰시오.
>
> • 역사는 무엇입니까?
> • 역사는 왜 배워야 합니까?
> • 역사를 배울 때 무엇을 주의해야 합니까?

解題技巧1

문제를 읽고 로드맵 작성을 통해 답안의 순서를 계획해 봅시다.
閱讀題目後，寫出計劃圖，以規劃作答順序。

| 로드맵 | 주제 도입
主題導入 | | | |

| 도입 단락
前導段落 | 전개 1 단락
展開段落1 | 전개 2 단락
展開段落2 | 마무리 단락
結論段落 |

解題技巧2 ~ 解題技巧4

앞에서 배운 대로 구조 전략, 문형 전략, 어휘 전략을 적용해 자신의 생각을 정리해 써 봅시다.
應用前面所學的結構解題技巧、句模型解題技巧以及詞彙解題技巧，整理出自己的想法。

(1) 도입 단락 쓰기 前導段落

	結構	基本句模型	語彙
도입 前導			

___

___

___

___

___

(2) **전개 1 단락 쓰기** 展開段落1

	結構	基本句模型	詞彙
전개 1 단락 展開段落1			

___

___

___

___

___

___

___

___

※ P.116～P.118無解答，請運用前面所學整理出自身想法。整理完畢後，可參考
　 P.119「解題技巧應用範例」。

(3) 전개 2 단락 쓰기 展開段落2

	結構	基本句模型	詞彙
전개 2 단락 展開段落2			

(4) 마무리 단락 쓰기 結論段落寫作

	結構	基本句模型	詞彙
마무리 단락 結論段落			

4 전략의 적용 예시 解題技巧應用範例

로드맵 流程圖 (주제 : 역사 교육의 중요성 (主題：歷史教育的重要性))

주제 도입 主題導入	정의 定義	중요한 이유 重要的理由	방안 方案	자기 생각 己見

| 도입 단락 前導段落 | | 전개 1 단락 展開段落1 | 전개 2 단락 展開段落2 | 마무리 단락 結論段落 |

	結構	基本句模型	詞彙
도입 단락 前導段落	주제 도입 主題導入	사람들은 누구나	역사의 정의 歷史的定義
	정의 定義	N(이)란 N을/를 말한다	과거의 사실 過去的事實
	다음 질문 下一個問題	질문(2)	중요한 사실을 선택하여 기록 選擇並記錄重要的事實

	結構	基本句模型	詞彙
전개 1 단락 展開段落1	중요성 ① 重要性 ①	-는 이유는 -기 때문이다	중요한 이유 重要的理由
	+ 결과 結果	-기 때문에 -아/어야 한다	· 현재를 이해하게 됨 理解現在 · 문제 해결 능력 解決問題的能力
	중요성 ② 重要性 ②	-은/는 -는 데에 도움이 된다	· 과거와 연결 與過去連結 · 과거의 반성 → 교훈 過去的反省→教訓
	+ 상술 詳述		

	結構	基本句模型	詞彙
전개 2 단락 展開段落2	방안 ① 方法 ①	-기 위해서는 -아/어야 한다	방안 方案
	+ 상술 詳述	-기 위해서는 -는 것이 필요하다	· 역사가의 사관 歷史學家的觀點 · 민족주의적 시각 → 열린 시각 民族主義的觀點 →開放觀點
	방안 ② 方法 ②	-(으)려면 -는 것이 필요하다	· 주관적 가치관 주의 → 비판적 시각 主觀價值主義 →批判性觀點 · 종합적 시각 綜合觀點
	+ 예측 預測		

	結構	基本句模型	詞彙
마무리 단락 結論段落	정리 整理	이처럼	역사를 통해 통찰력, 판단력 향상 透過歷史提升洞察力及判斷力
	의견 意見	-다고 생각한다	
	기대 期待	앞으로	

전략 적용 모범 답안 應用解題技巧的模範答案

導入

사람들은 누구나 어린 시절부터 역사를 배우며 역사를 중요한 것으로 인식하며 살아간다. 역사란 무엇인가? 역사란 과거 사실 중에서 후대에 전해져야 한다고 판단된 내용을 기록한 것을 말한다. 역사는 우리가 알아야 하는 소중한 기록인 것이다. 그러면 우리는 왜 역사를 배워야 할까? 역사를 배우면 우리는 무엇을 얻을 수 있을까?

展開①

역사를 배워야 하는 이유는 역사를 통해 현재를 이해할 수 있기 때문이다. 과거의 사실과 현재의 상황을 연결해 보면서 상황에 대한 이해력을 높일 수 있다. 또한 역사를 배우면 문제 해결 능력을 기를 수 있다. 역사를 통해 과거를 반성하고 교훈을 얻을 수 있기 때문에 비슷한 문제가 발생했을 때 이를 참고하여 문제를 쉽게 극복하고 해결할 수 는 것이다.

展開②

그러나 역사를 배울 때 주의할 점이 있다. 먼저 역사를 무조건적으로 받아들이는 것은 위험하다. 역사는 역사가들의 가치관에 따라 주관적으로 기술된 것이기 때문에 비판적인 시각으로 봐야 한다. 게다가 역사에는 민족주의적 관점이 담겨 있는 경우가 많다. 여기에서 벗어나지 못하면 열린 시각으로 종합적으로 볼 수 없을 것이다.

結論

역사는 단순히 이미 지나간 사실이 아니라 현재와 연결되고, 현재는 또 미래로 이어진다. 우리는 역사를 비판적인 시각으로 봄으로써 통찰력과 판단력을 키워야 한다. 그래야만 앞으로 더 나은 미래를 만들 수 있을 것이다.

50 · 100 · 150 · 200 · 250 · 300 · 350 · 400 · 450 · 500 · 550 · 600 · 650 · 700

TIP

藝術教育（예술 교육）、讀書教育（독서 교육）、討論教育（토론 교육）和早期教育（조기 교육）也是重要性類型經常出題的主題，多讀這些主題對作答會有幫助。

題型2 ▶ **조건 유형** 條件類型

다음을 주제로 하여 자신의 생각을 600~700자로 글을 쓰십시오. 〔37회〕

> 현대 사회는 빠르게 세계화·전문화되고 있습니다. 이러한 현대 사회의 특성을 참고하여, '현대 사회에서 필요한 인재'에 대해 아래의 내용을 중심으로 자신의 생각을 쓰십시오.
>
> - 현대 사회에서 필요한 인재는 어떤 사람입니까? → (條件)
> - 그러한 인재가 되기 위해서 어떤 노력이 필요합니까? → (方案)

※ 模範答案請詳閱P.192

해설 **解說**

這是條件題型，條件類型題主要以人們大部分認同的概念或是制度出題，關鍵字為「필요한、바람직한、성공적인、진정한」…等形容詞，都是詢問實現該狀態所須的條件和方法。

1 전략의 적용 解題技巧應用

解題技巧 ❶ **로드맵 계획하기** | 規劃流程圖

유형 파악
掌握問題類型

※ 針對필요한／바람직한／진정한寫下自己的想法。
  Ex 以下列內容為中心，針對我國社會所需人才寫下自己的想法。

주제 도입	조건	노력 방안	자기 생각
主題導入	展開	努力方案	己見
도입 단락	전개 1 단락	전개 2 단락	마무리 단락
前導段落	展開段落1	展開段落2	結論段落

TIP

· 如果問題有兩個，那就把兩個問題分配到各展開段落來寫。
· 必須掌握住題目所要求的內容為何，並敘述其內容。

(1) 도입 단락 쓰기 前導段落

① 단락의 이해 段落的理解

도입 단락은 최소 3문장 이상 160~180자 정도로 쓰면 됩니다.
最少以三個句子、約160~180字就可以了。

도입 단락에 특별히 요구된 질문이 없을 때는 주제를 소개하는 문장을 더 쓰면
됩니다. 정의를 넣어 주제를 소개하는 것도 좋습니다.
如果前導段落內沒有特別要求要提及什麼問題，可以寫介紹主題的相關內容，像是加
入定義以介紹主題，就是個不錯的方法。

② 단락의 구조화 段落的結構化

주제 도입 主題導入	· 현대 사회는 어떤 사회인가? (주제의 배경 상황) 現代社會是個怎麼樣的社會？（主題的背景情況）
중요성 重要性	· 인재는 어떤 사람인가? 什麼樣的人是人才？
다음 질문 下一個問題	· 다음 질문은 무엇인가? 下一個問題是什麼？

③ 필수 문형 사용하기 使用必備句模型

結構	基本句模型
주제 도입 主題導入	· 사람들은 누구나 -(으)면서 살아간다 · 우리는 살아가면서 -게 된다 · 현대 사회에서는 -는 일이/경우가 많다 **Ex** 사람들은 누구나 인재가 되려고 노력하며 살아간다. 每個人都想做個人才而努力生活著。 우리는 살아가면서 인재가 되기 위해 노력한다. 我們活著，為了做個人才而努力。 현대 사회에서는 인재가 필요한 일이 더 많아지고 있다. 在現代社會裡需要人才的工作正在增加中。

정의 定義	· N(이)란 N이다 · N(이)란 N을/를 말한다/일컫는다
	Ex 인재는 재주와 능력이 뛰어난 사람이다. 人才是才華和能力很優秀的人。 인재란 재주와 능력이 뛰어난 사람을 말한다. 所謂的人才是指才華和能力很優秀的人。
다음 질문 下一個問題	· N은/는 무엇일까? · -(으)ㄹ까?
	Ex 현대 사회에서 인재의 조건은 무엇일까? 現代社會中，人才的條件為何？ 현대 사회에 어떤 인재가 필요할까? 現代社會需要什麼樣的人才？

④ 어휘 확장하기 詞彙擴充

從問題裡選擇關鍵字		現代社會的改變	
인재, 현대 사회, 전문화, 세계화	**주제어의 어휘 확장** 主題語詞彙擴充	• 국제화, 세계화, 글로벌 사회 교통, 통신 발달, 변화 • 전문화 사회, 전문 지식 중시 지식, 생산 활발, 경쟁 재능, 능력, 기술	**문장의 재구성** 重組句子

⑤ 전략 적용 답안 확인 確認應用解題技巧後的答案

도입 단락 前導段落	
주제 도입 主題導入 정의 定義 질문 問題	현대 사회는 국제화된 전문화 사회이다. 교통과 통신, 인터넷의 발달로 세계는 이미 글로벌 사회가 되었고 지식 정보 산업이 발달하면서 전문화된 지식이 요구되는 사회로 발전하였다. 인재란 지식과 재능이 뛰어난 사람을 말하는데, 현대 사회가 필요로 하는 인재가 되기 위해서는 어떤 지식과 재능을 갖춰야 할까?

(2) 전개 1 단락 쓰기 展開段落1

① 단락의 이해 段落的理解

'인재의 조건'을 두 가지로 생각한 후에 총 4 문장을 180~200자 정도로 씁니다.
想出兩種人才的條件後，寫出4句共180～200字。

뒷받침 문장으로 '결과와 예측'의 방법을 선택해서 연습해 봅시다.
用來支持主要論點的句子，可以選擇以「結果與預測」的方法來練習。

② 단락의 구조화 段落的結構化

인재의 조건
人才的條件

외국어 능력 外語能力	열린 사고 開放的思考
中心思想1＋支持論點的句子1	中心思想2＋支持論點的句子2

1	중심 문장 主要論點句	· 인재의 조건은 무엇일까? 人才的條件為何？	조건 1 條件1
	뒷받침 문장 支持論點句	· 그 결과를 이야기하면? 這種條件之下的結果為何？	결과 結果
2	중심 문장 主要論點句	· 인재의 조건은 무엇일까? 人才的條件為何？	조건 2 條件2
	뒷받침 문장 支持論點句	· 이것이 없다고 가정하면 어떻게 될까? 假設如果沒有此項條件，那將會怎麼樣？	예측 預測

③ 필수 문형 사용하기 使用必備句型

結構		基本句型
중심 문장 主要論點句	조건 條件	· N이/가 되기 위해서는 N이/가 필요하다 · N이/가 되려면 -는 것이 필요하다/필수적이다 · N이/가 없다면 N이/가 될 수 없을 것이다 **Ex** 인재가 되기 위해서는 외국어 능력이 필요하다. 為了成為人才，就需要具備外語能力。 인재가 되려면 외국어 능력을 가지는 것이 필수적이다. 若要成為人才，擁有外語能力是必須的。 외국어 능력이 없다면 인재가 될 수 없을 것이다. 如果沒有外語能力，就無法成為人才。
	첨가 添加	· (A를 살펴보면 먼저/우선/무엇보다도) B가 있다. 또한/게다가 C도 있다

뒷받침 문장 支持論點句	결과 結果	· -(으)면 -게 된다 · 그로 인해/이를 통해/따라서 -게 된다
	예측 預測	· (만약/만일) -는다면/-(으)면 -(으)ㄹ 것이다 · N이/가 없다면/-지 않는다면 -(으)ㄹ 수 없을 것이다

④ **어휘 확장하기** 詞彙擴充

조건 條件	조건 條件, 필수 조건 必要條件, 요인 要因, 자질 資質、天分, 덕목 德目
필요성 必要性	필요하다 必須的, 필수적이다 必須的, (조건)을 충족시키다 滿足（條件）, (조건)을 갖추다 具備（條件）

⑤ **전략 적용 답안 확인** 確認應用解題技巧後的答案

> **전개 1 단락** 展開段落1
>
> - 조건 1 條件1
> - **결과** 結果
> - 조건 2 條件2
> - 예측 預測
>
> 현대 사회에 필요한 인재가 되기 위해서는 무엇보다 외국어 능력이 필수적이다. 영어를 비롯하여 여러 나라의 언어를 구사할 수 있으면 세계 여러 나라 사람들과 소통이 가능해진다. 다음으로 인재는 열린 사고를 가져야 한다. 만약에 열린 사고가 없다면 다른 민족과 문화를 이해하거나 수용하는 능력이 떨어져 그들과 소통하고 교감하기가 어려울 것이다.

(3) **전개 2 단락 쓰기** 段落2寫作

① **단락의 이해** 段落的理解

답을 두 가지 생각한 후에 총 4 문장을 180~200자 정도로 씁니다.
將你所想的答案分成兩類寫4個句子，約180～200字。

중심 문장에는 질문이 요구하는 '방안' 문형이 들어가야 합니다.
在闡述主要論點的句子裡，必須提到問題所要求的「方案」句模型。

뒷받침 문장의 방법에는 예시도 있으니 연습해 봅시다.
有關支持論點的句子撰寫方法，請參與舉例說明，加以練習。（cf.pp.67–68）

② **단락의 구조화** 段落的結構化

인재가 되기 위한 노력 방안
努力成為人才的方案

창의적 사고로 전문성 강화 以創意思考強化專業 中心思想1＋支持論點的句子1	관리 홍보 기술 管理及宣傳技術 中心思想2＋支持論點的句子2

	중심 문장 主要論點句	· 인재가 되려면 어떻게 노력해야 할까? 如果要成為人才，該怎麼努力？	방안 1 方案1
1	뒷받침 문장 支持論點句	· 그 결과 어떤 일이 가능해지나? 其結果，哪些事情會得以實現？	예측 預測
	중심 문장 主要論點句	· 인재가 되려면 어떻게 노력해야 할까? 如果要成為人才，該怎麼努力？	방안 2 方案2
2	뒷받침 문장 支持論點句	· 예를 든다면 어떤 것이 있는가? 有什麼例子？	예시 舉例

③ 필수 문형 사용하기 使用必備句模型

結構		基本句模型
중심 문장 主要論點句	방안 方法	· -(으)려면 -아/어야 한다 · -기 위해서는 -아/어야 한다 Ex 인재가 되려면 창의적으로 사고를 해야 한다. 인재가 되기 위해서는 창의적 사고력을 갖춰야 한다. 如果要做個人才，必須有創意的思考，為了做個人才，應該要具備有創意的思考能力。
뒷받침 문장 支持論點句	첨가 添加	· A를 살펴보면 먼저/우선/무엇보다도 B가 있다. 또한/게다가 C도 있다
	예측 預測	· (만약/만일) -는다면/-(으)면 -(으)ㄹ 것이다 · N이/가 없다면/-지 않는다면 -(으)ㄹ 수 없을 것이다
	예시 舉例	· 예로서 A, B 등을 들 수 있다 · 예를 들면/들어 A, B 등이 있다/필요하다/필수적이다

④ 어휘 확장하기 詞彙擴充

방안 方案	방법 方法, 계획 計畫, 목표 目標, 자세 態度, 해결책 解決策略, 해결 방안 解決方案, 노력 방안 努力方案, 준비 방안 準備方案, 처리 방안 處理方案
목표 目標	높이다 提高, 기르다 培養, 능력을 발휘하다 發揮能力, 도달하다 到達, 달성하다 達成, 회복시키다 恢復, 구하다 追求, 향상시키다 提升, 개선시키다 改善, 활성화 活化, 발전 發展, 향상 提高／增加, 성장 成長, 성과 成果, 안정 安定, 활성화시키다 使活化, (목표를) 이루다 實現（目標）, (목표가) 이루어지다 實現（目標）, (목표를) 달성하다 達成（目標）, 성공하다 成功, 효과를 보다 獲得效果

⑤ 전략 적용 답안 확인 確認應用解題技巧的答案

전개 2 단락 展開段落2

방안 1 方案1	현대 사회의 인재가 되려면 창의성을 발휘하여 자신만의 특화된 전문
예측 預測	성을 길러야 한다. 여기에 경험이 더해지면 자신만의 경쟁력을 갖추 게 되어 대체 불가능한 인재가 될 것이다. 또한 국제화 시대에 발맞추
방안 2 方案2	어 자신의 전문성을 관리하고 홍보하는 기술을 익혀야 한다. 예를 들
예시 舉例	어 컴퓨터 정보 활용과 SNS 운영 기술은 필수적이라고 할 수 있다.

(4) 마무리 단락 쓰기 結論段落寫作

① 단락의 이해 段落的理解

마무리 단락에는 주제에 대한 자신의 의견이나 제안을 쓰면 됩니다.
結論段落寫出自己對於主題的想法或建議就可以了。

마지막 문장에는 미래에 대한 기대를 이 주제와 관련시켜 쓰면 됩니다.
最後一句把對未來的期待與主題做連結書寫就可以了。

② 단락의 구조화 段落的結構化

정리 整理	· 지금까지 내용을 한 문장으로 요약한다면? 將上述內容摘要成一個句子。
의견 意見	· 주제에 대해 가장 중요하다고 생각한 것을 말한다면? 論述有關主題最重要的內容。
기대 期待	· 이 주제와 관련하여 미래 사회가 어떻게 되면 좋을까? 有關這個主題，你希望未來社會的演變。

③ 필수 문형 사용하기 使用必備句模型

結構	基本句模型
정리 整理	· 이처럼/지금까지 살펴본 바와 같이 · 지금까지 N에 대해 살펴보았다
의견 意見	· (-기 위해서는) -아/어야 한다고 생각한다 · -(으)려면 -는 것이 중요하다/필요하다 · (-도록) -아/어야 할 것이다
기대 期待	· 앞으로 -기 바란다 · 앞으로 -아/어야 할 것이다

④ 어휘 확장하기 詞彙擴充

主題與題型	주제어의 어휘 확장 主題詞彙擴充	關鍵字	자기 생각 己見
현대 사회 인재의 조건		전문성, 정보 교류, 외국어 능력, 열린 사고	

⑤ **전략 적용 답안 확인** 確認應用解題技巧後的答案

마무리 단락 結論

정리 整理
의견 意見
기대 期待

이처럼 현대 사회에는 전문성을 갖춘 인재가 요구된다. 인재가 되기 위해서는 외국어 능력과 컴퓨터 관련 정보 기술과 더불어 창조적인 열린 사고를 가져야 한다. 앞으로 많은 인재가 미래 사회를 더욱 발전시켜 주길 기대한다.

TIP

若要結尾寫得短，就把「整理和意見」寫成一句，然後再寫一句對未來的「期望」，共兩句即可。

解題技巧 ⑤ **오류 수정하기** | 修正錯誤

在前導段落寫完用來帶出下段內容的問題之後，你不要回答問題，也不要寫出你的意見。應該要在下段內容裡回答這個問題，而你的意見應該要放在結論段落裡。
→ 현대 사회의 인재는 어떤 능력이 필요할까? 나는 인재가 되려면 정말 많은 능력이 있어야 한다고 생각한다. (X)
→ 현대 사회의 인재는 어떤 능력이 필요할까? 인재는 열정이 있어야 한다. (X)
→ 현대 사회의 인재는 어떤 능력이 필요할까? 이제부터 살펴보겠다. (O)
　現代社會的人才需要什麼樣的能力？現在就來看看吧！

•有用的單字•

뛰어나다 優秀的 | 지식 知識 | 능력 能力 | 인재 人才 | 언어를 구사하다 運用語言 |
수용하다 接受 | 열린 사고 開放的思想 | 수용하다 容納、適應 |
교감하다 交感、相互感應 | 발휘하다 發揮 | 경쟁력 競爭力 |
대체 불가능하다 不可取代的 | 익히다 練習 | 운영 營運

2 전략의 적용 답안의 전체 글 확인하기 確認應用解題技巧後的整篇完整答案

導入

　현대 사회는 국제화된 전문화 사회이다. 교통과 통신, 인터넷의 발달로 세계는 이미 글로벌 사회가 되었고 지식 정보 산업이 발달하면서 전문화된 지식이 요구되는 사회로 발전하였다. 인재란 지식과 능력이 뛰어난 사람을 말하는데, 현대 사회가 필요로 하는 인재가 되기 위해서는 어떤 지식과 재능을 갖춰야 할까?

展開①

　현대 사회에 필요한 인재가 되기 위해서는 무엇보다 외국어 능력이 필수적이다. 영어를 비롯하여 여러 나라의 언어를 구사할 수 있으면 세계 여러 나라 사람들과 소통이 가능해진다. 다음으로 인재는 열린 사고를 가져야 한다. 만약에 열린 사고가 없다면 다른 민족과 문화를 이해하거나 수용하는 능력이 떨어져 그들과 소통하고 교감하기가 어려울 것이다.

展開②

　현대 사회의 인재가 되려면 창의성을 발휘하여 자신만의 특화된 전문성을 길러야 한다. 여기에 경험이 더해지면 자기만의 경쟁력을 갖추게 되어 대체 불가능한 인재가 될 것이다. 또한 국제화 시대에 발맞추어 자신의 전문성을 관리하고 홍보하는 기술을 익혀야 한다. 예를 들어 컴퓨터 정보 활용과 SNS 운영 기술은 필수적이라고 할 수 있다.

結論

　이처럼 현대 사회에는 전문성을 갖춘 인재가 요구된다. 인재가 되기 위해서는 외국어 능력과 컴퓨터 관련 정보 기술과 더불어 열린 사고를 가져야 한다. 앞으로 많은 인재가 미래 사회를 더욱 발전시켜 주길 기대한다.

> **TIP**
>
> TOPIK歷屆考題的模範答案在第192頁，與之比較、對照將有所助益。

3 전략을 적용한 쓰기 연습 練習應用解題技巧並寫出答案

※ 다음을 주제로 하여 자신의 생각을 600~700자로 글을 쓰시오. 단, 문제를 그대로 옮겨 쓰지 마시오.

> 최근 정보·지식 산업의 진전과 더불어 4차 산업 혁명 시대가 시작되었습니다. 이제 과거에 인간이 하던 일을 컴퓨터나 인공 지능, 로봇 등이 하게 됨에 따라 인간의 직업에도 변화가 예상됩니다. 아래의 내용을 중심으로 4차 산업 혁명 시대의 직업에 대해 자신의 생각을 쓰시오.
>
> - 이러한 시대에 인간의 직업에는 어떤 변화된 요구가 있을까요?
> - 새로운 시대를 준비하려면 어떤 능력을 갖춰야 합니까?

解題技巧1

문제를 읽고 로드맵 작성을 통해 답안의 순서를 계획해 봅시다.
閱讀題目後，寫出計劃圖，以規劃答案文章的構成順序。

로드맵	주제 도입 主題導入

| 도입 단락 前導段落 | 전개 1 단락 展開段落1 | 전개 2 단락 展開段落2 | 마무리 단락 結論段落 |

解題技巧2 ~ 解題技巧4

앞에서 배운 대로 구조 전략, 문형 전략, 어휘 전략을 적용해 자신의 생각을 정리해 써 봅시다.
應用前面所學的結構解題技巧、句模型解題技巧以及詞彙解題技巧，試著整理並寫出自己的想法。

(1) **도입 단락 쓰기** 前導段落

	結構	基本句模型	詞彙
도입 前導			

(2) **전개 1 단락 쓰기** 展開段落1

	結構	基本句模型	詞彙
전개 1 단락 展開段落1			

※ P.130～P.132無解答，請運用前面所學整理出自身想法。整理完畢後，可參考 P.133「解題技巧應用範例」。

(3) 전개 2 단락 쓰기 展開段落2

전개 2 단락 展開段落2	結構	基本句模型	詞彙

(4) 마무리 단락 쓰기 結論段落寫作

마무리 단락 結論段落	結構	基本句模型	詞彙

로드맵 流程圖 (주제 : 4차 산업 혁명 시대 직업의 조건 (主題 : 第四次工業革命時代下的職業條件))

주제 도입 主題導入	직업의 변화 職業的變化	노력 방안 努力方案	자기 생각 己見
도입 단락 前導段落	전개 1 단락 展開段落1	전개 2 단락 展開段落2	마무리 단락 結論段落

도입 단락 前導段落	結構	基本句模型	詞彙
	주제 도입 主題導入	우리 사회에서는 ~	정보 지식 산업 情報知識產業
	다음 질문 下一個問題	-(으)ㄹ까?	로봇 機器人, 드론 無人機, 인공 지능 人工智慧

전개 1 단락 展開段落1	結構	基本句模型	詞彙
	변화 ① 變化 ①		
	+ 예시 舉例	N이/가 인기를 끌다	직업의 변화 職業的變化
	변화 ② 變化 ②	-게 되다 -아/어 지다	·로봇, 인공 지능, 드론 機器人、人工智慧、無人機 · 인공 지능 등 관리, 개발 직업 人工智慧…等的管理、開發職業
	+ 예측 預測		

전개 2 단락 展開段落2	結構	基本句模型	詞彙
	방안 ① 方案 ①	- 기 위해서는 -아/어야 한다	
	+ 예시 舉例	- 기 위해서는 -는 것이 필요하다	좋은 직업을 가지기 위한 방안 得到好工作的方法
	방안 ② 方案 ②	- (으)려면 -는 것이 필요하다	·응용력 應用能力 ·창의력 創意力
	+ 상술 詳述		

마무리 단락 結論段落	結構	基本句模型	詞彙
	정리 整理	이처럼	응용력, 창의력 필요 → 새 시대에 맞는 새 능력 갖추도록 최선을 다하자
	의견 意見	-다고 생각한다	須具備應用能力及創意 → 盡力在新的世代擁有新的能力！
	기대 期待	앞으로	

導入

최근 우리 사회에서는 4차 산업 혁명이라는 말을 자주 들을 수 있다. 예전에는 인간이 하던 일을 이제는 정보화와 지식 산업을 기반으로 인공 지능이 대신할 수 있게 된 것이다. 따라서 산업 현장에서 인간이 담당하는 역할도 달라지게 되었다. 이렇듯 급변하는 시대에 인간의 직업에는 어떤 변화가 생길까?

展開①

4차 산업 혁명 시대에는 정보화 시스템과 관련된 직업이 인기를 끌 것이다. 예로서 최첨단 정보화 기기를 다루거나 로봇, 인공 지능 등을 사용하는 직업을 들 수 있다. 또한 인공 지능을 관리하고 개발하는 일은 여전히 인간이 담당하게 될 것이다. 인공 지능이 수행할 수 있는 일의 범위가 넓어진다 하더라도 이를 어떤 분야에서 어떤 방식으로 사용할지 정하는 것은 인간의 몫이 될 것이기 때문이다.

展開②

우리가 이러한 시대에 걸맞는 직업을 갖기 위해서는 응용력을 갖추는 것이 필요하다. 특히 정보화 시스템을 이해하고 다양한 영역에서 활용하는 능력이 필수적이다. 또한 창의력을 길러야 한다. 기존의 것들을 융합하여 새로운 것을 창조하는 일이야말로 기계가 대신할 수 없기 때문이다.

結論

이처럼 4차 산업 혁명 시대의 직업은 새로운 능력을 요구한다. 우리가 이 시대에 필요한 응용력과 창의력을 기른다면 인공 지능이 인간의 일자리를 위협하는 상황에서도 자신의 일자리를 굳건히 지킬 수 있을 것이다.

TIP

第四次工業革命是個很熱門的話題，先簡單了解定義和內容，同時學習與之有關的未來生活變化。

題型3 **영향 유형** 影響類型

다음을 주제로 하여 자신의 생각을 600~700자로 글을 쓰십시오. 47회

> '칭찬은 고래도 춤추게 한다'는 말처럼 칭찬에는 강한 힘이 있습니다. 그러나 칭찬이 항상 긍정적인 영향만 주는 것은 아닙니다. 아래의 내용을 중심으로 칭찬에 대한 자신의 생각을 쓰십시오.
>
> - 칭찬이 미치는 긍정적인 영향은 무엇입니까? → 正面影響
> - 부정적인 영향은 무엇입니까? → 負面影響
> - 효과적인 칭찬의 방법은 무엇입니까? → 有效影響

※ 模範答案請詳閱P.192

해설 解說

關鍵字是「긍정적인 영향（正面影響）、부정적인 영향（負面影響）」，選擇具雙面性的主題，解析兩種面向的影響，這是最近常會出題的類型。

1 전략의 적용 解題技巧應用

解題技巧 ❶ 로드맵 계획하기 | 規劃流程圖

> 유형 파악
> 掌握問題類型

> ※ 請寫下○○的正面影響與負面影響。
> **Ex** 稱讚並非總是帶來正面影響，請針對稱讚寫下自己的想法。

주제 도입	긍정적 영향	부정적 영향	효과적 방안	자기 생각
主題導入	正面影響	負面影響	有效方法	己見

도입 단락	전개 1 단락	전개 2 단락	마무리 단락
前導段落	展開段落1	展開段落2	結尾段落

(1) 도입 단락 쓰기 前導段落寫作

① 단락의 이해 段落的理解

도입 단락의 주된 기능은 주제를 소개하고 다음 전개될 내용으로 예고하는 것입니다.
前導段落的主要功能就是介紹主題，然後預告接下來展開段落的內容。

최소 3문장 이상 160~180자로 쓰면 됩니다.
最少以三個句子、約160〜180字就可以了。

'긍정적인 영향' 문형을 넣어서 도입 단락을 만들면 됩니다.
套入「正面影響」的句模型寫前導段落。

② 단락의 구조화 段落的結構化

주제 도입 主題導入	· 칭찬은 언제 나타나는가? (배경 상황) 稱讚什麼時候出現？（背景情況）
중요성 重要性	· 칭찬은 우리에게 어떤 긍정적 효과를 주는가? 稱讚會帶給我們什麼正面效果？
다음 질문 下一個問題	· 다음 질문은 무엇인가? 下一個問題是什麼？

③ 필수 문형 사용하기 使用必備句模型

結構	基本句模型
주제 도입 主題導入	· 사람들은 누구나 -(으)면서 살아간다 · 우리는 살아가면서 -게 된다 · 현대 사회에서는 -는 일이/경우가 많다 **Ex** 사람들은 누구나 칭찬을 주고 받으면서 살아간다. 每個人生活在世上，都會稱讚他人與被稱讚。 우리는 살아가면서 많은 칭찬을 받는 일들이 생긴다. 我們活著活著，會發生許多會被稱讚的事情。

긍정적 영향 正面影響	· N은/는 N에게/에 긍정적 영향을 미친다 · N은/는 (-음으로써) N에게/에서 중요한 역할을 한다 · N은/는 -는 데에 도움이 된다 **Ex** 칭찬은 아이들의 심리에 긍정적 영향을 미친다. (그래서 필요하다) 稱讚會對孩子們的心理有正面影響。（因此需要稱讚） 칭찬은 동기를 부여함으로써 일의 성취에 중요한 역할을 한다. 稱讚賦予動機，在事情的成就上扮演著重要角色。 칭찬은 아이들이 성장하는 데에 도움이 된다. 稱讚對孩子們的成長有所助益。
다음 질문 下一個問題	· N은/는 무엇일까? · -(으)ㄹ까? **Ex** 칭찬이 줄 수 있는 부정적인 영향은 무엇일까? 稱讚會帶來的負面影響為何？ 칭찬은 우리에게 긍정적인 영향만 미칠까? 稱讚只會給我們正面的影響嗎？

④ **어휘 확장하기** 詞彙擴充

從問題裡選擇關鍵字 → 주제어의 어휘 확장 主題語詞彙擴充 → 문장의 재구성 重組句子

칭찬, 강한 힘,
긍정적 영향

• 기쁨, 자존감, 희망
• 동기, 의지
• 향상, 개선, 회복

⑤ **전략 적용 답안 확인** 確認應用解題技巧後的答案

도입 단락 前導段落

| 주제 도입 主題導入 |
| **긍정적 영향 正面影響** |
| 다음 질문 下一個問題 |

우리는 보통 잘한 일이 있을 때 칭찬을 받게 된다. 칭찬은 우리를 기쁘고 희망적으로 만드는 긍정적 효과가 있다. 우리의 자존감을 높여 주어 더 좋은 사람이 되고 싶게 하고 힘든 일에도 도전할 수 있도록 에너지를 준다. 그러면 칭찬은 긍정적 영향만 있을까?

(2) 전개 1 단락 쓰기 展開段落1

① 단락의 이해 段落的理解

중심 문장에는 질문이 요구하는 '부정적 영향' 문형이 들어가야 합니다.
敘述主要論點的句子裡，必須援用問題所要求的「負面影響」句模型。

뒷받침 문장을 구성하는 방법 중에서 '예측과 예시'를 선택하여 연습해 봅시다.
支持主要論點的句子，可以選擇以「預測與舉例」的方法來練習。

② 단락의 구조화 段落的結構化

칭찬의 부정적 영향
稱讚的負面影響

지나친 칭찬 → 착각하게 한다	부담스러운 칭찬 → 나쁜 일을 하게 한다
過度稱讚→使之誤認	有負擔感的稱讚→使之做出不良行為
中心思想1＋支持該論點的句子1	中心思想2＋支持該論點的句子2

1	중심 문장 主要論點句	· 칭찬은 우리에게 어떤 부정적인 영향을 미치나? 稱讚會帶給我們什麼負面影響？	부정적 영향 1 負面影響1
	뒷받침 문장 支持論點句	· 이 결과로 어떤 상황이 예상되는가? 這種結果之下可以預想到什麼情況的發生？	예측 預測
2	중심 문장 主要論點句	· 칭찬은 우리에게 어떤 부정적인 영향을 미치나? 稱讚會帶給我們什麼負面影響？	부정적 영향 2 負面影響2
	뒷받침 문장 支持論點句	· 어떤 예를 들 수 있는가? 可以舉什麼樣的例子？	예시 舉例

③ 필수 문형 사용하기 使用必備句模型

結構		基本句模型
중심 문장 主要論點句	부정적 영향 負面的影響	· N은/는 -게 하는 부정적 영향/악영향을 끼친다 · N(으)로 인해 -게 된다
		Ex 지나친 칭찬은 우리를 자만하고 착각하게 하는 부정적 영향을 미친다. 過度稱讚會讓我們感到自滿，並帶來讓我們產生錯覺的負面影響。 지나친 칭찬으로 인해 우리는 자신에 대해 착각하게 된다. 過度稱讚會導致我們對自己產生錯覺。

중심 문장 主要論點句	첨가 添加	(A를 살펴보면) B가 있다. 또한/게다가 C도 있다
뒷받침 문장 支持論點句	예측 預測	· (만약/만일) -는다면/-(으)면 -(으)ㄹ 것이다 · N이/가 없다면/-지 않는다면 -(으)ㄹ 수 없을 것이다
	예시 舉例	· 예로서 -(는 것)을 들 수 있다 · 예를 들면 -는 것/일도 있다 · -는 것이 대표적인 예이다 Ex 예로서 아이들이 부모의 칭찬을 받으려고 부정행위를 하는 것을 들 수 있다. 舉例來說，有些孩子會為了得到父母的稱讚而做出不良行為。 예를 들면 아이들은 부모의 칭찬을 받으려고 부정행위를 하는 일도 있다. 例如，有些孩子為了得到父母的稱讚也會做出不良行為。 아이들이 부모의 칭찬을 받으려고 부정행위를 하는 것이 그 대표적인 예이다. 孩子為了得到父母的稱讚而做出不良行為，就是一個代表性的例子。

④ **어휘 확장하기** 詞彙擴充

영향 影響	영향을 끼치다/미치다 給予影響, 긍정적 측면 正向的一面, 부정적 측면 負向的一面, 가치 價值, 효과 效果, 결과 結果, 성과 成果, 기능 功能, 역할 角色, 도움 幫助
관계 關係	관련이 있다 有關係, 비례하다 成比例, 영향력 影響力
문제점 관련 표현 與問題點有關 的表現	문제점 問題點, 문제 問題, 논란 爭論, 폐단 弊端, 단점 缺點, 피해 受害, 폐해 弊害, 악영향 不良影響, 부담을 주다 給予負擔, 문제가 있다 有問題, 문제이다 …是個問題, (문제가) 나타나다 （問題）出現, 일어나다 發生, 발생하다 發生, 대두되다 出現／抬頭, 문제를 초래하다 引來問題, 야기하다 惹起, 문제에 직면하다 直接面對問題
부정적 영향을 나타내는 표현 出現負面影響 的表現	부정적 영향을 미치다 給予負面影響, 부정적으로 작용하다 產生負面影響, 역효과를 내다 產生不良效果, (피해를) 초래하다 招致（傷害）, 악영향을 불러일으키다 引起不好的影響, 역기능을 나타내다 出現反作用／負面效應, 위협하다 威脅, 심각하다 嚴重的, 부담을 주다 給予負擔
부정적 결과 負面的結果	상처 傷害, 좌절 挫折, 포기 拋棄, 불행 不幸, 불안 不安, 성장 부진 成長緩慢, 학업 부진 學業不濟, 성과 부진 成果不佳, 무기력 無力, 악화되다 惡化, 늪에 빠지다 陷入泥淖, 침체되다 停滯不前, 도움이 안 되다 無助益, 방해하다 妨害

⑤ **전략 적용 답안 확인** 確認應用解題技巧後的答案

전개 1 단락 展開段落1

부정적 영향 1 負面影響1
예측 預測
부정적 영향 2 負面影響2
예시 舉例

지나친 칭찬은 우리를 자만에 빠지게 하고 현실을 제대로 인식하지 못하게 만든다. 이렇게 착각이 지속된다면 개선과 성장의 기회를 놓칠 수도 있을 것이다. 또한 우리는 칭찬이 주는 부담감을 이기지 못해 잘못된 선택을 하기도 한다. 예로서 아이들이 칭찬을 받으려고 부정행위를 하는 것을 들 수 있다.

---

(3) 전개 2 단락 쓰기 展開段落2

① **단락의 이해** 段落的理解

중심 문장에는 질문이 요구하는 '방안' 문형이 들어가야 합니다.
闡述主要論點的句子裡，需使用到問題所要求的「方案」句模型。

뒷받침 문장은 '예측과 예시'의 방법을 선택해서 쓸 수 있습니다.
用來支持主要論點的句子，可以選擇以「預測與舉例」的方法來撰寫。

② **단락의 구조화** 段落的結構化

칭찬의 효과적 방안
有效的稱讚方案

과정 중시해서 칭찬하기 注重過程稱讚 中心思想1＋支持該論點的句子1	칭찬과 격려의 상황 구분하기 區分稱讚和鼓勵的狀況 中心思想2＋支持該論點的句子2

1	중심 문장 主要論點句	· 칭찬을 잘하려면 어떻게 해야 할까? 如何做好稱讚？	방안 1 方案1
	뒷받침 문장 支持論點句	· 다음을 가정하면 어떤 예측을 할 수 있을까? 假設以下情況，我們能做出什麼樣的預測？	예측 預測
2	중심 문장 主要論點句	· 칭찬을 잘하려면 어떻게 해야 할까? 如何做好稱讚？	방안 2 方案2
	뒷받침 문장 支持論點句	· 어떤 상황을 예로 들 수 있을까? 有什麼例子？	예시 舉例

③ **필수 문형 사용하기** 使用必備句模型

結構		基本句型
중심 문장 主要論點句	방안 方法	· -(으)려면 -아/어야 한다 · -기 위해서는 -이/가 필요하다 · -기 위해서는 -는 것이/자세가 필요하다/필수적이다 **Ex** 칭찬을 잘하려면 결과보다 과정을 보고 칭찬해야 한다. 若要做好稱讚，應該就過程而不是結果來稱讚。 칭찬을 잘하기 위해서는 결과보다 과정을 보는 것이 필요하다. 為了做好稱讚，應看過程而不是結果。 칭찬을 잘하기 위해서는 결과보다 과정을 보는 것이 필수적이다. 為了做好稱讚，必須看過程而不是結果。
	첨가 添加	(A를 살펴보면 언제/우선/무엇보다도) B 가 있다. 또한/게다가 C도 있다
뒷받침 문장 支持論點句	예측 預測	· (만약에/만일) -(ㄴ/는)다면 -(으)ㄹ 것이다 · N이/가 없다면/-지 않는다면 -(으)ㄹ 수 없을 것이다 **Ex** 애정을 가지고 지켜보면서 칭찬을 한다면 효과가 클 것이다. 如果帶著愛情關注並給予稱讚會更有效果。 애정이 없이 칭찬을 한다면 칭찬의 효과는 떨어질 것이다. 沒有愛情的稱讚，稱讚的效果會低落。
	예시 舉例	· 예로서 -는 것을 들 수 있다 · 예를 들어 -는 일/상황이 있다 **Ex** 예로서 잘하지 못한 상황을 들 수 있는데, 그때는 칭찬하지 말고 격려해야 한다. 以沒把事情做好為例，此時就不能給予稱讚，而是要給予鼓勵。 예를 들어 잘하지 못한 상황이라면 칭찬하지 말고 격려해야 한다. 舉例來說，若是沒有把事情做好的情況，則不該稱讚，而是該鼓勵。

④ **어휘 확장하기** 詞彙擴充

방안 관련 표현 與方法有關的敘述	바람직한 방안 理想方案, 효율적인 방안 有效率的方案, 효과적인 방안 有效的方案, 대처/준비 방안 應對／準備方案, 자세를 갖추다 具備態度, 태도를 보이다 展現態度, 중시하다 重視

문제 해결 방안 표현 如何敘述解決問題	해결책 解決方法, 노력 努力, 자세 態度, 태도 態度, 바람직하다 可望的／正確的／妥當的, 효과적이다 有效果的, 문제를 없애다 解決問題, 제거하다 去除, 근절하다 根絕, 극복하다 克服, 해결하다 解決, 실천하다 實踐, 노력하다 努力, 대처하다 應對, 계획하다 計畫, 자세로 임하다 以（某種）態度面對, 도움이 되다 幫上忙, 대책을 마련하다 準備對策, 힘쓰다 努力, 모색하다 摸索

⑤ **전략 적용 답안 확인** 確認應用解題技巧後的答案

전개 2 단락 展開段落2	
방안 1 方法1 예측 預測 방안 2 方法2 예시 舉例	따라서 우리가 효과적으로 칭찬을 하려면 결과가 아니라 과정을 칭찬해야 한다. 애정을 가지고 과정을 지켜보면서 노력과 성과를 칭찬한다면 그 칭찬은 효과가 대단히 클 것이다. 또한 칭찬과 격려의 상황을 구분해야 한다. 예를 들어 잘하지 못한 상황이라면 무턱대고 칭찬하기보다 조언과 격려를 통해 더 성장할 수 있는 기회를 주는 것이 바람직하다.

(4) 마무리 단락 쓰기 結論寫作

① 단락의 이해 段落的理解

지금까지의 내용을 정리하면서 자신의 생각을 말하는 부분입니다.
這是整理上述的內容，並闡述自己意見的部分。

마무리 단락은 3~4문장을 100~120자 정도로 쓰면 됩니다.
結論用3～4個句子，共100～120個字寫作即可。

② 단락의 구조화 段落的結構化

정리 整理	· 지금까지 내용을 한 문장으로 요약한다면? 將前內容摘要成一個句子。
의견 意見	· 주제에 대해 가장 중요하다고 생각한 것을 말한다면? 論述關於這個主題，你認為最重要的內容。
기대 期待	· 이 주제와 관련하여 미래 사회가 어떻게 되면 좋을까? 關於這個主題，你希望未來的社會樣貌。

③ **필수 문형 사용하기** 使用必備句模型

結構	基本句模型
정리 整理	· 이처럼/지금까지 살펴본 바와 같이 · 지금까지 N에 대해 살펴보았다
의견 意見	· (-기 위해서는) -아/어야 한다고 생각한다 · -(으)려면 -는 것이 중요하다/필요하다 · (-도록) -아/어야 할 것이다
기대 期待	· 앞으로 -기 바란다 · 앞으로 -아/어야 할 것이다

④ **어휘 확장하기** 詞彙擴充

主題與題型	주제어의 어휘 확장 主題語詞彙的擴充	關鍵字	자기 생각 己見
현대 사회 인재의 조건		전문성, 정보 교류, 외국어 능력, 창조적 열린 사고	

⑤ **전략 적용 답안 확인** 確認應用解題技巧後的答案

마무리 단락 結論	
정리 整理 **의견 意見** 기대 期待	이처럼 칭찬은 잘하면 득이 되지만 잘못하면 독이 되기도 한다. 칭찬에는 관심과 애정이 밑받침이 되어야만 최대의 효과를 나타낼 수 있다고 생각한다. 앞으로 우리 사회가 서로 관심과 애정을 가지고 칭찬을 주고받는 바람직한 사회가 되기 바란다.

TIP

寫結論時，有受總字數700字的限制。若要將結論簡短結束，可將「意見」和對於未來的「期待」納入，共以兩個句子來結束。

在寫你自己的意見時，要用像「내가 생각하기에는」、「내 생각에는」或「나는」等表達來寫。用「우리」當作主語來客觀化你的論述。此外，「-어／아야 할 것이다」這種表達方式比起帶有強制／確鑿意味的「-어／야 한다」來得更好。

→ 내 생각에는 결과보다 과정을 칭찬해야 한다. (X)
→ 내가 생각하기에는 결과보다 과정을 칭찬해야 한다고 생각한다. (X)
→ 나는 결과보다 과정을 칭찬해야 한다고 생각한다. (△)
→ 우리 모두 결과보다는 과정을 칭찬해야 할 것이다. (O)
　　比起結果，我們應該稱讚過程而不是結果。（與其稱讚結果，不如稱讚過程）。

•有用的單字•

자존감 自尊感｜도전하다 挑戰｜자만 自滿｜현실을 인식하다 認知現實｜
기회를 놓치다 失去機會｜부담을 주다 給予負擔｜부담감 負擔感｜
잘못된 선택을 하다 做出錯誤選擇｜부정행위 不當行為｜과정 過程｜격려 鼓勵｜
무턱대고 隨便地／胡亂地｜득（得）利益｜독 毒｜밑받침이 되다 成為基石｜
바람직하다 可望的／正確的／妥當的

2　전략의 적용 답안의 전체 글 확인하기　確認應用解題技巧後的整篇完整答案

導入

우리는 보통 잘한 일이 있을 때 칭찬을 받게 된다. 칭찬은 우리를 기쁘고 희망적으로 만드는 긍정적 효과가 있다. 우리의 자존감을 높여 주어 더 좋은 사람이 되고 싶게 하고 힘든 일에도 도전할 수 있도록 에너지를 준다. 그러면 칭찬은 긍정적인 영향만 있을까?

展開①

지나친 칭찬은 우리를 자만에 빠지게 하고 현실을 제대로 인식하지 못하게 만든다. 이렇게 착각이 지속된다면 개선과 성장의 기회를 놓칠 수도 있을 것이다. 또한 우리는 칭찬 주는 부담감을 이기지 못해 잘못된 선택을 하기도 한다. 예로서 아이들이 칭찬을 받으려고 부정행위를 하는 것을 들 수 있다.

展開②

따라서 우리가 효과적으로 칭찬을 하려면 결과가 아니라 과정을 칭찬해야 한다. 애정을 가지고 과정을 지켜보면서 노력과 성과를 칭찬한다면 그 칭찬은 효과가 대단히 클 것이다. 또한 칭찬과 격려의 상황을 구분해야 한다. 예를 들어 잘하지 못한 상황이라면 무턱대고 칭찬하기보다 조언과 격려를 통해 더 성장할 수 있는 기회를 주는 것이 바람직하다.

結論

이처럼 칭찬은 잘하면 득이 되지만 잘못하면 독이 되기도 한다. 칭찬에는 관심과 애정이 밑받침이 되어야만 최대의 효과를 나타낼 수 있다고 생각한다. 앞으로 우리 사회가 서로 관심과 애정을 가지고 칭찬을 주고받는 바람직한 사회가 되기 바란다.

TIP

TOPIK歷屆考題的模範答案在第192頁，與之比較、對照將有所助益。

3 전략을 적용한 쓰기 연습 練習應用解題技巧作答

※ 다음을 주제로 하여 자신의 생각을 600~700자로 글을 쓰시오. 단, 문제를 그대로 옮겨 쓰지 마시오.

> 요즘 인기가 많은 TV 드라마나 영화, 예능 프로그램을 보면 특정 제품의 상품이나 로고를 보여 주는 간접 광고가 심합니다. 이러한 간접 광고는 우리에게 어떤 영향을 미칠까요? 이에 대해 아래의 내용을 중심으로 자신의 생각을 쓰시오.
>
> • 간접 광고란 무엇을 말합니까?
> • 간접 광고가 점점 많아지고 있는 이유는 무엇입니까?
> • 간접 광고가 시청자와 사회에 끼치는 부정적인 영향은 무엇입니까?

解題技巧1

문제를 읽고 로드맵 작성을 통해 답안의 순서를 계획해 봅시다.
閱讀題目後，寫出計劃圖，以規劃作答順序。

解題技巧2 ~ 解題技巧4

앞에서 배운 대로 구조 전략, 문형 전략, 어휘 전략을 적용해 자신의 생각을 정리해 써 봅시다.
援用前面所學的結構解題技巧、句模型解題技巧以及詞彙解題技巧，整理並寫出自己的想法。

(1) 도입 단락 쓰기 前導段落

	結構	基本句模型	詞彙
도입 前導			

_____

_____

_____

_____

_____

_____

(2) **전개 1 단락 쓰기** 展開段落1

	結構	基本句模型	詞彙
전개 1 단락 展開段落1			

_____

_____

_____

_____

_____

_____

_____

_____

※ P.146～P.148無解答，請運用前面所學整理出自身想法。整理完畢後，可參考 P.149「解題技巧應用範例」。

(3) **전개 2 단락 쓰기** 展開段落2

전개 2 단락 展開段落2	結構	基本句模型	詞彙

(4) **마무리 단락 쓰기** 結論段落寫作

마무리 단락 結論	結構	基本句模型	詞彙

4 전략의 적용 예시 解題技巧應用範例

로드맵 流程圖 (주제 : 4차 산업 혁명 시대 직업의 조건 (主題：第四次工業革命時代下的職業條件))

주제 도입 主題導入	정의 定義	중요한 이유 重要的理由	방안 方案	자기 생각 己見
도입 단락 前導段落		전개 1 단락 展開段落1	전개 2 단락 展開段落2	마무리 단락 結論段落

도입 단락 前導段落	結構	基本句模型	詞彙
	주제 도입 主題導入	최근 문제가 되고 있다.	간접 광고 間接性廣告
	정의 定義	N(이)란 N을/를 말한다	제품 소개 產品介紹
	다음 질문 下一個問題		인기를 끌다 吸引人氣

전개 1 단락 展開段落1	結構	基本句模型	詞彙
	이유 ① 原因 ①	-는 이유는 -기 때문이다. N이/가 생긴다	**인기 있는 이유** 受歡迎的理由
	+ 결과 結果		·광고 효과 반복적으로 노출 廣告效果反覆露出
	이유 ② 原因 ②		·좋아하는 연예인 모방 심리 對喜歡藝人的模仿心理
	+ 예측 預測		

전개 2 단락 展開段落2	結構	基本句模型	詞彙
	부정적 영향 ① 負面影響 ①	부정적 영향을 끼친다. N(으)로 인해 악영향을 초래한다/발생시킨다 -게 된다/되었다	**부정적 영향** 負面影響
	+ 결과 結果		·자유 시청권 침해 侵害自由收視權 / ·작품의 질 저하 作品品質低下
	부정적 영향 ② 負面影響 ②		·과소비 조장 助長過度消費 / ·시청자 불쾌감 造成觀眾的反感
	+ 상술 詳述		

마무리 단락 結論段落	結構	基本句模型	詞彙
	정리 整理	이처럼	자유 시청권 침해 侵害自由收視權
	의견 意見	-다고 생각한다	정부의 규제 필요 須有政府的限制
	기대 期待	앞으로	

전략 적용 모범 답안 應用解題技巧的模範答案

導入
최근 간접 광고가 점점 심해지면서 사회적으로 문제가 되고 있다. 간접 광고란 TV 프로그램, 영화 등의 매체를 통해서 상품을 알리는 것을 말한다. 직접적으로 광고를 하지 않는다는 점에서 간접 광고라고 불린다. 그렇다면 간접 광고는 왜 인기를 끌고 있는 것일까?

展開①
간접 광고가 인기를 끄는 이유는 무엇보다도 광고 효과가 크기 때문이다. 상품이 반복적으로 노출되면 인지도가 높아지고 매출도 증가하기 마련이다. 게다가 인기 있는 연예인이 광고 모델이 된다면 따라서 보고 싶은 모방 심리가 생기기 때문에 더욱 효과가 커진다.

展開②
그러나 간접 광고에는 부정적인 영향도 있다. 먼저 시청자들은 광고를 보고 싶지 않았는데도 계속 광고를 볼 수밖에 없다. 간접 광고는 시청자의 자유 시청권을 침해를 할 뿐만 아니라 과소비까지 조장한다. 다음으로 간접 광고는 작품의 전개 흐름을 방해한다. 간접 광고는 시청자에게 피로감과 불쾌감을 느끼게 하고 작품의 질도 떨어지게 하는 악영향을 끼치고 있는 것이다.

結論
프로그램의 제작비가 갈수록 높아지는 현실에서 간접 광고는 제작 과정에서 빼놓을 수 없는 요소가 되었다. 그렇지만 지나친 간접 광고는 시청자의 자유 시청권을 상당히 침해한다고 생각한다. 간접 광고에 대한 정부의 규제를 통해 시청자의 권리가 회복되기를 바란다.

TIP

試著將有關媒體的正面及負面功能、假消息的爭議、媒體的審查爭議和抄襲爭議等主題的想法整理出來。

題型4 **찬반 유형** 贊成與反對類型

다음을 주제로 하여 자신의 생각을 600~700자로 글을 쓰시오. [34회]

> 자연을 그대로 보존해야 한다는 주장과 인간을 위해 자연을 개발해야 한다는 주장이 있습니다.
> 이에 대한 자신의 견해를 서술하십시오, 단 아래에 제시된 내용이 모두 포함되어야 합니다.
>
> • 자연 보존과 자연 개발 중 어느 것이 더 중요하다고 생각하는가? → 表明立場
> • 그렇게 생각하는 이유는 무엇인가? (2가지 이상 쓰시오) → 贊成的理由/反對的理由

※ 模範答案請詳閱P.192

해설 解說

這一題以引起社會大眾贊成與反對的主題出題，必須選擇自己立場後，有條理地敘述其理由。此題有對一個議題，在贊成與反對之中做選擇；以及由兩個立場之中選擇一個的兩種類型。

1 **전략의 적용** 解題技巧應用

해결기巧 1 **로드맵 계획하기** | 規劃流程圖

> **유형 파악**
> 掌握類型
>
> ※ 有○○○主張與○○○主張。請對此陳述自己的見解。
> Ex 有必須保護大自然的主張與必須開發大自然的主張，請對此陳述自己的觀點。

주제 도입 主題導入	**입장 표명** 表明立場	**찬반 이유 1** 贊成或反對 的理由1	**찬반 이유 2** 贊成或反對 的理由2	**자기 생각 (확인)** 己見（確認）
도입 단락 前導段落		전개 1 단락 展開段落1	전개 2 단락 展開段落2	마무리 단락 結論段落

TIP

在贊成或反對的題型裡，將贊成或反對的理由分為兩個在展開段落作答。各個段落的內部結構和題型3完全不一樣，這一點要特別注意。從前導段落開始就必須揭示自己的立場，而在最後結尾段落也要再次確認該立場。

(1) 도입 단락 쓰기 前導段落寫作

① 단락의 이해 段落的理解

도입 단락에서는 논란이 되는 두 가지 주장을 1~2 문장으로 소개합니다. 그러나 문제와 똑같이 쓰면 안 되고 다른 문형을 사용하여 소개해야 합니다.
在前導段落將有爭議的正反兩面主張以1~2個句子介紹，但是不可以將題目直接照抄，要用其他句模型介紹。

다음 문장은 자신의 입장을 표명해야 하므로 '나는' 으로 시작하는 문장이 요구됩니다.
接下來的句子要表明自己的立場，需要以「나는」作為句子的開頭。

마지막 문장에서는 다음 내용을 예고하는 문장을 의문문이 아니라 서술문으로 써야 합니다.
最後一句用來預告後面文章內容的句子，不可以用疑問句，而是要用敘述句。

② 단락의 구조화 段落的結構化

주제 도입 主題導入	· 어떤 논란이 되는 문제가 있는가? (배경 상황) 有什麼有爭議的問題？（背景狀況）
입장 표명 立場表明	· 이 문제에 대해 어떤 입장을 선택했는가? 關於這個問題，我選擇哪樣立場？
다음 질문 下一個問題	· 다음 질문은 무엇인가? 下一個問題是什麼？

③ 필수 문형 사용하기 使用必備句模型

結構	基本句模型
주제 도입 (=논란 소개) 主題導入 （＝介紹爭議）	· 최근 ~ 문제가 대두되어 논란이 되고 있다 · 최근 우리 사회에서는 ~ 문제가 나타나 논란이 가열되고 있다 · -다는 의견/주장과 -다는 의견/주장이 팽팽히 맞서고 있다 **Ex** 최근 자연 개발 문제가 대두되어 논란이 되고 있다. 最近大自然的開發問題曝露而成了爭議。 최근 사회에서는 무분별한 자연 개발 현상이 이루어져 논란이 되고 있다. 最近社會上恣意開發大自然的現象出現而受非議。 자연을 보존해야 한다는 주장과 인간을 위해 이를 개발해야 한다는 주장이 팽팽히 맞서고 있다. 應保護大自然的主張及應為了人類而開發的主張正緊張對峙中。

입장 표명 表明立場	· 나는 N에 대해 찬성하는/반대하는 입장이다 · 나는 N에 동의한다/동의할 수 없다 · 나는 -는 것이 바람직하다고 생각한다/생각하지 않는다 Ex 나는 자연을 무분별하게 개발하는 것에 대해 반대하는 입장이다. 我是對恣意開發大自然持反對立場。 나는 인간을 위해서 자연을 개발한다는 의견에 동의할 수 없다. 我對為了人類而開發大自然的意見不能同意。 나는 자연을 개발하는 것이 바람직하다고 생각하지 않는다. 我不認為開發大自然是好的。
다음 예고 預告後續內容	이에 대해 찬성/반대하는 이유를 두 가지로 나누어 살펴보겠다/ 살펴보고자 한다

④ 어휘 확장하기 詞彙擴充

從問題裡選擇關鍵字		當你具備溝通技巧時	
· 자연 보존 주장 · 인간을 위해 자연 개발 주장	주제어의 어휘 확장 主題語詞彙擴充 →	· 자연 보존, 환경 보존, 생태계 보존 當你不具備溝通技巧時 · 자연 개발, 경제 발전 인간을 위한	문장의 재구성 重組句子 →

문제점 & 논란 問題&爭議	논란 爭議, 문제 問題, 문제가 되고 있다 成為問題, 의견이 분분하다 眾說紛紜, 팽팽히 맞서다 緊張對峙, 주장하다 主張, 비난하다 指責
찬반 선택 贊反選擇	찬성 贊成, 반대 反對, 동의 同意, 인정 承認, 바람직하다 可望的／正確的／妥當的, 옳다 對的, 옳지 않다 不對的

⑤ 전략 적용 답안 확인 確認應用解題技巧後的答案

도입 단락 前導段落	
주제 도입 主題導入 **입장 표명 表明立場** 다음 예고 預告後續	최근 경제 발전을 위해 자연을 무분별하게 개발하면서 사회적으로 논란이 되고 있다. 자연 파괴로 이어지는 자연 개발은 결코 허용되어서는 안 된다고 생각한다. 이제부터 자연 개발에 반대하는 이유를 두 가지로 나누 어 살펴보고자 한다.

(2) 전개 1 단락 쓰기 展開段落1

① 단락의 이해 段落的理解

반대 이유를 두 가지로 써야 하므로 먼저 이유를 두 가지로 나누어야 합니다. 그 중 하나를 택해서 중심 문장과 뒷받침 문장으로 총 4개 문장을 180~200자로 쓰면 됩니다.
因為需寫出兩個反對的理由，所以先把理由分為兩類寫出來後，選擇其中一個理由，來寫出主要論點和支持其論點的句子，以4個句子來組成180～200字的段落。

중심 문장에는 찬성 이유를 쓸 때는 '이유' 문형과 함께 '긍정적 영향, 필요성'을 사용해야 하며 반대 이유를 쓸 때는 '문제점, 부정적 영향'을 사용하면 됩니다.
於主要論點敘述贊成的理由時，須用到闡述「理由」的句型和其「正面影響及必要性」；而在敘述反對的理由時，可以用「問題點和負面影響」的句型。

뒷받침 문장으로 결과와 예측의 방법을 연습해 봅시다.
支持主要論點的句子，可以選擇以「結果和預測」的方法來撰寫。

② 단락의 구조화 段落的結構化

자연 개발에 반대하는 이유
反對開發大自然的理由

동식물의 고통 動植物的痛苦 中心思想1＋支持該論點的句子1	인류 생존 위협 威脅人類的生存 中心思想2＋支持該論點的句子2

1	중심 문장 主要論點句	· 자연 개발은 환경적으로 어떤 나쁜 영향을 미치는가? 大自然的開發會對環境有什麼負面影響？	반대 이유 1 反對理由1
	뒷받침 문장 支持論點句	· 그 결과로 어떤 상황이 생겼나? 其結果會有什麼情況發生？	결과 結果
2	중심 문장 主要論點句	· 자연 개발은 환경적으로 어떤 또 다른 나쁜 영향을 미치는가? 大自然的開發在環境上有什麼其他負面影響？	반대 이유 2 反對理由2
	뒷받침 문장 支持論點句	· 그 결과 일어날 일에 대해 예측해 본다면? 若對其可能發生的事預測的話？	예측 預測

TIP

· 如果把贊成／反對的理由分成兩種，寫起來就會比較容易。例如反對開發大自然的理由，就可以分為環境面和經濟面這兩種。

· 有時候題目會要求你要反駁對方的主張。例如像現在這種選擇反對的情況下，就必須說明反駁贊成方主張的經濟發展效果的理由。

③ 필수 문형 사용하기　使用必備句模型

結構		基本句模型
중심 문장 主要論點句	찬성 이유 贊成的理由	· -기 위해서는 -는 것이 반드시 필요하다 · N은/는 에게 긍정적 영향을 끼치기 때문이다 · N이/가 없다면 -(으)ㄹ 수 없을 것이기 때문이다 **Ex** 경제를 발전 시키기 위해서는 자연 개발이 필요하다. 為了經濟發展，我們有必要開發大自然。 자연 개발은 우리의 경제를 발전시키는 데 긍정적 영향을 끼치기 때문이다. 這是因為大自然的開發會對我們的經濟發展帶來正面影響的緣故。 자연 개발이 없다면 우리의 경제 발전도 없을 것이기 때문이다. 這是因為如果沒有大自然的開發，我們的經濟也無法發展的緣故。
	반대 이유 反對的理由	· N은/는 N에게/에 부정적 영향/악영향을 미치기 때문이다 · N에게/에 부작용을 초래한다 · N(으)로 인해 -는 문제가 발생했다/나타났기 때문이다 **Ex** 자연 개발은 우리에게 부정적 영향을 미치기 때문이다. 這是因為大自然的開發會對我們帶來負面影響的緣故。 자연 개발은 우리에게 환경을 훼손시키는 부작용을 초래했다. 大自然的開發帶來了毀損環境的副作用。 자연 개발로 인해 자연이 훼손되는 문제가 발생했다. 因為大自然的開發而產生了大自然被破壞的問題。
	첨가 添加	(A를 살펴보면 먼저/우선/무엇보다도) B가 있다. 또한/게다가 C도 있다
뒷받침 문장 支持論點句	결과 結果	· 그로 인해 -게 된다 · 따라서 -게 되었다
	예측 預測	· -는다면/-(으)면 -(으)ㄹ 것이다 · N이/가 없다면/-지 않는다면 -(으)ㄹ 수 없을 것이다

④ 어휘 확장하기 詞彙擴充

문제와 논란 問題與爭議	문제점 問題點, 문제 問題, 논란 爭議, 폐단 弊端, 단점 缺點, 피해 受害, 폐해 弊害, 악영향 不良影響, 역기능 문제가 있다 有反作用問題, 문제이다 是為問題, (문제가) 나타나다 (問題)出現, 일어나다 發生, 발생하다 發生, 대두되다 興起, 문제를 초래하다 導致問題產生, 야기하다 惹起, 문제에 직면하다 直接面對問題, 우려하다 憂慮
가치 판단 價值觀判斷	옳다 對的, 옳지 않다 不對的, 바람직하다 可望的／正確的／妥當的, 바람직하지 않다 不妥當的／不可取的, 찬성하다 贊成, 반대하다 反對, 동의하다 同意, 찬성／반대하는 입장이다 (抱持)贊成／反對的立場, 긍정적/부정적으로 생각하다 正向／負向思考

⑤ 전략 적용 답안 확인 確認應用解題技巧後的答案

전개 1 단락 展開段落1

반대 이유 1 反對理由1 결과 結果 반대 이유 2 反對理由2 예측 預測	자연 개발을 반대하는 첫 번째 이유는 환경적인 이유이다. 자연 개발은 무엇보다도 환경과 생태계를 파괴한다. 현재도 많은 종류의 동식물들이 삶의 터전이 파괴되어 큰 고통을 겪고 있다. 또한 자연 개발은 인류의 생존까지 위협하고 있다. 즉 자연이 계속 훼손된다면 이상 기후와 자연재해를 가속화함으로써 인류에게 큰 재앙을 초래할 것이다.

(3) 전개 2 단락 쓰기 展開段落2

① 단락의 이해 段落的理解

두 번째 이유로 자신의 입장과 반대되는 주장을 반박하는 것도 좋은 방법입니다.
在第二個理由，反駁與自身相反的立場也是個好方法。

중심 문장에는 질문이 요구하는 '이유' 문형과 함께, 찬성 이유를 쓸 때는 '긍정적 영향, 필요성'을 사용해야 하며 반대 이유를 쓸 때는 '문제점, 부정적 영향'을 사용하면 됩니다.
在主要論點句要用題目所要求的「理由」句模型，在寫贊成的理由時，須寫「正面影響及必要性」；而在寫反對理由時用「問題點和負面影響」即可。

뒷받침 문장으로 상술과 예측의 방법을 선택해 연습해 봅시다.
在支持主要論點的句子，選擇「詳述和預測」的方法來練習。

② 단락의 구조화 段落的結構化

자연 개발에 반대하는 이유 2
反對開發大自然的理由2

다수에게 경제 이익 주지 못함 不能給多數人經濟上的利益 中心思想1＋支持該論點的句子1	자연 보존 관광 수익 大自然的保存可帶來觀光收益 中心思想2＋支持該論點的句子2

1	중심 문장 主要論點句	· 상대방의 이론에 왜 반대하는가? 為何反對對方的論點？	반박 이유 1 反對理由1
	뒷받침 문장 支持論點句	· 어떤 예가 있나? 有什麼例子？	예시 舉例
2	중심 문장 主要論點句	· 상대방의 이론에 반대하는 또 하나의 이유는 무엇인가? 反對對方論點的其他理由？	반박 이유 2 反對理由2
	뒷받침 문장 支持論點句	· 그 결과 일어날 일에 대해 예측해 본다면? 這種結果之下可能會導致什麼情況的發生？	예측 預測

③ 필수 문형 사용하기 使用必備句模型

結構		基本句模型
중심 문장 主要論點句	찬성 이유 贊成的理由	· -기 위해서는 -는 것이 반드시 필요하다 · N은/는 에게 긍정적 영향을 끼치기 때문이다 · N이/가 없다면 -(으)ㄹ 수 없을 것이기 때문이다
	반대 이유 反對的理由	· N은/는 N에게/에 부정적 영향/악영향을 미치기 때문이다 · N에게/에 부작용을 초래한다 · -(으)로 인해 -는 문제가 발생했다/나타났기 때문이다
	첨가 添加	(A를 살펴보면) B가 있다. 또한/게다가 C도 있다
뒷받침 문장 支持論點句	예시 舉例	· 예로서 -는 것을 들 수 있다 · 예를 들면 -는 것이 있다
	상술 詳述	· 즉 -은/는 것이다 · 다시 말해 -은/는 것이다
	예측 預測	· -는다면/-(으)면 -(으)ㄹ 것이다 · N이/가 없다면/-지 않는다면 -(으)ㄹ 수 없을 것이다

④ 어휘 확장하기 詞彙擴充

찬성 근거 贊成的依據	긍정적 영향 正面影響, 자유 自由, 평화 和平, 행복 幸福, 안정 安定, 성장 成長, 발전 發展, 번영 繁榮, 향상 提升, 개선 改善, 효율성 效率, 도움이 되다 有助益
반대 근거 反對的依據	피해 受害, 부정적 영향 負面影響, 부작용 副作用, 방해 妨礙, 저해 阻礙, 부담 負擔, 사회 불안 社會不安, 위협 威脅, 악화시키다 使惡化, 초래하다 導致, 야기시키다 惹起

⑤ 전략 적용 답안 확인 確認應用解題技巧後的答案

전개 2 단락 展開段落2	
반박 이유 1 反對理由1 예시 舉例 반박 이유 2 反對2 예측 預測	자연 개발에 반대하는 또 하나의 이유는 경제적인 이유이다. 흔히 경제 발전을 위해 자연을 개발을 한다고 하는데, 자연을 파괴하지 않고도 충분히 경제 발전을 할 수 있다. 예를 들면 아름다운 자연을 관광 상품으로 개발하면 지역 경제도 함께 발전한다. 반면에 자연 개발을 하면 그 이익은 소수 특권층에게만 돌아가는 경우가 허다하다. 다수가 그 혜택을 누릴 수 없다면 그것은 진정한 경제적 효과로 인정받기 어려울 것이다.

(4) 마무리 단락 쓰기 結論寫作

① 단락의 이해 理解此段落

찬반 유형의 경우는 자신의 의견으로 도입 단락에서 말했던 자신의 주장을 한 번 더 쓰면 됩니다.
在贊成與反對類型的題目裡，在最後再寫一次於前導段落曾敘述過的自己主張即可。

마지막 문장에는 이 주제에 대한 기대를 한 문장 쓰면 됩니다.
最後一個句子寫出對於該主題的未來期待即可。

전체 글의 길이가 600~700자로 제한되므로 여기에 맞춰서 마무리 단락을 쓸 수 있어야 합니다.
整篇文章的字數限制在600～700字，所以在結論段落必須配合此規定寫作。

② 단락의 구조화 段落的結構化

정리 整理	· 지금까지 내용을 한 문장으로 요약한다면? 將上述內容摘要成一個句子。
의견 意見	· 주제에 대해 가장 중요하다고 생각한 것을 말한다면? 關於該議題，你認為最重要的是什麼？
기대 期待	· 이 주제와 관련하여 미래 사회가 어떻게 되면 좋을까? 關於該議題，你希望未來社會變得怎麼樣？

③ 필수 문형 사용하기 使用必備句模型

結構	基本句模型
정리 整理	· 이처럼/살펴본 바와 같이 · 지금까지 N에 대해 살펴보았다 **Ex** 살펴본 바와 같이, 자연 개발의 생태계 파괴가 심각하다. 　　如上述所示，大自然開發的生態界破壞嚴重。 　　지금까지 자연 개발의 반대하는 이유에 대해 살펴보았다. 　　目前為止我們談了有關反對大自然開發的理由。
의견 意見	· -는 것은 옳다/옳지 않다고 생각한다 · N에 대해 동의할 수 없다/찬성한다 · -는 것이 중요하다/필요하다고 본다 **Ex** (나는) 자연 개발 정책은 허용되어서는 안 된다고 생각한다. 　　（我）認為不應允許大自然開發的政策。 　　(나는) 자연 개발에 대해 동의할 수 없다. 　　（我）對大自然開發不能同意。 　　(나는) 자연을 잘 보존하는 것이 필요하다고 본다. 　　（我）認為好好保存大自然是必要的。
기대 期待	· 앞으로 -기 바란다 · 앞으로 -아/어야 할 것이다 **Ex** 앞으로 자연을 잘 보존하여 후손에 물려주기 바란다. 　　希望未來可以好好保存大自然，並將之傳留給後代子孫。 　　앞으로 자연을 잘 보존하여 후손에 물려주어야 할 것이다. 　　我們應該好好保存大自然，並將大自然傳留給後代子孫。

④ 어휘 확장하기 詞彙擴充

主題與題型 → 주제어의 어휘 확장 主題字擴充 → 關鍵字 → 자기 생각 己見

자연 개발의 반대론		무분별한 자연 개발 반대 - 생태계 파괴	

⑤ **전략 적용 답안 확인** 確認應用解題技巧後的答案

마무리 단락 結論

- 정리 整理
- 의견 意見
- 기대 期待

앞에서 살펴본 바와 같이 자연 개발은 생태계를 파괴할 뿐만 아니라 지역 경제에 큰 기여도 못하고 있다. 이러한 자연 개발은 결코 동의할 수 없다. 앞으로 아름다운 자연을 잘 보존하여 후대에 물려주도록 모두가 노력해야 할 것이다.

TIP

將「意見」與「期待」寫進句子，共兩個句子完成簡短的結論段落。

解題技巧 ⑤ **오류 수정하기** | 修正錯誤

雖然不太鼓勵寫很長的句子，但也應該避免寫很短的句子。一般來說，使用連接語尾如「–어서／–(이)므로／–(으)며／–(으)나／–고／–(으)면」將兩句結合成一個複合句是比較好的做法。

· 나는 자연 개발에 반대한다.
  → 나는 자연을 훼손하는 무분별한 자연 개발이 바람직하다고 생각하지 않는다.
    我不認為會損害大自然的恣意開發是妥當的。

· 앞으로 자연을 잘 보존하자.
  → 앞으로 아름다운 자연을 있는 그대로 잘 보존하여 후대에 물려줄 수 있도록 우리 모두 노력해야 할 것이다.
    我們應該好好保存美麗的大自然，並在未來將她留傳給我們的後代。

· 자연 개발 때문에 큰 문제다.
  → 최근 세계적으로 자연을 훼손하는 일이 많아져서 우리 사회에 심각한 문제가 되고 있다.
    最近全球損害大自然的事件增多，而成為我們社會上的嚴重問題。

·有用的單字·

무분별하다 恣意／隨意｜환경적 環境上的｜경제적 經濟上的｜생태계 生態界｜
파괴하다 破壞｜삶의 터전 生活的家園｜고통을 겪다 經歷苦痛｜인류 人類｜
생존을 위협하다 威脅生存｜훼손되다 被毀損｜자연재해 自然災害｜이상 기후 異常氣候｜
재앙 災難｜가속화되다 加速化｜흔히 普遍地｜이익 利益｜다수 多數｜소수 少數｜
특권층 特權階層｜허다하다 許多｜혜택을 누리다 享受優惠／恩惠｜기여하다 貢獻｜
보존하다 保存｜후대에 물려주다 留給後代子孫

2 전략 적용 답안의 전체 글 확인하기　確認應用解題技巧後的整篇完整答案

導入

　최근 경제 발전을 위해 자연을 무분별하게 개발하면서 사회적으로 논란이 되고 있다. 자연 파괴로 이어지는 자연 개발은 결코 허용되어서는 안 된다고 생각한다. 이제부터 자연 개발에 반대하는 이유를 두 가지로 나누어 살펴보고자 한다.

展開①

　자연 개발을 반대하는 첫 번째 이유는 환경적인 이유이다. 자연 개발은 무엇보다도 환경과 생태계를 파괴한다. 현재도 많은 종류의 동식물들이 삶의 터전이 파괴되어 큰 고통을 겪고 있다. 또한 자연 개발은 인류의 생존까지 위협하고 있다. 자연이 계속해서 훼손된다면 이상 기후와 자연재해가 가속화됨으로써 인류에게 큰 재앙을 초래할 것이다.

展開②

　자연 개발에 반대하는 또 다른 이유는 경제적인 이유이다. 흔히 경제 발전을 위해 자연을 개발한다고 하는데 자연을 파괴하지 않고도 충분히 경제 발전을 할 수 있다. 예를 들면 아름다운 자연을 관광 상품으로 개발하면 자연을 보호하면서도 지역 경제도 함께 발전한다. 반면에 자연 개발을 하면 그 이익은 소수 특권층에만 돌아가는 경우가 허다하다. 다수가 그 혜택을 누릴 수 없다면 그것은 진정한 경제적 효과로 인정받기 어려울 것이다.

結論

　앞에서 살펴본 바와 같이 자연 개발은 생태계를 파괴할 뿐만 아니라 지역 경제에 큰 기여도 못하고 있다. 이러한 자연 개발은 결코 동의할 수 없다. 앞으로 아름다운 자연을 잘 보존하여 후대에 물려주도록 모두가 노력해야 할 것이다.

TIP

TOPIK歷屆考題的模範答案在第192頁，與之比較、對照將有所助益。

3 전략을 적용한 쓰기 연습 練習應用解題技巧並寫作

※ 다음을 주제로 하여 자신의 생각을 600~700자로 글을 쓰시오. 단, 문제를 그대로 옮겨 쓰지 마시오.

> 우리 주변에는 많은 CCTV가 설치되어 있습니다. 이들 CCTV는 사건 추적과 범인 검거 등에 큰 역할을 하고 있습니다. 그러나 한편으로 많은 CCTV가 설치됨으로써 사생활이 침해를 당했다고 생각하는 사람도 많습니다. CCTV 설치에 대한 여러분의 생각을 아래 내용을 넣어서 쓰시오.
>
> • CCTV 설치에 찬성하는 입장입니까? 반대하는 입장입니까? 자신의 입장을 밝히시오.
> • 그렇게 생각하는 2가지 근거를 쓰시오. 하나는 반대하는 입장의 이유 중 하나를 들어 반박하시오.

解題技巧1

문제를 읽고 로드맵 작성을 통해 답안의 순서를 계획해 봅시다.
閱讀題目後，寫出計劃圖，以規劃作答順序。

로드맵	주제 도입 主題導入			
	도입 단락 前導段落	전개 1 단락 展開段落1	전개 2 단락 展開段落2	마무리 단락 結論段落

解題技巧2 ~ **解題技巧4**

앞에서 배운 대로 구조 전략, 문형 전략, 어휘 전략을 적용해 자신의 생각을 정리해 써 봅시다.
援用前面所學的結構解題技巧、句模型解題技巧以及詞彙解題技巧，將自己的想法整理並寫出。

(1) 도입 단락 쓰기 前導段落

	結構	基本句模型	詞彙
도입 前導			

_____

_____

_____

_____

_____

_____

(2) **전개 1 단락 쓰기** 展開段落1

	結構	基本句模型	詞彙
전개 1 단락 展開段落1			

_____

_____

_____

_____

_____

_____

※ P.162～P.164無解答，請運用前面所學整理出自身想法。整理完畢後，可參考 P.165「解題技巧應用範例」。

(3) 전개 2 단락 쓰기 展開段落2

	結構	基本句模型	詞彙
전개 2 단락 展開段落2			

(4) 마무리 단락 쓰기 結論寫作

	結構	基本句模型	詞彙
마무리 단락 結論段落			

4 전략의 적용 예시 解題技巧應用範例

로드맵 流程圖 (주제: CCTV 찬성론 (主題：是否贊成設置監視器))

주제 도입 主題導入	입장 선택 選擇立場	찬성 이유 1 贊成的理由1	찬성 이유 2 贊成的理由2	자기 생각 己見
도입 단락 前導段落		전개 1 단락 展開段落1	전개 2 단락 展開段落2	마무리 단락 結論段落

	結構	基本句模型	詞彙
도입 단락 前導段落	주제 도입 主題導入 입장 표명 表明立場 다음 내용 後續內容	최근 논란이 되고 있다 나는 -다고 생각한다	CCTV ┌─── CCTV ───┐ ·찬성론: 사회 안전에 필요 贊成的觀點：社會安 全所需 ⎪ ·반대론: 사생활 침해 反對的觀點：侵犯私 生活

	結構	基本句模型	詞彙
전개 1 단락 展開段落1	찬성 이유① 贊成的理由① + 예시 舉例 찬성 이유② 贊成的理由② + 결과 結果	-는 데 큰 역할을 한다 효율적으로 쓰인다 N(으)로부터 보호해 준다	찬성론 ┌─ 贊成的觀點 ─┐ ·강력 범죄로부터 안전을 보호 保護民眾受犯罪傷害 ⎪ ·경찰 인력 부족의 해결책 解決警方人力不足的 問題

	結構	基本句模型	詞彙
전개 2 단락 展開段落2	반박 이유① 反駁的理由① + 예측 預測 반박 이유② 反駁的理由② + 예시 舉例	N이/가 더 중요하다 -는 이유로 반대한다	반대론 ┌─ 反駁相反立場的觀點 ─┐ ·생명의 안전성이 사생활 보호보다 우 선적 生命的安全優先於私 生活的保護 ⎪ ·범죄 예방 효과 犯罪預防效果

	結構	基本句模型	詞彙
마무리 단락 結論段落	정리 整理 의견 意見 기대 期待	-아/어야 한다 -지 않도록 -아/어 주기 바라다	CCTV는 사회의 안전 장치 監視器是社會的安全措施 개인 정보 유출 방지 노력 努力防止個人情資流出

전략 적용 모범 답안 應用解題技巧的模範答案

導入

최근 우리 사회에서 발생하는 범죄 사건의 범인을 추적하고 검거하는 데 CCTV가 큰 역할을 하고 있다. 그런데 CCTV가 사회 안전을 위해 꼭 필요하다는 찬성 의견이 있는가 하면, CCTV로 인해 사생활을 침해받고 있다는 반대 의견도 있어 두 의견이 팽팽하게 맞서고 있다. 나는 CCTV가 꼭 필요하다고 생각하며, 이에 대한 찬성 근거를 두 가지로 나누어 살펴보겠다.

展開①

CCTV는 무엇보다 우리의 안전을 보호하는 데 큰 역할을 한다. 최근에는 강력 범죄의 발생률이 높아져 시민의 안전을 위협하는 가운데 CCTV 덕분에 범인을 검거했다는 뉴스가 심심찮게 나온다. 특히 경찰 인력이 부족한 현실에서 CCTV는 이 문제에 대한 해결책이 될 수 있다.

展開②

물론 CCTV는 사생활 침해와 개인 정보 유출의 위험성을 가지고 있다. 그러나 사생활 보호를 위해 CCTV를 없앤다면 더 많은 사람들이 범죄에 희생될 것이다. 게다가 CCTV는 범죄 예상 효과로 인해 의존도가 나날이 높아져 더 많은 곳에 설치해 달라는 요청이 끊임없이 이어지고 있다.

結論

CCTV는 모두를 위한 최소한의 안전장치로 반드시 필요하다고 생각한다. 다만 CCTV에서 수집된 개인 정보가 나쁜 목적으로 이용되거나 유출되지 않도록 관련 법규를 강화하고 방지 시스템을 작동해야 할 것이다.

TIP

將上面CCTV贊成論點以保護個人資訊和保護隱私為依據，改寫成反對論，也會是個不錯的練習方法。或是以「網路實名制」或「洩漏個人情資」等社會上有爭議的主題來學習也不錯。

練習 ①

다음을 주제로 하여 자신의 생각을 600~700자로 답을 쓰시오. [50점]

> 　　현대인들은 거대한 정보의 바다에서 자신에게 필요한 것을 끊임없이 검색하면서 살아갑니다. 업무나 학업에서 짧은 시간에 많은 정보를 처리하는 과제가 주어졌을 때 요구되는 능력이 바로 요약 능력입니다. 이제 아래의 내용을 중심으로 요약의 필요성에 대해 서술하시오.
>
> • 이 시대에 요약이 필요한 이유는 무엇입니까?
> • 요약은 어떤 면에서 우리에게 긍정적인 영향을 미칩니까?
> • 요약의 기술을 향상시키기 위해서 어떻게 해야 합니까?

[원고지 쓰기의 예]

	광	고	란		텔	레	비	전	이	나		신	문		인	터	넷		같
은		매	체		등	을		이	용	해		상	품	이	나		서	비	스

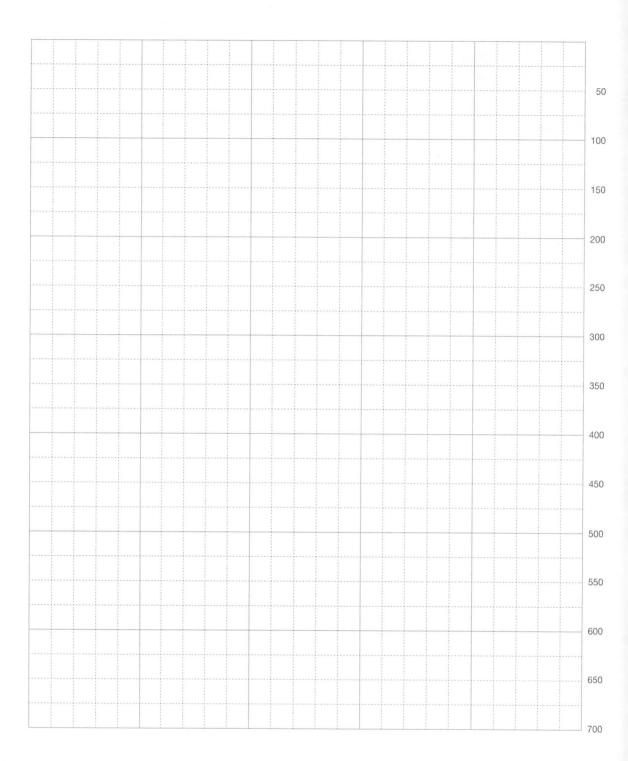

練習②

다음을 주제로 하여 자신의 생각을 600~700자로 답을 쓰시오. [50점]

> 우리는 살아가는 동안 여러 공동체에 들어가 함께 어울려 생활하게 됩니다. 그런데 공동체가 잘 운영되기 위해서는 리더십을 갖춘 좋은 지도자가 필요합니다. 바람직한 리더십과 지도자에 대하여 자신의 견해를 서술하시오.

- 리더십이란 무엇입니까?
- 지도자는 인성 면에서 어떤 자질을 가져야 합니까?
- 바람직한 리더십에는 어떤 능력이 포함되어야 합니까?

[원고지 쓰기의 예]

	광	고	란		텔	레	비	전	이	나		신	문		인	터	넷		같
은		매	체		등	을		이	용	해		상	품	이	나		서	비	스

練習 3

다음을 주제로 하여 자신의 생각을 600~700자로 답을 쓰시오. [50점]

> 최근 뉴스에 따르면 키우던 강아지나 고양이를 버리는 사람들이 늘고 있다고 합니다. 이렇게 해서 버려진 유기 동물들은 여러 가지 면에서 사회의 부담이 되고 있습니다. 아래 내용을 중심으로 유기 동물의 사회적 영향에 대해 자신의 생각을 쓰시오.

- 유기 동물이 증가하고 있는 이유는 무엇입니까?
- 유기 동물이 사회에 미치는 부정적인 영향은 무엇입니까?
- 유기 동물의 문제 해결을 위해 개인과 사회는 어떤 노력이 필요합니까?

[원고지 쓰기의 예]

	광	고	란		텔	레	비	전	이	나		신	문		인	터	넷		같
은		매	체		등	을		이	용	해		상	품	이	나		서	비	스

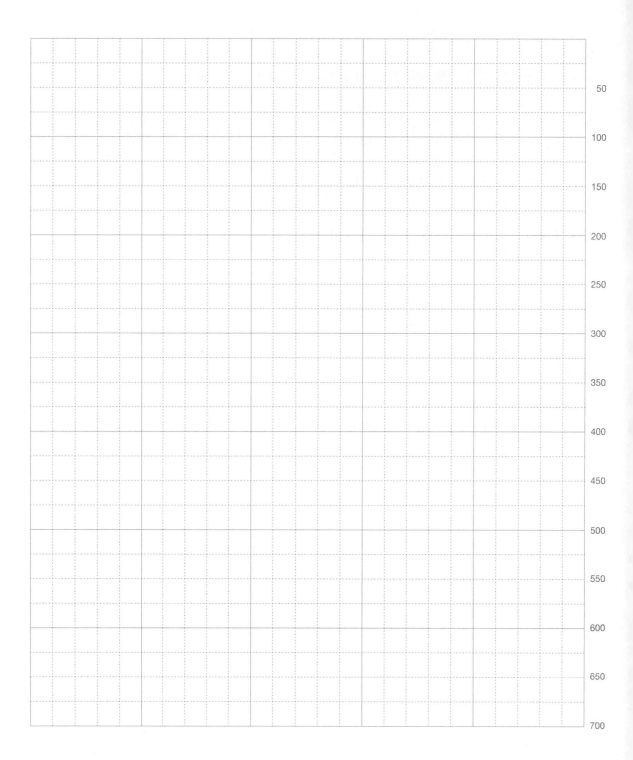

練習 ④

다음을 주제로 하여 자신의 생각을 600~700자로 답을 쓰시오. [50점]

현대 사회에서 페이스북이나 트위터, 인스타그램과 같은 SNS 사용자가 점차 급증하고 있습니다. SNS란 온라인을 기반으로 한 사회 관계망 서비스를 말하는데, 이를 통해 소통이 확대되었다고 찬성하는 사람도 많지만 반면에 SNS로 인해 인간의 소외가 깊어졌다고 우려하는 사람도 많습니다. 이 문제에 대한 자신의 견해를 서술하십시오. 단 아래의 내용이 모두 포함되어야 합니다.

- SNS는 인간의 소통을 확장시킵니까? 아니면 인간의 소외를 심화시킵니까? 자신의 입장을 밝히시오.
- 그렇게 생각하는 이유는 무엇입니까? 2가지 이유를 쓰시오.

[원고지 쓰기의 예]

	광	고	란		텔	레	비	전	이	나		신	문		인	터	넷		같
은		매	체		등	을		이	용	해		상	품	이	나		서	비	스

Part 3

실전 모의고사 ✎

實戰模擬試題

실전 모의고사 1회

실전 모의고사 2회

실전 모의고사 3회

실전 모의고사 4회

실전 모의고사 5회

TOPIK II 쓰기 (51~54번)

※ [51~52] 다음을 읽고 ㉠과 ㉡에 들어갈 말을 각각 한 문장으로 쓰시오. (각 10점)

51.

요가 동아리 회원 모집

요가 동아리에서 신입 회원을 모집합니다.
우리 동아리는 이번 학기에 신입 회원을 10명만 받습니다.
동아리 가입을 원하시는 분은 (㉠   ).
신청 장소는 학생회관 305호입니다.
가입하고 싶은데 (㉡   )?
우리 동아리에서는 기초부터 배울 수 있으니까 걱정하지 말고 서두르세요!

52.

북반구에 위치한 한국에서는 집을 살 때 남향집을 선호한다. 남향집이 여름에는 시원하고 겨울에는 따뜻하기 때문이다. 그래서 집값도 동향집이나, 서향집보다 (㉠   ). 반면에 호주는 북향집이 비싼 편이다. 왜냐하면 호주는 남반구에 위치하여 (㉡   ).

53 다음 그림을 보고 외국인 유학생의 거주 형태를 어떻게 나눌 수 있는지 200~300
자로 쓰시오. (30점)

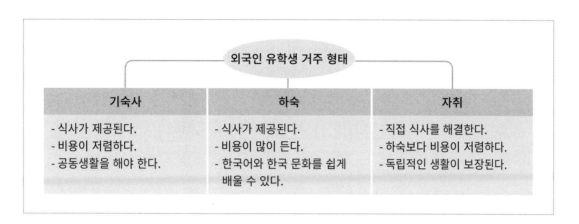

54 다음을 주제로 하여 자신의 생각을 600~700자로 글을 쓰시오. (50점)

> 최근 실생활이나 인터넷에서나 할 것 없이 잘못된 언어 사용이 증가하고 있어서
> 사회적 우려를 낳고 있습니다. 특히 인터넷에서는 언어의 폭력성이 더욱 심각합니
> 다. 바람직한 언어 사용에 대해 아래 질문을 중심으로 자신의 생각을 쓰십시오.
>
> (1) 인터넷에서 일어나는 잘못된 언어폭력의 예로는 어떤 것들이 있습니까?
> (2) 언어폭력은 우리 사회에 어떤 부정적인 영향을 미칩니까?
> (3) 바람직한 언어 사용을 위해서 개인과 사회가 어떻게 노력해야 할까요?

[원고지 쓰기의 예]

	영	화	의		줄	거	리		전	개	에	서		주	인	공	의		성
격	이		중	요	한		역	할	을		하	는		경	우	가		많	다.

TOPIK II 쓰기 (51~54번)

※ [51~52] 다음을 읽고 ㉠과 ㉡에 들어갈 말을 각각 한 문장으로 쓰시오. (각 10점)

51.

✉ 마이클

안녕하세요?
제가 일 때문에 서울에서 한 달 정도 지내야 해요.
그래서 이번 주 토요일 기차로 서울에 가려고 해요.
혹시 마이클 씨가 서울역에 (㉠   )?
한 달 동안 서울에 있어야 하니까 짐이 많아서요.
마이클 씨가 토요일에 (㉡   ) 그 시간에 맞춰서 기차를 예매할까 해요.
그럼 답장 기다릴게요.

52.

　　사람의 성격을 말할 때 '내성적이다', 혹은 '외향적이다'라고 말한다. 보통 (㉠   ). 반면에 외향적인 사람은 혼자 있는 것을 싫어하고 사람들과 어울리는 것을 즐긴다. 그런데 사람이 한 가지 성격만 가지고 있다고 말할 수는 없다. 같은 사람이라도 상황에 따라 적극적일 수도 있고 소극적인 면을 보이기도 하기 때문이다. 또한 전문가들은 사람은 언제든 성격이 변할 수 있다고 말한다. 왜냐하면 내성적이었던 사람이 외향적이 되기도 하고 (㉡   ).

53 다음을 참고하여 '국내 반려동물 보유 현황'에 대한 글을 200~300자로 쓰시오. 단 글의 제목은 쓰지 마시오. (30점)

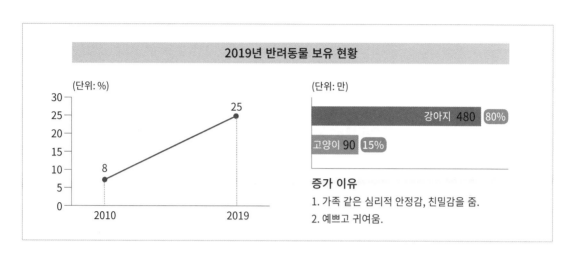

54 다음을 주제로 하여 자신의 생각을 600~700자로 글을 쓰시오. (50점)

> 　빠른 속도와 고도의 생산성을 추구하는 현대 사회에 대한 반동으로 단순하고 소박한 삶을 지향하고 여유를 가지려는 느림의 가치가 재조명되고 있습니다. 과연 고속화된 시대에 느림은 어떤 의미가 있을까요? 아래의 내용을 넣어 느림의 가치에 대한 여러분의 견해를 서술하시오.
>
> · 현대 사회에서 느림은 어떻게 평가되고 있습니까?
> · 느림이 현대 사회에 미치는 긍정적인 영향은 무엇입니까?
> · 생활 속에서 느림을 어떻게 받아들이는 것이 좋습니까?

[원고지 쓰기의 예]

	영	화	의		줄	거	리		전	개	에	서		주	인	공	의		성
격	이		중	요	한		역	할	을		하	는		경	우	가		많	다.

TOPIK II 쓰기 (51~54번)

※ [51~52] 다음을 읽고 ㉠과 ㉡에 들어갈 말을 각각 한 문장으로 쓰시오. (각 10점)

51.

아이 봐 주실 분 찾습니다!

6개월 된 쌍둥이 남자 아기들입니다.
시간은 아침 7시부터 저녁 5시까지입니다.
이렇게 어린 아기들을 돌본 (㉠   ).
일찍 출근하니까 가까운 곳에 사시는 분을 찾습니다.
아래의 (㉡   ) 바로 전화 드리겠습니다.
eywon4152@never.com

52.

비빔밥은 고추장을 넣고 밥과 여러 나물과 야채를 함께 비벼 먹는 음식이다. 이렇게 한국의 음식 이름에는 먹는 방법을 알 수 있는 것들이 있다. 마찬가지로 요리 방법을 알 수 있는 음식 이름도 있다. 볶음밥은 (㉠   ). 또 조리한 용기를 알 수 있는 음식 이름도 있다. '돌솥비빔밥'은 돌솥에 데워서 비벼 먹는 음식이라는 것을 나타낸다. 마찬가지로 냄비우동은 (㉡   ).

53 다음 표를 보고 원고지 사용의 장단점에 대해 쓰고, 그에 대한 자신의 생각을 200~300자로 쓰시오. 단, 글의 제목을 쓰지 마시오. (30점)

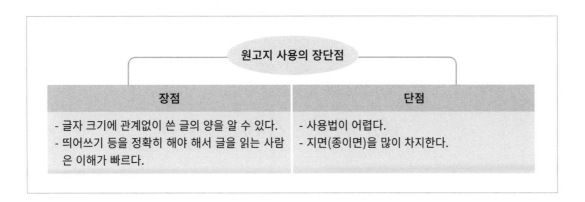

원고지 사용의 장단점

장점	단점
- 글자 크기에 관계없이 쓴 글의 양을 알 수 있다. - 띄어쓰기 등을 정확히 해야 해서 글을 읽는 사람은 이해가 빠르다.	- 사용법이 어렵다. - 지면(종이면)을 많이 차지한다.

54 다음을 주제로 하여 자신의 생각을 600~700자로 글을 쓰시오. 단, 문제를 그대로 옮겨 쓰지 마시오. (50점)

최근 방송 매체가 더욱 다양화되면서 방송의 사회적 영향력이 더욱 강해지고 있습니다. 이러한 시대에 바람직한 방송 매체가 되기 위해 어떤 원칙을 지켜야 할까요? 아래의 내용을 넣어 방송 매체의 사회적 영향에 대한 여러분의 견해를 서술하시오.

· 방송 매체가 사회적으로 미치는 긍정적인 영향은 무엇입니까?
· 방송 매체가 사회적으로 미치는 부정적인 영향은 무엇입니까?
· 방송 매체가 방송을 전달할 때 지켜야 할 원칙은 어떤 것입니까?

[원고지 쓰기의 예]

영	화	의		줄	거	리		전	개	에	서		주	인	공	의		성
격	이		중	요	한		역	할	을		하	는		경	우	가		많 다.

TOPIK II 쓰기 (51~54번)

※ [51~52] 다음을 읽고 ㉠과 ㉡에 들어갈 말을 각각 한 문장으로 쓰시오. (각 10점)

51.

보낸 사람	ywlove@never.com
받는 사람	kypvic@anmail.com

경수 씨, 안녕하세요?
요즘 명동 극장에서 '산'이라는 연극을 하는데 경수 씨가 좋아하는 배우가 나와요.
우리 같이 보러 가요.
그런데 제가 외국인이라서 예매 사이트에서 회원 가입하기가 쉽지 않아요.
미안하지만 경수 씨가 (㉠   )?
낮에는 아르바이트해야 하고 주말은 사람이 많으니까 (㉡   ).

52.

　　'실패는 성공의 어머니'라는 말처럼 성공하기 위해서는 실패의 경험이 필요하다. 그러나 (㉠   ). 성공의 맛을 본 사람도 그 경험을 통해 성공을 할 수 있는 방법을 배우기 때문이다. 특히 아이들의 경우는 작은 것에서 성공한 경험이 그 다음 단계로 나아가는 용기를 줄 수 있다. 그러므로 아이들에게는 처음에는 (㉡   ). 그것을 해낸 후의 자신감이 더 어려운 과제로 도전할 수 있는 중요한 경험이 되기 때문이다.

53 다음을 참고하여 악기를 어떻게 나눌 수 있는지 200~300자로 쓰시오. 단, 글의 제목을 쓰지 마시오. (30점)

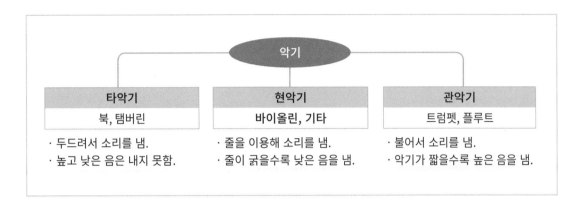

54 다음을 주제로 하여 자신의 생각을 600~700자로 글을 쓰시오. (50점)

> 고전 문학은 오랜 시간을 거치면서 변함없이 사람들에게 그 가치를 인정받아 왔습니다. 그러나 지금처럼 가치가 급변하는 현대에서도 여전히 고전 문학을 읽어야 할까요? 아래의 내용을 넣어서 고전 읽기의 중요성에 대한 자신의 견해를 서술하시오.
>
> · 현대인들이 고전 문학 읽기에 부정적인 이유는 무엇입니까?
> · 고전 문학은 어떤 가치 때문에 지금도 사랑을 받고 있습니까?
> · 고전 읽기는 개인과 사회에 어떤 긍정적인 영향을 미칠까요?

[원고지 쓰기의 예]

영	화	의		줄	거	리		전	개	에	서		주	인	공	의		성
격	이		중	요	한		역	할	을		하	는		경	우	가		많	다.

TOPIK II 쓰기 (51~54번)

※ [51~52] 다음을 읽고 ㉠과 ㉡에 들어갈 말을 각각 한 문장으로 쓰시오. (각 10점)

51.

✉

선배님께
지난번 저의 작은 전시회에 와 주셔서 감사합니다.
덕분에 잘 마쳤습니다.
그때 전시한 가방들 중에서 하나를 (㉠   ).
색깔은 빨강색과 노란색, 파란색이 있습니다.
디자인은 같으니까 선배님이 (㉡   ).
다음 번 모임에 가지고 가서 하나 드리겠습니다.

후배 은필 드림

52.

　　몸을 깨끗하게 하는 것이 건강에 좋다고 알려져 있다. 그래서 하루에
도 (㉠   ). 그러나 전문가들은 샤워를 자주 하는 것이 오히려
(㉡   ). 피부가 건조해지기 때문이다. 특히 비누 같은 세정제를 사용해
뜨거운 물로 샤워를 자주 하는 것은 피부에 강한 자극을 주기 때문에 피해야 한다
고 한다.

53 다음을 참고하여 '대학에 꼭 가야 하는가'에 대한 글을 200~300자로 쓰시오. 단, 제목을 쓰지 마시오. (30점)

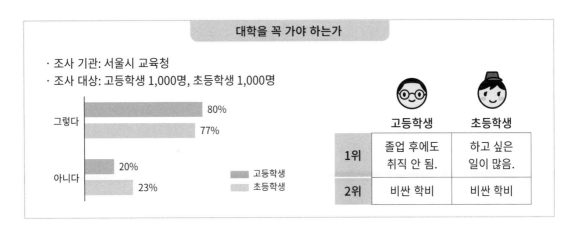

54 다음을 주제로 하여 자신의 생각을 600~700자로 글을 쓰시오. (50점)

> 　　우리 사회가 선택과 결정을 해야 할 때 우리는 다수의 이익을 기준으로 삼는 경우가 많습니다. 즉 다수가 혜택을 누릴 수 있다면 소수는 희생을 해도 된다는 생각을 하는 것입니다. 그러나 그것은 당연한 선택일까요? 다수의 의견은 항상 옳은 것일까요? 아래의 내용을 중심으로 이에 대한 자신의 의견을 쓰시오.
>
> ・다수를 위해 소수가 희생해도 된다는 생각은 옳다고 생각합니까? 자신의 입장을 밝히시오.
> ・그렇게 생각하는 이유는 무엇입니까? (2가지를 쓰시오.)

[원고지 쓰기의 예]

	영	화	의		줄	거	리		전	개	에	서		주	인	공	의		성
격	이		중	요	한		역	할	을		하	는		경	우	가		많	다.

索引

● 解答
● 協助答題的教師特別講座

정답 및 모범 답안 解答 ✏️

Part 1 문장 완성형 쓰기
填空型寫作

51 실용문 문장 쓰기 應用文寫作

練習1 P.25

(1) ②　　　　(2) ①　　　　(3) ①

練習2 P.28

	높임말		높임말
집	댁	이름	성함
나이	생신	자다	주무시다
죽다	돌아가시다	마시다	드시다
말하다	말씀하시다	데리고 가다	모시다
먹다	잡수시다	있다	계시다
	드시다		있으시다
주다	드리다	아들, 딸	아드님
	주시다		따님

練習3 P.28

(1) 언제 시간이 되십니까?
(2) 이 책을 교수님께 선물로 드리려고 합니다.
(3) 제가 오늘 밤에 댁으로 전화 드려도 됩니까?
(4) 할아버지께서는 궁금한 게 있으시면 인터넷을 찾아보십니다.

練習4 P.31

(1) ⑨　　(2) ④　　(3) ⑤　　(4) ⑧
(5) ⑩　　(6) ⑥　　(7) ⑦　　(8) ③

練習5 P.32

(1) 이　　(2) 이　　(3) 으로　　(4) 를
(5) 가　　(6) 가　　(7) 이　　(8) 로, 에서

예상 문제 풀기 ▶ 預測考題　　▶ p.38

練習1

㉠: 지갑을 잃어버렸습니다/분실했습니다
㉡: 주우신 분/보관하고 계신 분은 꼭 연락 주시기 바랍니다

練習2

㉠: 좋아하니까 같이 등산갈까요
㉡: 바꿀 수 있으니까/변경할 수 있으니까

練習3

㉠: 시험도 보지 못했습니다/시험을 못 쳤습니다
㉡: 보고서를 내도 됩니까/제출해도 됩니까

練習4

㉠: 빠지지 말고
㉡: 내 주십시오/내 주시면 감사하겠습니다

練習5

㉠: 다음 주에 언제 시간이 되십니까
㉡: 제가 식당을 예약하겠습니다/예약하도록 하겠습니다

練習6

㉠: (맞는 치수로) 교환해 주시거나
㉡: 빨리 보내 주세요/배송해 주세요

52 설명문 문장 쓰기 說明文寫作

練習1 P.45

(1)
> 여행을 가는 사람들은 패키지여행을 하거나 아니면 자유여행을 한다. 패키지여행은 여행사가 만든 일정으로 관광안내사와 함께 단체 여행을 하는 것이다. 반면에 자유여행은 (㉠). 두 여행 방식 모두 장단점이 있지만 대체로 노인들은 패키지여행을 선호한다. 반대로 (㉡). 체력이 부족한 노인들은 모든 것을 다 처리해 주는 패키지여행을 편하게 느끼지만 젊은이들은 스스로 결정할 수 있는 자유로운 여행을 더 좋아하기 때문이다.

(2) · 주제 단어: 패키지여행, 자유 여행
　　· 핵심 단어: 반면에, 반대로
(3) ㉠: 여행을 가는 사람이 스스로 만든 일정으로 하는 개인 여행이다
　　㉡: 젊은이들은 자유 여행을 하는 경우가 더 많다/젊은이들은 자유 여행을 더 선호한다

練習2 P.47

(1) 고생한 보람이 있을 것이다.
(2) 그러므로 급할수록 천천히 하는 것이 좋다.
(3) 아무도 하고 싶은 것을 다 하며 살지 못한다.
(4) 그런데 불규칙하게 생활해서 건강이 나빠졌다고 한다.

練習3 P.49

(1) 기부도 하는 사람이 계속 한다
(2) 휴식을 하는 것이 좋다
(3) 감소하고 있다/줄어들고 있다
(4) 깨지기 쉽다/깨질 수 있다
(5) 도움이 된다
(6) 자존감이 높다
(7) 커서도/어른이 돼서도/성장해서도 편식을 하기 때문이다
(8) 높아지기/좋아지기 때문이다
(9) 늦게 자고 늦게 일어나는 생활 습관을 가진 사람들도 있다
(10) 나이를 중요하게 생각한다/중시한다
(11) 유행에 무관심하고/관심이 없고 유행을 중요하게 생각하지 않는 사람들도 있다
(12) 부모와 (같이) 있을 때보다 더 활발하게 움직이는 아이들이 있다
(13) 주말에도 일한다/쉬는 날이 없다
(14) 돈이 많으면 행복하다고
(15) 다 품질이 좋은 것은 아니다
(16) 태풍이 나쁜 영향만 주는 것은 아니다

練習4 P.52

(1) 해롭다고 한다
(2) 살라고
(3) 비결이라고 한다
(4) 땄다

練習5 P.53

(1) ②　　(2) ⑤　　(3) ④　　(4) ①
(5) ③

예상 문제 풀기　預測考題　▶ p.58

練習1

㉠: 돌봐 줄 수 없고 관심을 줄 수 없는 사람이
㉡: 끝까지 책임질 수 있는지를 생각해 보라고

練習2

㉠: 한 바퀴 도는 데 필요한 시간을
㉡: 옛날에는/예전에는 음력을 썼다

練習3

㉠: 찬물보다는 미지근한 물로 샤워를 하는 것이 좋다
㉡: 잠자기 전에 운동을 하는 것은 좋지 않다/하지 않는 것이 좋다

練習4

㉠: 다른 하나는 주어진 환경을 긍정적으로 생각하고 (습관처럼) 감사하는 것이다
㉡: (좌절하지 말고) 긍정적으로 생각하라고/긍정적인 생각을 하라고

練習5

㉠: 둘째는 마라톤 같은 장거리 경주이다
㉡: 몸이 크고 근육이 굵은 편이라고 한다

練習6

㉠: 피곤할 때도 운동을 한다
㉡: 좋지 않다고 한다

Part 2　작문형 쓰기
作文

53 제시된 자료 보고 단락 쓰기
短文寫作（依提示資料寫出段落）

》 **題型1**　▶ p.69

解題策略1　**로드맵**

정의 → 분류 및 예시 → 목적 → 정리

解題策略2　**전개**

• 광고는 (그 목적에 따라) 공익 광고와 상업 광고로 나눌 수 있다.
• 공익 광고에는 안전 광고, 절전 광고, 환경 보호 광고 등이 있다.
• 공익 광고의 목적은 사회 전체에 도움이 되는 메시지를 전달하는 것이다.
• 상업 광고에는 기업 광고, 상품 광고 등이 있다.
• 상업 광고의 목적은 상품을 많이 파는 것이다.

》 **題型2**　▶ p.76

解題策略1　**로드맵**

정의/현상 → 장점 → 단점 → 할 일

解題策略2　**전개**

• 재택근무의 장점은 시간을 자유롭게 활용할 수 있는 것이다. 그리고 출퇴근 시간과 교통비를 아낄 수 있는 것이다.
• 재택근무의 단점은 시간 관리를 잘 못하면 일을 잘 못할 수 있는 것이다. 그리고 필요할 때 바로바로 의논할 수 없는 점도 단점이다.

》 **題型3**　▶ p.83

解題策略1　**로드맵**

현상 소개 → 현황 → 원인 → 전망

解題策略2　**전개**

• 기상청에 따르면 1900년에는 3개월이던 여름이 점점 길어져 2018년에는 4개월이 되었다고 한다.
• 이러한 변화의 원인은 지구 온난화를 들 수 있다. 그리고 도시화와 인구 집중도 원인이다.

》題型4 ▶ p.91

解題策略1 **로드맵**

조사 대상과 내용 → 조사 결과 비교 → 정리/분석

解題策略2 **전개**

• 그 결과 여자는 해외여행이나 배낭여행 같은 여행이라고 응답한 사람이 67%로 가장 많았다. 그리고 TV 시청, 잠과 같은 휴식이라는 응답이 뒤를 이었다.

• 반면에 남자는 휴식이라고 응답한 사람이 57%로 제일 많았고 다음으로 43%를 차지한 여행 순이었다.

예상 문제 풀기 ▷ 預測考題 ▶ p.95

練習1

　　요즘 스마트폰을 이용하는 보행자와 차량 간의 사고가 급증하고 있다. 국민안전처의 자료에 따르면 이와 같은 사고가 2011년에는 604건에 불과했는데 2019년에는 2,420건으로 4배 가까이 증가한 것으로 나타났다. 이러한 사고가 발생하는 원인은 먼저 시야각도 감소를 들 수 있다. 스마트폰을 사용하면서 걸으면 시야각도가 120도에서 20도로 감소하기 때문이다. 뿐만 아니라 소리 반응도 50%나 감소한다. 이를 통해 보행 중에는 스마트폰을 사용하는 것은 교통사고를 유발하는 위험한 행동임을 알 수 있다.

練習2

　　발효 식품은 계절과 관계없이 장기간 두고 먹을 수 있는 식품으로 그 종류도 다양하다. 한국의 발효 식품은 크게 장류, 김치류, 젓갈류로 나눌 수 있다. 첫 번째 장류에는 간장, 고추장, 된장 등이 있는데 콩으로 만들어 영양이 풍부하다는 특징이 있다. 두 번째로는 배추김치, 깍두기, 동치미 같은 김치류가 있다. 김치류는 겨울철에도 채소를 먹을 수 있다는 특징이 있다. 세 번째로는 명란젓, 오징어젓, 조개젓 같은 젓갈류가 있는데 해산물로 만들어서 영양이 풍부하다는 특징이 있다. 이처럼 한국의 발효 식품은 종류에 따라 특징이 다르다.

　한국에서는 중고등학생이 등교할 때 교복을 입는다. 교복의 장점은 입으면 학생답게 단정하게 보인다는 점이다. 또한 매일 무슨 옷을 입을지 특별하게 신경을 쓰지 않고 학업에 집중할 수 있어서 편한 것도 장점이다. 뿐만 아니라 항상 같은 옷을 입으므로 옷값도 절약할 수 있다. 반면에 단점도 있다. 날씨에 맞는 옷을 입을 수 없기 때문에 매우 더운 날이나 추운 날에는 불편할 수밖에 없다. 게다가 언제나 동일한 옷을 입어야 하므로 학생들은 옷을 통해 자기 표현을 할 수 없다. 이처럼 교복의 장점은 단점이 되기도 한다.

　최근 10년간 다문화 가구가 급증했다. 2009년 10만이던 다문화 가구는 잠시 주춤하더니 다시 증가세를 보이며 2019년에는 30만 가구가 되었다. 2009년과 비교하면 세 배 정도 증가한 것이다. 이러한 증가의 원인으로는 우선 국제결혼이 많아진 것을 들 수 있다. 또한 한국에서 일하는 외국인 근로자가 증가한 점도 영향을 미친 것으로 보인다. 앞으로 이러한 증가세가 계속된다면 2025년에는 다문화 가구가 35만에 이를 것으로 예상된다.

54 제시된 주제로 글쓰기
長文寫作（依提示主題寫作）

모범 답안 확인 ▶ 確認模範答案

》題型1 52회 ▶ p.103

어떤 일을 다른 사람들과 함께 계획하고 추진하기 위해서는 그 사람들과의 원활한 인간관계가 필요하다. 다만 인간관계를 원활하게 하는 데에는 많은 대화가 요구되며, 이 과정에서 의사소통 능력이 중요한 역할을 한다. 일반적으로 의사소통은 타인과의 소통의 시작이어서 의사소통이 제대로 이루어지지 않는 경우 오해가 생기고 불신이 생기며 경우에 따라서는 분쟁으로까지 이어질 수 있게 된다.

그런데 이러한 의사소통이 항상 원활히 이루어지는 것은 아니다. 사람들은 서로 다른 생활 환경과 경험을 가지고 있고, 이는 사고방식의 차이로 이어지게 된다. 이러한 차이들이 의사소통을 어렵게 함과 동시에 새로운 갈등을 야기하기도 한다.

따라서 원활한 의사소통을 위한 적극적인 노력이 필요하다. 우선 상대를 배려하는 입장에서 말을 하는 자세가 필요하다. 나의 말이 상대를 불편하게 만드는 것은 아닌지 항상 생각하며 이야기하여야 한다. 다음으로 다른 사람의 말을 잘 듣는 자세가 필요하다. 마음을 열고 다른 사람의 이야기를 듣는 것은 상대를 이해하는 데 꼭 필요하기 때문이다. 마지막으로 서로의 입장에서 현상을 바라보는 자세가 필요하다. 이는 서로가 가질 수 있는 편견과 오해를 해결할 수 있는 역할을 하기 때문이다.

》題型2 37회 ▶ p.121

현대 사회는 과학 기술과 교통의 발달로 많은 변화를 겪고 있다. 그 결과 세계는 점점 가까워져 소위 지구촌 시대라고 불리게 되었다. 이와 함께 지식 생산이 활발해지고 각 영역에서의 경쟁이 치열해지면서 전문화의 중요성이 강조되었다. 이러한 사회에서는 어떠한 인재가 요구될까?

세계화가 되면서 우선 글로벌 마인드의 구축과 글로벌 인재로서의 역량을 키우는 것이 필요하다. 예전에는 국경이라는 테두리에서 국가 구성원으로서의 기본 자질을 갖추고 사회에서 요구하는 역량을 길러 사회 발전에 기여하는 인재가 요구되었다. 그러나 세계화 시대에는 기본적으로 세계 시민으로서의 역량과 자질을 갖추고 세계를 무대로 활동할 수 있는 인재가 필요하다.

또한 과학 기술의 발달과 전문화가 심화되고 있는 상황에서 각자가 가진 능력을 최대한 발휘하여 경쟁력을 갖추려고 노력해야 한다. 과거에는 단순히 지식이나 기술을 습득하여 이를 활용하는 것만으로도 인재로서의 역할이 가능하였다. 그러나 대량의 정보 속에서 이를 선택하고 활용할 수 있는 지금은 지식의 융복합이나 자신만의 특성화 등을 통하여 전문성을 인정받음으로써 상대적인 경쟁력을 갖추어야 한다. 이렇게 내적으로는 글로벌 마인드를 기르고 외적으로는 전문적인 자기 능력을 갖춰 시대의 변화에 발맞추어 나가야 한다.

》題型3 47회 ▶ p.135

우리는 칭찬을 들으면 일을 더 잘하고 싶어질 뿐만 아니라 좀 더 나은 사람이 되고 싶은 마음이 든다. 그리고 자신감이 생겨 공부나 일의 성과에도 긍정적인 영향을 미친다. 그래서 자신이 가진 능력 이상을 발휘하고 싶어지는 도전 정신이 생기기도 하는 것이다. 한 마디로 말해 칭찬은 사람을 한 단계 더 발전시키는 힘을 가지고 있다.

그런데 이러한 칭찬이 독이 되는 경우가 있다. 바로 칭찬이 상대에게 기쁨을 주는 것이 아니라 부담을 안겨 주는 경우이다. 칭찬을 들으면 그 기대에 부응해야 한다는 압박감 때문에 자신의 실력을 제대로 발휘하지 못하게 되는 일이 생기게 된다. 칭찬의 또 다른 부정적인 면은 칭찬 받고 싶다는 생각에 결과만을 중시하게 되는 점이다. 일반적으로 칭찬이 일의 과정보다 결과에 중점을 두고 행해지는 경우가 많기 때문이다.

그래서 우리가 상대를 칭찬할 때에는 그 사람이 해낸 일의 결과가 아닌, 그 일을 해내기까지의 과정과 노력에 초점을 맞추는 것이 중요하다. 그래야 칭찬을 듣는 사람도 일 그 자체를 즐길 수 있다. 또한 칭찬을 듣고 잘 해내야 한다는 부담에서도 벗어날 수 있을 것이다. 우리는 보통 칭찬을 많이 해 주는 것이 중요하다고 생각하는데 칭찬은 그 방법 역시 중요하다는 것을 잊지 말아야 할 것이다.

》題型4 34회 ▶ p.151

자연을 자연 그대로 보존해야 한다는 의견과 경제 발전을 위해 자연을 개발해야 한다는 의견이 팽팽히 맞서고 있다. 자연을 보존해야 한다는 입장에서는 자연 개발이 자연 파괴로 이어진다는 이유를, 자연을 개발해야 한다는 입장에서는 개발을 통해 얻는 경제적 이익을 포기할 수 없다는 이유를 들고 있다. 이에 나는 다음과 같은 이유로 자연을 개발하기보다는 자연을 보존하는 것이 더 중요하다고 본다.

첫째, 한 번 파괴된 자연은 되돌리기가 쉽지 않다는 것이다. 물론 자연 개발이 모두 자연 파괴로 이어지는 것은 아니지만 지금까지 개발의 사례들을 살펴볼 때, 개발의 이익을 누리기보다는 개발의 부작용으로 인한 고통을 호소하는 경우가 훨씬 많았다. 문제는 개발에 걸리는 시간은 얼마 되지 않는 반면, 그로 인해 파괴된 자연을 원래의 상태로 되돌리는 데에는 오랜 세월이 필요하다는 것이다. 최악의 경우는 되돌리는 것이 불가능할 때도 있다. 이런 위험을 감수하면서까지 개발을 추진해야 하는지 의문이 든다.

둘째, 자연을 보존하는 것이 자연을 개발하는 것에 비해 경제성이 떨어지는 것이 아니기 때문이다. 최근 자연 그대로의 모습을 잘 보존하고 있는 곳들이 여행지로서 크게 각광을 받고 있다. 편리한 시설을 갖춘 잘 개발된 관광지에 비해 다소 불편할 수 있음에도 불구하고 많은 사람들이 이런 곳을 찾는 이유는 바로 자연에 있다. 자연을 잘 보존했기 때문에 사람들이 이곳을 많이 찾게 되는 것이고 그것이 지역 경제에 도움이 되는 것이다.

자연은 현 세대의 전유물이 아니다. 우리는 다음 세대에게 살기 좋은 상태 그대로 자연을 물려주어야 할 의무가 있다. 그러한 의무를 다하기 위해서라도 자연 파괴의 위험성이 있는 개발을 무리하게 추진해서는 안 될 것이다.

練習1

　　현대 사회는 무한한 정보가 생산되는 빅 데이터 시대인 동시에 스피드가 경쟁력인 사회다. 정보의 홍수 속에서 꼭 필요한 내용을 빠르게 찾기 위해서는 전략이 필요하다. 요약이란 긴 내용을 요점만 짧게 줄이는 기술이므로 이러한 시대에 꼭 갖춰야 할 전략이 아닐 수 없다.

　　요약은 무엇보다 사고력 훈련에 긍정적인 영향을 미친다. 요약을 하려면 정보를 읽으면서 핵심을 파악하기 위해 고도로 집중된 사고 작용을 계속해야 하는데 이를 통해 이해력과 분석력, 판단력이 고르게 향상되는 것이다. 둘째로 요약을 하다 보면 두뇌의 회전이 빨라지게 된다. 따라서 문제가 일어났을 때 빠른 문제 해결 능력을 보일 수 있다.

　　그러면 요약 능력을 향상시키기 위해서 어떻게 해야 할까? 먼저 요약할 때 핵심 내용을 메모하거나 마인드맵을 그려 구조를 기록해 보는 것이 정보 요약 능력을 기르는 데 효과적이다. 또한 시간을 정해 놓고 요약해 보는 방법도 유용하다. 시간을 제한하면 집중력이 더 높아질 수 있고 정보 처리의 양을 비교할 수 있기 때문이다.

　　이와 같이 짧은 시간에 많은 정보를 처리할 수 있는 요약 능력은 정보화 시대에 꼭 필요한 기술이다. 요약을 잘하면 업무나 학업 모든 면에서 경쟁력을 가질 수 있다. 요약 능력을 통해 사고력과 집중력을 갖춤으로써 이 시대가 원하는 인재가 될 수 있는 것이다.

　우리는 살아가면서 공동체나 조직에 속하게 되는데, 어느 조직이든지 리더십을 가진 지도자가 필요하다. 리더십이란 지도자가 구성원을 이끌어 공동의 목표를 달성시키기 위해서 반드시 갖춰야 할 능력을 말한다. 그러면 훌륭한 지도자는 어떤 자질과 능력을 가져야 하는 것일까?

　지도자는 인성 면에서 우선 포용력이 강해야 한다. 한 조직의 가장 높은 자리에 있는 만큼 타인을 존중하고 배려하며 많은 소리에 귀를 기울일 수 있어야 한다. 또한 올바른 가치관과 도덕성을 필수적으로 가지고 있어야 한다. 권력욕이나 물욕에 빠지지 않는 청렴결백한 지도자가 되어야 존경을 받을 수 있을 것이다.

　지도자가 가져야 할 능력을 살펴보면 무엇보다도 업무 능력이 뛰어나야 한다. 업무의 흐름을 파악하고 구성원의 역량에 맞춰 업무를 배치하며 효율적으로 일을 할 수 있도록 조직을 구성하는 능력을 갖춰야 한다. 또한 비전을 가지고 공동의 목표를 제시할 수 있어야 하는 것은 물론이거니와 목표를 달성할 수 있도록 앞장서서 이끄는 행동력도 필요하다.

　이처럼 지도자는 훌륭한 인성과 전문적 업무 능력을 가지고 공동의 비전을 달성할 수 있게 만드는 사람이다. 앞으로 이런 리더십을 가진 지도자가 많이 나타나 우리의 미래 사회를 보다 나은 방향으로 이끌어 주기 바란다.

194

　최근 우리 사회에는 유기 동물들이 증가하면서 문제가 되고 있다. 유기 동물이란 사람들이 키우다가 버린 개와 고양이 같은 반려동물을 말한다. 유기 동물이 증가하는 이유는 이기적이고 무책임한 주인들이 많아지고 있기 때문인데, 유기 동물은 주인에게 버림받은 후에 거리에서 떠돌아다니며 생활하면서 관리를 받지 못하고 있어 우리 사회에 큰 부담이 되고 있다.

　유기 동물은 우리 사회에 여러 가지 부정적 영향을 미친다. 우선 유기 동물 때문에 로드킬 같은 교통 사고나 사람이 개에게 물리는 사건이 심심찮게 발생한다. 또한 개와 고양이들은 주택가나 공사장 주변 등을 떠돌아다니며 살기 때문에 위생 상태도 불결하다. 이들의 존재로 인해 사람들의 주거 환경도 나빠지기 마련이다.

　이러한 유기 동물 문제를 해결하는 데 우선 책임을 져야 할 사람은 바로 주인이다. 생명은 사람에게나 동물에게나 모두 고귀한 것임을 인식하고 이들을 끝까지 돌보려는 자세가 필요하다. 또한 정부는 유기 동물을 관리할 수 있도록 동물 보호 시설을 늘려야 할 것이다. 아울러 이들을 잘 관리하고 훈련하여 새로운 주인에게 입양을 보낼 수 있도록 하는 것이 바람직하다.

　유기 동물은 결국 인간의 잘못된 윤리 의식이 초래한 사회의 부정적인 현상이다. 주인과 정부가 서로 책임을 회피하지 말고 모두 힘을 합쳐 이 문제를 해결해야 할 것이다.

SNS는 최근 소통의 핵심이 되고 있다. 많은 사람들은 온라인 관계망 서비스인 SNS의 이용이 인간 교류의 기회를 확대시켰다고 주장하지만 다른 한편에서는 SNS로 인해 오히려 인간 소외 현상이 심해졌다고 말한다. 그러나 나는 인간의 소통이 SNS 덕분에 확장되었다고 생각한다.

SNS는 무엇보다도 시간과 장소의 제약을 받지 않고 실시간으로 대화할 수 있게 해 준다는 장점이 있다. 게다가 동시에 많은 사람과 대화를 하는 것도 가능하다. 이처럼 SNS는 우리의 소통의 기회를 확장시켰다. 또한 SNS는 교류의 범위도 확대시켰다. 일상 대화를 나누는 일 외에도 정치적 견해를 나누거나 상품을 공동 구매를 하는 등 다양한 교류를 할 수 있어 유익하고 유용하다.

물론 SNS를 반대하는 사람들은 기술적으로 소외된 노인층이나 혹은 경제적으로 소외된 저소득층이 SNS의 혜택을 받지 못한다고 지적한다. 그러나 점점 스마트폰의 이용자 수가 많아지면서 노인층에 대한 스마트폰 활용 교육도 실시되고 있고 저가의 스마트폰도 보급되고 있다. 앞으로는 더 많은 사람이 SNS를 이용할 것이며 소외 상황은 점차 개선될 것이라고 생각한다.

나는 SNS가 인간의 소통을 확대시키는 좋은 도구라고 생각한다. 다만 기술 발전의 혜택을 누리지 못하는 사람들이 줄어들 수 있도록 정부와 우리 사회가 다 같이 노력해야 할 것이다.

1회 실전 모의고사 1회 實戰模擬試題1   P.176~P.177

51 ㉠: 빨리 신청하시기 바랍니다
    ㉡: 요가를 못해서 걱정입니까/걱정합니까

52 ㉠: 남향집이 비싼 편이다
    ㉡: 북향집이 여름에는 시원하고 겨울에는 따뜻하기 때문이다

53

최	근	외	국	인	유	학	생	이	점	점	증	가	하	고	있	다	.	이
들	이	한	국	에	서	거	주	하	는	형	태	는	크	게	기	숙	사	,	하
숙	,	자	취	로	나	눌	수	있	다	.	먼	저	기	숙	사	는	식	사	가
제	공	될	뿐	만	아	니	라	거	주	비	용	이	저	렴	하	다	는	장
점	이	있	다	.	반	면	공	동	생	활	로	인	한	불	편	함	은	있	을
수	있	다	.	다	음	으	로	하	숙	은	식	사	가	제	공	되	고	한	국
문	화	를	쉽	게	배	울	수	있	다	는	장	점	이	있	다	.	반	면
에	비	용	이	많	이	든	다	.	마	지	막	으	로	자	취	는	식	사	를
직	접	만	들	어	먹	거	나	사	먹	어	야	하	는	불	편	함	이
있	는	반	면	독	립	적	인	생	활	이	보	장	된	다	는	장	점	도
있	다	.	이	처	럼	외	국	인	유	학	생	의	거	주	형	태	는	크	게
세	가	지	이	고	각	각	의	특	징	이	있	다	.

　최근 인터넷 상에서 언어폭력 현상이 심해져 사회 문제가 되고 있다. 인터넷에서 나타난 언어폭력의 대표적인 예로서, 다른 사람의 글에 그 사람을 무시하고 비난하는 악성 댓글을 다는 것이나 온라인 대화를 할 때 욕설을 하는 것 등을 들 수 있다. 언어폭력은 피해자 개인에게 심리적 상처를 주게 되는데 사회적으로는 과연 어떤 부정적 영향을 미칠까?

　잘못된 언어 사용이 만연한 사회에서는 모두가 피해자이면서 가해자가 될 수 있다. 말이 미치는 영향력을 알지 못한 채 타인을 쉽게 비방하는 분위기 속에서 그 누구도 행복한 삶을 살아갈 수 없기 때문이다. 그뿐만 아니라 건설적인 비판이나 제안을 하기 어려워지면서 사회가 건강하게 발전하지 못한다는 문제점이 있다.

　바람직한 언어 사용을 위해서 먼저 바른 언어 습관의 중요성을 인식해야 한다. 언어 습관은 어릴 때부터 길러지는 것인 만큼 가정에서 지속적인 지도가 필요하다. 학교에서도 집단생활 속에서 타인과 제대로 대화하는 방법을 교육할 필요가 있으며 언어폭력이 발생했을 때 이를 강력하게 대처해야 한다. 언어폭력은 개인과 사회 모두에 악영향을 끼치는 만큼 반드시 줄여 나가야 한다.

　이처럼 언어의 폭력성은 희망적인 사회 분위기를 위해 반드시 없애야 할 요소다. 언어폭력 없이 평화롭게 인터넷을 사용할 수 있도록 가정과 학교가 책임을 지고 교육해야 한다.

51 ㉠: 마중 나올 수 있어요

　　㉡: 가능한/되는 시간을 알려 주면

52 ㉠: 내성적인 사람은 사람들과 어울리는 것보다는 혼자 있는
　　　것을 좋아한다/내성적인 사람은 혼자 있는 것을 좋아하고
　　　사람들과 어울리는 것을 즐기지 않는다

　　㉡: 외향적인 사람이 내성적이 되기도 하기 때문이다

53

	요	즘		반	려	동	물	을		키	우	는		가	구	가		많	아	지	고		있	다.
20	10	년	에		8	%	였	던		반	려		가	구	는		20	19	년	에	는		크	게
증	가	해		25	%	가		되	었	다	.	가	장		많	이		키	우	는		동	물	은
강	아	지	였	는	데		48	0	만		마	리	로		80	%	에		달	했	다	.	반	면
에		고	양	이	는		90	만		마	리	로		15	%	에		불	과	했	다	.	반	려
가	구		증	가	의		원	인	은		첫	째	로		반	려	동	물	이		가	족		같
은		친	밀	감	과		안	정	감	을		주	는		것	을		들		수		있	다	.
또	한		반	려	동	물	이		예	쁘	고		귀	여	운		것	도		이	유	인		것
으	로		나	타	났	다	.	이		자	료	를		통	해		사	람	들	은		주	로
강	아	지	를		많	이		키	우	며	,	정	서	적	인		이	유	로		반	려	동	물
을		키	우	는		것	을		알		수		있	다	.										

　현대 사회에서는 속도가 경쟁력이므로 사람들은 빠르게 업무를 수행함으로써 자신의 능력을 과시하고자 한다. 이런 시대에 여유 있고 느린 삶을 추구하는 것은 부정적으로 인식되기 쉽다. 느림은 성과를 내지도 못하고 경쟁에 뒤쳐져서 성공에서 멀어진다고 생각하기 때문이다. 그러면 느림은 정말 부정적인 것일까? 긍정적인 영향은 없을까?

　느림은 우리에게 업무와 인간관계라는 두 가지 면에서 긍정적인 영향을 미친다. 첫째, 느림은 업무 면에서 효율성을 높여 준다. 혹시 중요한 것을 놓치고 있는 것은 아닌지 잠시 여유를 가지고 목표와 방향을 확인하면 업무 성과를 높일 수 있다. 또한 느림은 인간관계를 풍요롭게 한다. 앞만 보고 달리다 보면 인간관계가 소홀해지기 마련인데, 느림을 통해 주위 사람들을 돌아볼 여유가 생기면 인간관계를 개선할 수 있다.

　따라서 우리는 생활 속에서 빠름과 느림의 조화를 꾀해야 한다. 업무 중간에 가끔 속도를 늦춘다면 더 잘 달릴 수 있는 동력을 얻을 수 있다. 또한 업무가 끝난 후에는 자신에게 집중하는 느림의 시간을 준다면 풍요로운 인간관계와 사생활을 즐길 수 있을 것이다. 빠름과 느림의 속도 조절을 통해 일과 인간관계라는 두 마리 토끼를 다 잡을 수 있을 것이다.

　느림은 경쟁적으로 달려가는 현대 사회에서 조화로운 삶을 살게 하는 삶의 지혜다. 앞으로 경쟁과 성공에만 집착하지 말고 가끔은 여유를 가지고 자신을 돌아보며 행복하게 살아가기 바란다.

51 ㉠: 경험이 있으신 분이면 좋겠습니다

　　㉡: 메일로 연락처를 남겨 주시면/전자우편으로 전화번호를
　　　　남겨 주시면

52 ㉠: 밥과 야채 같은 재료를 볶아 만든 음식이다

　　㉡: 냄비에 조리한 음식이라는 것을 나타낸다

53

	옛	날	에		비	해		요	즘	에	는		원	고	지	를		많	이		사	용	하	지
않	는	다	.	원	고	지		쓰	는		법	이		까	다	롭	고		지	면	도		많	이
차	지	하	기		때	문	이	다	.	그	런	데		이	러	한		단	점	이		있	는
반	면	에		장	점	도		있	다	.	글	자	를		크	게		쓰	는		사	람	도
있	고		작	게		쓰	는		사	람	도		있	는	데		원	고	지	에		쓰	면
글	자	의		크	기	에		관	계	없	이		쓴		글	의		양	을		바	로		알
수		있	다	.	또	한		띄	어	쓰	기	를		정	확	하	게		하	므	로		읽	는
사	람	이		빠	르	고		쉽	게		이	해	할		수		있	다	.	그	러	므	로
써	야		하	는		글	의		양	이		정	해	져		있	는		시	험	의		답	안
을		작	성	할		때	는		원	고	지	를		사	용	하	는		것	이		좋	다	.

　우리는　방송을　보지　않고서는　단　하루도　살
수　없을　정도로　방송에　의존하고　있다.　방송　매
체는　다양한　콘텐츠를　통해　대중문화를　이끌　뿐
아니라　의견과　공유의　장이　되기도　한다.　게다가
공익　캠페인을　벌이는　등　직접적으로　사람들의
의식에　영향을　끼치기도　하는　만큼　우리　사회에
서　영향력이　아주　크다고　할　수　있다.　문제는
방송의　부정적인　영향력도　상당히　크다는　데에
있다.
　방송　매체가　우리　사회에　미치는　부정적인　영
향은　방송　미디어　산업이　상업성에　기반을　두고
있다는　것에서　비롯된다.　광고　수익에　신경을　쓰
다　보니　시청률과　흥행에　대한　경쟁이　생기고
그　결과　선정적이고　폭력적인　방송이　만들어지는
것이다.　또한　흥미　중심으로　편집되고　왜곡된　뉴
스와　보도가　양산되는　환경에서는　대중들이　비판
적　사고를　갖기　쉽지　않다.
　따라서　방송　매체는　상업성에만　집중할　것이
아니라　공정성을　잃지　말아야　한다.　뉴스　보도를
할　때는　국민의　알　권리에　부응하여　보도　내용
의　선별과　보도　방식에　있어서　공정성을　유지해
야　한다.　또한　흥미나　호기심　위주의　방송을　만
들기보다　공익성에　기반을　두는　것이　중요하다.
청소년에게　미치는　영향을　고려하여　선정성과　폭
력성의　수위를　조절해야　할　것이다.
　이와　같이　방송은　큰　영향력을　가진　매체이다.
앞으로　공정성과　공익성을　지키며　대중　문화를
이끌어　갈　수　있기를　바란다.

51　㉠: 예매해 줄 수 있어요

　　㉡: 평일 저녁이면 좋겠어요/평일 저녁으로 해 주세요

52　㉠: 성공하기 위해서는 성공의 경험도 필요하다

　　㉡: 쉬운 과제를 주는 것이 좋다

53

	음	악	을		연	주	하	기		위	해	서	는		악	기	가		필	요	하	다	.	악
기	는		연	주		방	법	에		따	라		타	악	기	,	현	악	기	,	관	악	기	로
나	눌		수		있	다	.	먼	저		타	악	기	에	는		북	과		탬	버	린	이
있	는	데		두	드	려	서		소	리	를		내	고		높	거	나		낮	은		음	은
낼		수		없	다	는		특	징	이		있	다	.	다	음	으	로		현	악	기	에	는
바	이	올	린	,	기	타		등	이		있	는	데		줄	을		이	용	해		소	리	를
내	며		줄	이		굵	을	수	록		낮	은		음	을		낸	다	는		특	징	이
있	다	.	마	지	막	으	로		플	루	트	,	트	럼	펫		같	은		관	악	기	가
있	다	.	관	악	기	는		불	어	서		소	리	를		내	는		악	기	로		짧	을
수	록		높	은		음	을		낸	다	는		특	징	이		있	다	.	이	처	럼		악
기	는		종	류	가		다	양	하	며		각	각		다	른		특	징	이		있	다	.

　고전문학이란 예전에 쓰였지만 지금도 가치를 인정받는 문학 작품을 일컫는다. 최근 사회가 급격히 발전하면서 고전 문학을 시대에 맞지 않는 낡은 이야기라고 생각하는 사람들이 많아지고 있다. 그러나 시대가 흘러도 여전히 고전 문학이 가치가 있는 이유는 무엇일까?

　고전 문학이 사랑받는 이유는 인간의 변하지 않는 속성에 대해 말하고 있기 때문이다. 오랜 시간 동안 검증된 인간에 대한 지식의 집합체가 문학 작품 속에 녹아 있는 것이다. 시대에 뒤떨어진 낡은 것이 아니라 시대를 초월하는 가치를 작품 속 이야기를 통해 보여 주기 때문에 고전 문학은 위대한 인류의 지적 자산으로 사랑받는 것이다.

　고전 문학 읽기는 개인과 사회에 좋은 영향을 미친다. 우선 고전 문학 작품을 읽으면 개인적으로 인간의 본질에 대해서 이해하게 되어 사람을 보는 안목과 판단력이 높아진다. 또 다른 긍정적인 영향은 고전 문학이 창의성의 뿌리가 된다는 것이다. 고전 문학은 시대에 따라 다양한 해석이 가능하기 때문에 하나의 뿌리에서 많은 가지가 나오듯 고전 작품에 기반을 둔 다양한 창작물들이 나와 이 시대의 문화를 깊고 풍부하게 한다.

　이처럼 고전 문학은 개인과 사회를 풍요롭게 만드는 소중한 지적 자산이다. 급변하는 시대에 눈앞의 유행만 쫓지 말고 고전 문학을 가까이 하면서 삶을 풍요롭게 하는 것이 바람직하다.

51 ㉠: 선배님께 하나 드리려고 합니다/선물하려고 합니다/선물로
　　드리고 싶습니다

　　㉡: 좋아하는/원하는 색깔을 알려 주십시오

52 ㉠: 여러 번/몇 번씩 샤워를 하는 사람이 있다

　　㉡: 피부 건강에 해롭다고 한다/피부에 나쁘다고 한다

53

	서	울	시	교	육	청	에	서		고	등	학	생	과		초	등	학	생		1,	00	0		명
을		대	상	으	로		'	대	학	에		꼭		가	야		하	는	가	'	에		대	해	
조	사	를		실	시	하	였	다	.	그		결	과		'	그	렇	다	'	라	고		응	답	
한		고	등	학	생	은		80	%	,		초	등	학	생	은		77	%	였	고		'	아	니 다'
라	고		응	답	한		고	등	학	생	은		20	%	,		초	등	학	생	은		23	%	였
다	.	이	들	이		'	아	니	다	'	라	고		응	답	한		첫		번	째		이	유	
로		고	등	학	생	은		졸	업		후	에	도		취	직	이		안	되	는		것	을,	
초	등	학	생	은		하	고		싶	은		일	이		많	은		것	을		꼽	았	다	.	
두	번	째		이	유	는		고	등	학	생	과		초	등	학	생		모	두		비	싼		
학	비	라	고		응	답	했	다	.	이	상	의		결	과	를		통	해		고	등	학	생	
과		초	등	학	생		모	두		대	학	에		가	야		한	다	는		생	각	이		
지	배	적	인		것	을		알		수		있	다	.											

　우리의　삶은　항상　어려운　선택의　연속이다. 개인적인　선택도　그렇지만　사회　공동의　이익을　위한　선택을　하는　것은　더욱　어렵다. 사회적　선택을　해야　할　때　다수를　위해　소수가　희생해야　한다는　사람도　있지만　다수　때문에　소수가　희생되어서는　안　된다는　사람도　많다. 나는　누구도　소수에게　희생을　강요할　수는　없다고　생각한다. 그　이유로　다음　두　가지를　살펴보겠다.

　첫째, 항상　다수의　의견이　옳은　것이　아니기　때문이다. 예를　들면　민주주의　사회에서는　많은　일을　투표로　결정하는데　결과적으로　사회에　악영향을　준　잘못된　선택도　꽤　많았다. 그　이유는　사람들이　장기적인　관점에서　공동체　전체를　고려한　것이　아니라　눈앞의　이익을　위해서　이기적으로　선택을　했기　때문이다. 특히　이익이　클　때는　사고가　마비되어　잘못된　결정을　하는　일이　많았다.

　둘째, 다수에　의해　소수의　인권이　무시되며　차별을　당할　수　있기　때문이다. 소수　의견에　대한　다수의　차별은　폭력이라고　볼　수　있으며　이러한　차별은　무엇으로도　정당화되지　못한다. 게다가　다수가　원한다는　명분을　앞세워　자신의　이익을　챙기는　나쁜　사람들이　많은데, 그런　경우　소수의　희생은　더욱　값없는　희생이　된다.

　그러므로　나는　다수의　이름으로　소수의　희생을　강요하는　집단주의　문화는　바람직하지　않다고　생각한다. 앞으로　소수를　존중하고　그들의　소리에　귀를　기울이는　관용적인　사회가　되기를　기대한다.

답안 쓰기를 위한 선생님 특강

協助答題的教師特別講座

어휘 單字

1 중급 수준의 실용문 단어 中級水平的應用文單字

쉬운 단어 簡單的單字	중급 수준 단어 中級水準單字	쉬운 단어 簡單的單字	중급 수준 단어 中級水準單字
학교에 들어가다	입학하다 入學	회사에 들어가다	입사하다 進入公司
늦게 오다	지각하다 遲到	학교에 안 오다	결석하다 缺席
일정 기간 학교를 쉬다	휴학하다 休學	자기 나라로 돌아가다	귀국하다 歸國
약속을 바꾸다	약속을 변경하다 更改約定	회의 시간을 나중으로 바꾸다	회의 시간을 연기하다 會議時間延後
결혼식에 가다/오다	결혼식에 참석하다 參加婚宴	일자리를 찾다	일자리를 구하다 求職
과제를 내다	과제를 제출하다 提交作業	많이 먹다	과식하다 過食
쓰레기를 내놓다	쓰레기를 배출하다 排出垃圾	쓰레기를 가지고 가다	쓰레기를 수거하다 收集垃圾
미리 공부하다	예습하다 預習	배운 것을 다시 공부하다	복습하다 複習
장난감 빌려주는 기간	장난감 대여 기간 玩具租借時間	책을 빌리다	책을 대출하다 借書
물건을 사다	물건을 구입하다 購入物品	물건을 팔다	물건을 판매하다 賣東西
길이 막히다	길이 정체되다 道路阻塞	시간을 만들다	시간을 내다 空出時間
비행기를 타다	비행기를 탑승하다 搭乘飛機	서류를 만들다	서류를 작성하다 寫文件
다 팔리다	매진되다 售罄	물건을 잃어버리다	물건을 분실하다 遺失物品
물건을 잘 가지고 있다	보관하다 保管	물건을 바꾸다	교환하다 交換

2 중급 수준의 설명문 단어 中級水平的說明文單字

쉬운 단어 簡單的單字	중급 수준 단어 中級水準單字	쉬운 단어 簡單的單字	중급 수준 단어 中級水準單字
좋은 점	장점 優點	나쁜 점	단점 缺點
같은 점	공통점 共同點	좋은 방법	비결 秘訣
계획을 만들다	계획을 세우다 策畫	좋게 고치다	개선하다 改善
더 좋아하다	선호하다 偏好	자원이 많다	자원이 풍부하다 資源豐富
가격이 오르다	인상되다 上升、價騰	가격이 내리다	인하되다 下降、價跌
시간을 길게 하다	연장하다 延長	시간을 짧게 하다	단축하다 縮短
한 시간쯤	한 시간 가량 一小時左右	값이 싸다	값이 저렴하다 價格低廉
알다	인식하다 認識	미리 생각해보다	예상하다 預料
방법이 많다	방법이 다양하다 方法多樣	어려움을 이기다	어려움을 극복하다 克服困難
시험에 붙다	시험에 합격하다 考試合格、上榜	몸에 나쁘다	몸에 해롭다 對身體有害
할 수 없다	불가능하다 不可能	빠르게 행동하다	신속하게 행동하다 迅速行動
생각이 같다	생각이 동일하다 想法一樣	기분을 바꾸다	기분을 전환하다 轉換心情
돕다	도움을 주다 協助	기쁜 소식	희소식 好消息
잘못 알다	착각하다 錯覺、誤認	우리가 이긴 것과 같다	우리가 이긴 것과 다름 없다 我們跟贏了沒兩樣

유의어 近義詞			
조심하다	주의하다 小心、注意	끝내다	마치다 結束
표를 사다	표를 끊다 買票	공책에 쓰다	공책에 적다 寫在筆記本上
기다리다	대기하다 等待	키우다	기르다 培養
야단치다	혼내다/꾸중하다 責備	야단맞다	혼나다/꾸중 듣다 受責備
이유	원인 原因、理由	효과	효력 效力
믿다	신뢰하다 相信	다르다	상이하다 相異、不同
옷을 고치다	수선하다 修補（衣服）	글을 고치다	글을 수정하다 訂正（文句）
동의하다	찬성하다 贊成	비슷하다	유사하다 相似的
의논하다	상의하다 商議、議論	마련하다	장만하다 準備
꿈을 이루다	꿈을 실현하다 實現夢想	목표를 이루다	목표를 달성하다 達成目標
없어지다	사라지다 消失	자료를 없애다	자료를 삭제하다 刪除資料
문제를 없애다	문제를 제거하다 解決問題	법을 없애다	법을 폐지하다 廢除法律
예상되다	예측되다 預測、預期	권하다	권고하다 勸告
과하다	지나치다 超過	교만하다	오만하다 傲慢的
드물다	희귀하다 珍稀的	이기다	승리하다 勝利
좇다	추구하다 追求	예민하다	민감하다 敏感的
직원을 뽑다	채용하다 採用、雇用	규칙을 어기다	규칙을 위반하다 違規

반의어 反義詞			
속 裡	겉 外	실내 室內	실외 室外
방학 放假	개학 開學	수요 需要	공급 供給
친절 親切	불친절 不親切	만족 滿足	불만족 不滿足
정확 正確	부정확 不正確	균형 均衡	불균형 不均衡
적응 適應	부적응 不適應	유쾌하다 愉快	불쾌하다 不愉快
충분 充分	불충분 不充分	규칙적으로 規律地	불규칙적으로 不規律地
편하다 便利	불편하다 不便	가능하다 可能	불가능하다 不可能
긍정적 肯定的	부정적 否定的	적극적 積極的	소극적 消極的
외향적 外向的	내향적 內向的	낙관적, 낙천적 樂觀的、樂天的	비관적 悲觀的
이기적 自私的	이타적 利他的	능동적 主動的	수동적 被動的
이롭다 有益的	해롭다 有害的	유리하다 有利的	불리하다 不利的
성공 成功	실패 失敗	이기다 贏	지다 輸
미래 未來	과거 過去	강점 優勢	약점 弱點
행복 幸福	불행 不幸	조상 祖先	후손 後孫
이익을 주다 帶來利益	손해를 끼치다 帶來損害	희망 希望	절망 絕望
최소 最小	최대 最大	최저기온 最低氣溫	최고기온 最高氣溫
찬성 贊成	반대 反對	다수 多數	소수 少數
포함하다 包含	제외하다 除外	안심하다 安心	걱정하다/불안해하다 擔心／不安
절약하다 節約	낭비하다 浪費	겸손하다 謙遜的	거만하다 傲慢的
가입하다 加入	탈퇴하다 退出	신중하다 慎重的	경솔하다 輕率的

단어 + 단어 單字＋單字	반대어 두 개로 된 단어 兩個反義詞組成的單字	문장 例句
낮 + 밤 白天＋夜晚	밤낮 晝夜	밤낮으로 노력한 결과이다. 這是不分晝夜努力後的結果。
남자 + 여자 男人＋女人	남녀 男女	남녀 모두에게 인기가 있는 것으로 나타났다. 結果顯示都很受男女歡迎。
출근 + 퇴근 上班＋下班	출퇴근 上下班	출퇴근 시간에는 길이 막힌다. 上下班時間路上很塞。
장점 + 단점 優點＋缺點	장단점 優缺點	장단점을 비교해 보자. 比較看看優缺點吧！
찬성 + 반대 贊成＋反對	찬반 贊反	찬반 토론의 결과는 다음과 같다. 贊反討論的結果如下。
승리 + 패배 勝利＋敗北	승패 勝敗	경기의 승패는 아무도 모른다. 比賽的勝敗沒有任何人知道。
성공 + 실패 成功＋失敗	성패 成敗	일의 성패를 예측할 수 없다. 無法預測事情的成敗。
동양 + 서양 東洋＋西洋	동서양 東西洋	이 점에서는 동서양이 같다. 在這一點上，東西洋是一樣的。
냉방 + 난방 冷氣＋暖氣	냉난방 冷暖氣	냉난방이 안 되는 문제가 있다. 有著冷暖氣不運作的問題。
왼쪽 + 오른쪽 左邊＋右邊	좌우 左右	길을 건널 때는 좌우를 살피는 것이 좋다. 過馬路的時候，最好察看一下左右。
앞 + 뒤 前＋後	앞뒤 前後	앞뒤를 생각하지 않고 행동하는 사람들도 있다. 也有不顧前後就行動的人。
몸 + 마음 身體＋心理	심신 身心	심신이 건강한 사람을 찾기 힘들다. 很難找到身心健康的人。
농촌 + 어촌 農村＋漁村	농어촌 農漁村	농어촌 인구가 줄고 있다. 農漁村的人口正在減少。
국내 + 국외 國內＋國外	국내외 國內外	국내외에 알려진 것이 전혀 없다. 國內外無人知曉。
수출 + 수입 出口＋進口	수출입 進出口	수출입에 대한 국민의 관심이 높다. 國民們對於進出口抱持著很大的關注。
직접 + 간접 直接＋間接	직간접 直間接	직간접적인 영향을 주는 것으로 나타났다. 結果顯示這會帶來直接與間接的影響。
장기 + 단기 長期＋短期	장단기 長短期	장단기적인 대책을 마련해야 한다. 必須籌畫長短期的對策。

1 이유 理由

이유 理由	활용에서 주의할 점 活用時注意事項
-아/어서	AV-아/어서 | N(이)라서
-(으)니까	AV-(으)니까 | N(이)니까 · 이유를 나타내는 문법 중 유일하게 명령, 청유가 가능하다. 表示理由的文法中，唯一可以接命令句、建議句的文法。
-기 때문에	AV-기 때문에 | N(이)기 때문에, N 때문에
-느라고	AV-느라고 · 문장의 주어가 같아야 한다. 句子的主語要一致。 · 주로 동시간대 두 가지 일 중 하나를 선택해서 생긴 부정적 결과를 말한다. 主要是指相同時間帶的兩件事，選擇其中一個之後產生的負面結果。 · 순간적인 일이나 의도하지 않은 일에 쓸 수 없다. 不可用在瞬間發生、無意圖下發生的事。
-는 바람에	AV-는 바람에 · 나쁜 결과에 대한 이유이며 좋은 결과에는 쓸 수 없다. 這是產生負面結果的理由，不可以跟正面結果一起使用。

注意

- 오늘은 휴일 때문에 차가 막힙니다. (X)
  - → 오늘은 휴일이기 때문에 길이 막힙니다.
    因為今天是假日，所以路上塞車了。

- 수진 씨, 지하철역까지 가까워서 걸어갈까요? (X)
  - → 수진 씨, 지하철역까지 가까우니까/가까운데 걸어갈까요?
    秀真，捷運站很近，我們要不要走路去？

- 수진 씨, 제가 몸이 안 좋기 때문에 좀 도와주세요. (X)
  - → 수진 씨, 제가 오늘 몸이 안 좋으니까 좀 도와주세요.
    秀真，我今天身體不舒服，請幫幫我。

- 일본에서 친구가 오느라고 제가 오늘 수업에 못 갔어요. (X)
  - → 일본에서 친구가 와서 제가 공항에 마중 가느라고 오늘 수업에 못 갔어요.
    朋友從日本來，我去機場接他，而沒能去上課。

- 바빠서 식사를 못 한 바람에 배가 고픕니다. (X)
  - → 바빠서 식사를 못하는 바람에 배가 고픕니다.
    太忙了沒辦法吃飯而餓肚子。

2 목적이나 의도 目的、意圖

목적, 의도 目的、意圖	활용에서 주의할 점 活用上注意事項
-(으)러 가다	V-(으)러 가다 -러 가다/오다/다니다/나가다/내려오다 · 이동을 나타내는 동사가 뒤에 온다. 　用於表移動的動詞後。
-(으)려고	V-(으)려고 · 뒤에 모든 동사 가능, 명령문, 청유문과 함께 쓸 수 없다. 　後面可使用所有動詞，但不可和命令句、建議句一起使用。
-기 위해서	V-기 위해서 · 명령문이나 청유문과 함께 쓸 수 없다. 　不可和命令句、建議句一同使用。
-도록 -게	V-도록, -게 ｜ 某些形容詞 -도록, -게 · 주로 동사에 쓴다. 　主要與動詞使用。
-고자 하다	V-고자 하다 ｜ N(이)고자 · 주로 연설이나 안내문, 알림 등의 공적인 글에 쓴다 　主要用在演講、說明文、公告…等正式文章。

注意

- 서울의 아름다운 야경을 보려고 가십시오. (X)
  - → 서울의 아름다운 야경을 보러 가십시오.
    請去看看首爾美麗的夜景吧。

- 그것은 시간을 절약하기 위해서 방법이 아니다. (X)
  - → 그것은 시간을 절약하기 위한 방법이 아니다.
    那不是能節省時間的方法。

- 그 나라의 문화를 배우러 그 나라 사람과 어울리는 것이 좋다. (X)
  - → 그 나라의 문화를 배우려면/배우기 위해서는 그 나라 사람과 어울리는 것이 좋다.
    若要學習那個國家的文化，去跟那個國家的人交流會是個好方法。

3 가정 假設

가정 假設	주의할 점 注意事項
-ㄴ/는다면	**AV-ㄴ/는다면 | N(이)라면** · '-(으)면'에 비해서 현실 가능성이 없는 상황에서 쓴다. 與「-(으)면」相比，使用於現實中較無可能性的情況。 · 문장 앞에 만일 또는 만약에가 있다. (생략 가능) 句子前面有 만일 或 만약에。（可以省略） · 문어체에서는 '-(으)ㄹ 것이다'와 호응한다. 用在書面文體時，與「-(으) 것이다」相應。

注意

· 만일 내일 지구가 멸망하면 사람들은 지금까지의 삶을 후회할 것이다. (△)

  → 만일 내일 지구가 **멸망한다면** 사람들은 지금까지의 삶을 **후회할 것이다**.
     萬一明天地球毀滅，人們將會後悔至今為止的人生。

4 부분 부정 部分否定

부분 부정 部分否定	주의할 점 注意事項
-ㄴ/(으)/는 것은 아니다	**AV-ㄴ/(으)/는 것은 아니다 | N인 것은 아니다** · 문장 앞에 '그러나, 그렇지만, 하지만' 등이 있다. 句子前面有「그러나、그렇지만、하지만」…等。 · '-ㄴ/는다고 해서'와 호응된다. 與「- ／는다고 해서」相呼應。

注意

· 그러나 약의 부작용이 있다고 해서 일부 사람에게 나타난다. (X)

  → **그러나** 부작용이 있다고 해서 모든 사람에게 **나타나는 것은 아니다**.
     不過，雖說會有副作用，但並不是每個人都會發作。

  = **그러나** 약의 부작용이 모든 사람에게 **나타나는 것은 아니다**.
     但是，藥的副作用並不是發生於每個人身上。

  = **그러나** 약의 부작용이 모든 사람에게 **나타나지는 않는다**.
     但是，藥的副作用不會發生於每個人身上。

  = 약의 부작용이 있다고 해도 일부 사람에게만 나타난다.
     即使藥有副作用，也只會出現在一部份的人身上。

5 당위 必要性

당위 必要性	주의할 점 注意事項
-아/어야(만) 하다	AV-아/어야(만) 하다 | N이어야/여야 · '-(으)려면'이나 '-기 위해서는'과 호응된다. 和「-(으)려면」或「-기 위해서」相呼應。
-(으)ㄹ 필요가 있다	AV-(으)ㄹ 필요가 있다 | N일 필요가 있다 · '-(으)려면'이나 '-기 위해서는'과 호응된다. 和「-(으)려면」或「-기 위해서」相呼應。

> **注意**
>
> · 캠프 참가를 위해서 미리 접수해야 한다. (X)
>
>   → 캠프에 참가하려면 미리 접수해야 한다.
>   若要參加露營，就得事先申請才行。
>   = 참가하기 위해서는 미리 접수해야 한다.
>   若要參加得事先申請。
>
> · 꿈을 이루려고 끊임없이 노력할 필요가 있다. (X)
>
>   → 꿈을 이루려면 끊임없이 노력할 필요가 있다.
>   若要實現夢想，就要有不斷努力的必要。
>   → 꿈을 이루려면 끊임없는 노력이 필요하다.
>   若要實現夢想，就要不斷努力。
>   → 꿈을 이루기 위해서는 끊임없이 노력해야만 한다.
>   為了實現夢想，就得不斷努力才行。

문형 句型

1 53번 쓰기 유형별 필수 문형 정리 第53題寫作各題型的必備句模型整理

유형1 **분류하고 특징 쓰기** 分類後寫出其特點

(1) 정의 定義

내용 內容	**대중 매체: 많은 사람에게 대량으로 정보를 전달하는 수단** 大眾媒體：將大量情報傳達給多數人的一種方法。
	· 대중 매체란 많은 사람에게 대량으로 정보를 전달하는 <u>수단이다.</u> · 대중 매체는 많은 사람에게 대량으로 정보를 전달하는 <u>수단이다.</u> · 대중 매체란 많은 사람에게 대량으로 정보를 전달하는 <u>수단을 말한다.</u> 所謂大眾媒體，就是指將大量情報傳達給多數人的一種方法。

(2) 분류 分類

내용 內容	대중 매체의 종류 ① 인쇄 매체 ② 전파 매체 ③ 통신 매체 大眾媒體的種類 ① 印刷媒體 ② 傳播媒體 ③ 通信媒體

· 대중 매체는 크게 인쇄 매체, 전파 매체, 통신 매체로 나눌 수 있다.

· 대중 매체는 크게 인쇄 매체, 전파 매체, 통신 매체로 나뉜다.

· 대중 매체는 크게 인쇄 매체, 전파 매체, 통신 매체의 세 가지로 구분된다.
大眾媒體大致上可分為印刷媒體、傳播媒體以及通信媒體。

(3) 예시 舉例

내용 內容	전파 매체의 예: 텔레비전, 라디오 傳播媒體的例子：電視、廣播

· 텔레비전, 라디오 등이 전파 매체에 속한다.

· 전파 매체에는 텔레비전과 라디오 등이 있다.

· 전파 매체에는 텔레비전과 라디오 등이 포함된다.
傳播媒體包含了電視、廣播…等。

(4) 순차 順序

내용 內容	① 인쇄 매체 → ② 전파 매체 → ③ 통신 매체 ①印刷媒體 → ② 傳播媒體 → ③ 通信媒體

· 먼저 인쇄 매체에는 ~. 다음으로 전파 매체가 있다. 마지막으로 통신 매체가 있다.

· 첫째(로), 인쇄 매체는 ~. 둘째(로), 전파 매체가 있다. 셋째(로), 통신 매체는 ~.

· 첫 번째(로) 인쇄 매체는 ~. 두 번째(로) 전파 매체는 ~. 세 번째(로) 통신 매체는 ~..

(5) 정리(요약) 整理（摘要）

내용 內容	지금까지 내용을 한 문장으로 요약하고 마무리하기 將到目前為止的所有內容簡化成一個句子來做結尾。

· 이처럼 대중 매체는 종류가 다양하며 각각의 특징이 있다.
就像這樣，大眾媒體的種類很多且各有各的特色。

· 이와 같이 대중 매체는 종류가 다양하며 각각의 특징이 있다.
就像這樣，大眾媒體的種類很多且各有各的特色。

· 살펴본 바와 같이 대중 매체는 종류가 다양하며 각각의 특징이 있다.
如上述所示，大眾媒體的種類很多且各有各的特色。

유형2 ▶ **장점과 단점 쓰기** 寫出優缺點

(1) 현상 소개 介紹現象

내용 內容	**인터넷 이용자의 증가 현상** 網路使用者的增加現象

· 요즘 인터넷을 이용하는 사람들이 증가하고 있다.
　最近利用網路的人正在增加。

· 최근 인터넷을 이용하는 사람들이 증가 추세를 보이고 있다.
　最近顯示利用網路的人有增加的趨勢。

(2) 나열(첨가) 羅列（添加）

내용 內容	**인터넷 정보에는 거짓 정보가 많다 + 생각 없이 하다 보면 중독이 될 수도 있다** 網路消息中有許多假消息＋未經思考盲目使用可能會網路中毒。

· 인터넷 정보에는 거짓 정보가 많다. 또한 생각 없이 하다 보면 중독이 될 수 있다.
　網路上有許多假消息，而且若不經思考盲目使用，可能會網路中毒。

· 인터넷 정보에는 거짓 정보가 많다. 뿐만 아니라 생각 없이 하다 보면 중독이 될 수 있다.
　網路上有許多假消息，不僅如此，若不經思考盲目使用，可能會網路中毒。

(3) 대조 對照

내용 內容	**장점이 있다 ↔ 단점이 있다** 有優點 ↔ 有缺點

· 장점이 있는 반면에 단점도 있다.
　有優點相對的也有缺點。

· 장점이 있는데 반해 단점도 있다.
　有優點相對的也有缺點。

(4) 정리(결론) 整理（結論）

내용 內容	**결론: 이러한 단점에 유의하며 인터넷을 이용하자.** 結論：讓我們留意這樣的缺點再使用網路。

· 그러므로 이러한 단점에 유의하며 인터넷을 이용해야 할 것이다.
　因此，我認為我們應該留意這樣的缺點再使用網路。

· 따라서 우리는 이러한 단점에 유의하며 인터넷을 이용해야 한다.
　所以我們應該要留意這樣的缺點再使用網路。

· 따라서 이러한 단점에 유의하며 인터넷을 이용하는 것이 바람직하다.
　因此，最好留意這樣的缺點再使用網路。

유형3 현황과 원인, 전망 쓰기 寫出現況、原因和未來展望

(1) 현황 現況

내용 內容	2016년 유학생의 숫자: 10만 명 2016年的留學生人數：10萬名

- 유학생 수는 2016년에 10만 명에 달했다.
  留學生人數在2016年達到了10萬名。

- 유학생 수는 2016년에 10만 명으로 나타났다.
  留學生人數在2016年顯示為10萬名。

(2) 현황 비교 比較現況

내용 內容	2011년 25,000명 vs. 2019년 10만 명 (4배 증가) 2011年25,000名 vs. 2019年10萬名（增加4倍）

- 2011년에 비해서 2019년에는 4배 증가했다.
  2019年比2011年增加了4倍。

- 2011년에 25,000명이던 유학생이 2019년에는 4배 증가했다.
  2011年為數25,000名的留學生，到了2019年增加了4倍。

- 2011년과 비교하면 2019년에는 4배 증가한 것으로 나타났다.
  顯示2019年的留學生人數和2011年相比增加了4倍。

(3) 출처와 정보 出處及資訊

내용 內容	출처: 교육부 조사 → 결과: 외국인 유학생 중에 중국 유학생이 제일 많다 出處：教育部調查→結果：外國留學生之中，中國留學生最多。

- 교육부에 따르면 외국인 유학생 중에 중국 유학생이 제일 많다고 한다.
  據教育部表示，外國留學生中，以中國留學生的人數最多。

- 교육부의 조사에 의하면 외국인 유학생 중에 중국 유학생이 제일 많은 것으로 나타났다.
  依教育部調查顯示，外國留學生中，以中國留學生的人數最多。

(4) 원인 原因

내용 內容	유학생 증가의 원인: 한국에 대한 관심의 증가 留學生增加的原因：對韓國關心增加

- 유학생 증가의 원인으로 한국에 대한 관심의 증가를 들 수 있다.
  留學生增加原因可數對韓國的關心增加。

- 유학생 증가 현상은 한국에 대한 관심이 높아진 데에서 기인한 것으로 보인다.
  留學生增加的現象顯示是起因於外國人對韓國的關心增高了。

(5) 전망 未來展望

내용 內容	**2023년 외국인 유학생 수 전망: 20만 명** 2023年外國留學生數展望：20萬名。

- 2023년에는 외국인 유학생이 20만 명에 이를 것으로 기대된다.
  期望2023年外國留學生將達到20萬名。

- 2023년에는 외국인 유학생이 20만 명에 달할 전망이다.
  2023年外國留學生預計將達到20萬名。

유형4 ▶ **설문 결과 비교, 분석 쓰기** 問卷調查結果比較分析

(1) 설문 조사의 대상과 주제 問卷調查的對象及主題

내용 內容	**조사 대상: 30대와 60대 성인 남녀 주제: 필요한 공공시설** 調查對象：30幾歲及60幾歲的成人男女 主題：需要的公共設施

- 30대와 60대 성인 남녀를 대상으로 필요한 공공시설이 무엇인지 조사하였다.
  以30幾歲及60幾歲的成人男女為對象，調查應設的公共設施為何。

- 30대와 60대 성인 남녀를 대상으로 필요한 공공시설에 대해 설문 조사를 하였다.
  以30幾歲及60幾歲的成人男女為對象，對應設的公共設施做了問卷調查。

(2) 설문 조사 결과 수치 問卷調查的結果數值

내용 內容	**'공원이 필요하다'고 응답한 사람: 22%** 回答「應有公園」的人：22%

- 응답자의 22%가 '공원이 필요하다'고 답했다.
  應答者22%回答「應有公園」。

- '공원이 필요하다'고 응답한 사람이 22%로 나타났다.
  回答「應有公園」的人為22%。

(3) 그래프 수치 圖表數值

내용 內容	**30대가 필요하다고 생각하는 공공시설 1위: 공연장, 문화 센터 (40%)** 30幾歲受訪人認為應設的公共設施第一順位：公演場地、文化中心（40%）

- 30대의 경우 공연장, 문화 센터가 40%로 1위를 차지했다.
  以30幾歲的受訪者來說，公演場地及文化中心以40%占第一。

- 30대의 경우 공연장, 문화 센터라고 응답한 사람이 40%로 제일 많았다.
  以30幾歲的受訪者來說，回答公演場地及文化中心的人為40%最多。

(4) 그래프 순위 圖表順位

내용 內容	1순위: 병원, 약국 (50%) 2순위: 공연장(23%), 3순위: 공원 (22%) 第一順位：醫院、藥局（50%）第二順位：公演場地（23%）第三順位：公園 （22%）

- 병원이 50%로 1위를 차지했고, 공연장이 23%로 뒤를 이었다.
  醫院以50%占第一名，公演場地占23%為其次。
- 병원이 50%로 가장 많았고, 다음으로 공연장(23%), 공원(22%) 순이었다.
  醫院以50%最多，其次是公演場地（23%）及公園（22%）。
- 병원과 공연장이 각각 50%, 23%로 1, 2위를 차지하였다.
  醫院與公演場地各為50%及23%，占第一、二名。

(5) 정리 (조사 결과) 整理（調查結果）

내용 內容	조사 결과: 30대와 60대는 필요로 하는 공공시설이 다르다 調查結果：30幾歲及60幾歲的人認為應有的公共設施不同。

- 이를 통해 30대와 60대는 필요로 하는 공공시설이 일치하지 않는 것을 알 수 있다.
- 이 결과를 통해 30대와 60대는 필요로 하는 공공시설이 다름을 알 수 있다.
  由這個結果可得知30幾歲和60幾歲的人認為應有的公共設施不同。

---

2 54번 쓰기 유형별 필수 문형 정리 第54題寫作各題型的必備句模型整理

유형1 ▶ **중요성 유형** 重要性類型

(1) 중요성, 필요성 (= 중요한 이유, 필요한 이유)
重要性、必要性（＝重要的原因、必要的原因）

질문 問題	의사소통은 왜 중요한가? 溝通為什麼重要？

- 의사소통 능력은 인간관계를 원활하게 해 주기 때문에 매우 중요/필요하다.
  溝通能力能夠磨合人際關係，因此很重要/是必要的。
- 의사소통 능력은 인간관계를 원활하게 해 준다는 점에서 중요성을 가진다.
  溝通能力能夠磨合人際關係，在這點上有其重要性。
- 의사소통 능력은 인간관계를 원활하게 해 주는 데에 중요한 역할을 한다.
  溝通能力在磨合人際關係上扮演了重要的角色。

(2) 정의 定義

질문 問題	인재란 어떤 사람을 말하는가? 所謂的人才是指什麼樣的人？

· 인재란 뛰어난 재능을 가진 사람을 말한다.
所謂的人才，是指擁有優秀才能的人。

· 인재는 뛰어난 재능을 가지고 있어 사회를 발전시키는 데 기여한다.
人才擁有優秀才能，為社會發展做出貢獻。

· 인재는 뛰어난 능력을 가지고 사회 발전에 공헌하는 중요한 존재이다.
人才是擁有優秀才能，並為社會發展做出貢獻的重要人物。

유형2 ▶ 조건 유형 條件類型

(1) 조건 條件

질문 問題	인재가 되기 위해서 충족되어야 할 조건은 무엇인가? 為了成為人才，應該滿足什麼樣的條件？

· 새 시대의 인재가 되기 위해서는 리더십이 필요하다.
為了成為新世代的人才，需要有領導能力。

· 새 시대의 인재가 되려면 우선 리더십을 갖춰야 한다./가지고 있어야 한다.
如果想成為新世代的人才，首先必須具備領導能力。

· 새 시대의 인재가 되려면 리더십을 갖추는 것이 필요하다./필수적이다.
如果想成為新世代的人才，具備領導能力是很重要的／必要的。

(2) 방안 方案

질문 問題	의사소통을 원활하게 하는 방법은 무엇인가? 讓溝通順利的方法是什麼？

· 원활한 의사소통을 하기 위해서는 적극적인 노력이 필요하다.
為了能夠順利溝通，須要積極的努力。

· 원활한 의사소통을 하려면 무엇보다도 적극적으로 노력을 해야 한다.
如果想要溝通順利，最重要的就是積極努力。

· 의사소통을 원활하게 하려면 적극적으로 노력하는 자세가 필수적이다.
如果想要使溝通順利，積極努力的態度是必要的。

유형3 영향 유형 影響類型

(1) 관계 설정 關係設定

질문 問題	경제적 조건과 행복 만족도의 관계는 어떠한가? 經濟條件和幸福滿意度的關係為何？

- 경제적 조건이 행복에 <u>큰/지대한 영향을 미친다</u>고 생각한다.
  我認為經濟條件對幸福有很大的／極大的影響。

- 경제적 조건과 행복은 <u>큰 상관 관계가 없다</u>고 생각한다.
  我認為經濟條件和幸福沒有什麼大的相互關係。

- 행복의 크기는 경제력과 <u>비례 관계에 있다</u>고 볼 수 있다.
  幸福的大小可說與經濟能力處於比例關係。

(2) 긍정적 영향 正面影響

질문 問題	칭찬이 미치는 긍정적인 영향은 무엇인가? 稱讚給予的正面影響為何？

- 칭찬은 우리에게 자신감을 불러일으킴으로써 <u>긍정적인 영향을 미친다</u>.
  稱讚讓我們喚起自信感而給予了正面影響。

- 칭찬은 우리에게 자신감을 가지게 해 준다는 점에서 <u>긍정적인 역할을 한다</u>.
  稱讚在讓我們擁有自信感上扮演了重要角色。

- 칭찬은 우리에게 <u>긍정적인 영향을 준다</u>. 칭찬을 받으면 자신감이 생기고 더 잘해 보고 싶은 의욕을 불러일으킬 수 있기 때문이다.
  稱讚給予我們正面的影響，這是因為一旦受到稱讚就會產生自信，進而引發精進意願的緣故。

(3) 부정적 영향 負面影響

질문 問題	칭찬이 미치는 부정적인 영향은 무엇인가? 稱讚給予的負面影響為何？

- 지나친 칭찬은 우리에게 심리적 부담을 줌으로써 <u>부정적인 영향을 미친다</u>.
  過度的稱讚造成我們心理上的負擔，以此給了負面影響。

- 지나친 칭찬은 우리에게 심리적인 부담을 주는 <u>부작용을 낳기도 한다</u>.
  過度的稱讚也讓我們產生心理負擔的副作用。

- 지나친 칭찬은 우리에게 <u>부정적인 영향을 끼치기도 한다</u>. 칭찬에서 오는 부담 때문에 우리는 압박감을 받아 실력을 발휘하지 못하는 경우도 있기 때문이다.
  過度的稱讚也會給予我們負面的影響，這是因為稱讚給予的負擔會讓我們感到壓力，而導致無法發揮實力的緣故。

유형4 ▶ 찬반 유형 贊成與反對類型

(1) 찬반 입장 선택 贊成與反對立場選擇

질문 問題	자연 보존과 자연 개발 중 어느 것이 더 중요한가? 自然保護和自然開發哪一個更重要？

· 나는 자연을 무분별하게 개발하는 것에 대해서 반대하는 입장이다.
我對恣意開發大自然採反對立場。

 · 나는 자연을 개발해서 경제 성장을 이뤄야 한다는 의견에 동의할 수 없다.
我對得透過開發大自然來發展經濟的意見不能同意。

· 나는 자연을 무분별하게 개발하는 것이 바람직하다고 생각하지 않는다.
我不認為隨意開發大自然是好的。

(2) 찬성하는 이유 (= 긍정적 영향) 贊成的理由（＝正面影響）

질문 問題	자연 개발에 찬성하는 이유는 무엇인가? 對自然開發贊成的理由是什麼？

· 자연을 지속적으로 개발함으로써 인류는 큰 경제 발전을 이루며 성장해 왔다.
藉由不斷開發大自然，人類達成極大的經濟發展並持續成長。

· 자연개발은 우리에게 경제 성장과 문명 발달을 가능하게 해 주었다.
大自然的開發使我們得以有經濟的成長及文明發達。

· 자연 개발을 찬성하는 이유는 자연개발을 통해 경제가 성장하고 그로 인해 문명
의 발달이 촉진될 수 있기 때문이다.
我之所以贊成開發大自然的理由是，經由自然開發經濟得以成長，藉此文明
的發達得以促進之故。

(3) 반대하는 이유 (= 부정적 영향) 反對的理由（＝負面影響）

질문 問題	자연 개발에 반대하는 이유는 무엇인가? 反對開發大自然的理由是什麼？

· 자연개발은 생태계를 파괴하기 때문에 결코 동의할 수 없다.
因為大自然的開發會破壞生態界，所以我完全無法同意。

· 자연 개발은 생태계를 파괴함으로써 우리에게 악영향을 끼치기 때문이다.
因為大自然的開發破壞了生態界，給我們帶來負面影響的緣故。

· 자연 개발을 반대하는 이유는 자연개발이 생태계를 파괴함으로써 우리의 생존
을 위협하고 있기 때문이다.
我之所以反對開發大自然的理由是，自然開發會破壞了生態界，威脅我們的
生存之故。

문형 句型

물결의 의미는 틀리지는 않았지만 더
적절한 표현으로 바꾼 부분입니다.
畫波浪底線的部分，意義上沒有錯，
只是將它修改成更適合的表現方式。

1 실용문 문장 바꾸기 改寫說明文的句子

(1) 자연스럽지 않은 부분을 다음과 같이 바꾸어 보기 不自然的部分，試著用下面的方式改寫。

문장 句子
한국 영화를 사랑하는 사람은 아무나 오십시오.
· 한국 영화를 사랑하는 사람은 누구든지 오십시오. 所有喜歡韓國電影的人都請來吧。
· 한국 영화를 사랑하는 사람은 누구라도 환영합니다. 歡迎所有喜歡韓國電影的人。
▶ '영화를 좋아하는 사람' 누구나 다 라는 의미로 '누구든지'나 '누구라도'가 맞습니다. 描述「所有喜歡韓國電影的人全部都～」以「누구든지」、「누구라도」為宜。
고향에 있는 부모님께 제가 잘 지낸다는 소식을 알려 주십시오.
· 고향에 계시는 부모님께 제가 잘 지낸다는 소식을 전해 주십시오. 請幫我向故鄉的父母轉達我過得很好的消息。
· 고향에 계시는 부모님께 제 안부를 전해 주시기 바랍니다. 希望你能幫我問候在故鄉的父母。
▶ 고향에 있는 분이 부모님이므로 존대어 '계시다'를 써야 합니다. 在故鄉的是父母，所以要用尊待語「계시다」。
동호회 사람들은 12시까지 학교 정문 앞에 오세요.
· 동호회 회원들은 12시까지 학교 정문 앞으로 오세요. 同好會的會員們請在12點之前到學校正門口前。
· 동호회 회원들은 12시까지 학교 정문 앞으로 모여 주세요. 同好會的會員們請在12點之前到學校正門口前集合。
▶ '-(으)세요' 문장에는 방향을 나타내는 '-(으)로'를 씁니다. 「-(으)세요」的句子裡，表示方向要使用「-(으)로」。
중요한 약속이니까 절대로 기억한다면 좋겠어요.
· 중요한 약속이니까 반드시 기억하면 좋겠어요. 這是個重要的約定，希望你一定要記得。
· 중요한 약속이니까 절대로 잊어버리지 않았으면 좋겠어요. 這是個重要的約定，希望你絕對不會忘記。
▶ '반드시'는 긍정문에, '절대로'나 '결코'는 부정문에 씁니다. 또한 바람을 말하는 것 이므로 가정법에 쓰는 '-다면'보다는 '-(으)면'으로 바꾸는 것이 자연스럽습니다. 「반드시」使用在肯定句，而「절대로」或「결코」則使用在否定句。同時，因為提及 期望，所以比起用在假設的「-다면」，用「-(으)면」會更自然。

잘 모르겠지만 그분도 초대하면 아마 옵니다.

· 잘 모르겠지만 그분도 초대를 받으면 아마 올 겁니다.
雖然不確定，但是如果他受邀請，他大概會來。

· 확실하지 않지만 그분도 초대를 받으면 아마 올 겁니다.
雖然不確定，但是如果他受邀請，他大概會來。

▶ '그분'은 주어가 아니라 초대를 받는 사람이며 '아마'는 '-(으)ㄹ 거다'와 호응합니다.
「그분」不是主語，而是受到邀請的人；「아마」和「-(으) 거다」相呼應。

긴장을 해 가지고 발표할 때 실수할 것 같아서 걱정이에요.

· 긴장을 해서 발표할 때 실수할 것 같아서 걱정이에요.
我擔心會因緊張而在發表時失誤。

· 긴장을 한 탓에 발표할 때 실수할 까봐 걱정이에요.
我怕會因緊張而在發表時犯錯，很擔心。

▶ -'아/어 가지고'는 구어적 표현입니다. 글쓰기 문장에 적합하지 않습니다.
「-아/어 가지고」是口語的表現方式，不適合用在寫作裡。

친구가 자기 나라로 돌아가느라고 제가 마중하러 공항에 가야 했습니다.

· 친구가 자기 나라로 돌아가기 때문에 제가 배웅하러 공항에 가야 했습니다.
因為朋友要回國，所以我得去機場送他。

· 친구가 귀국하기 때문에 제가 배웅하러 공항에 가야 했습니다.
因為朋友要歸國了，所以我得去機場送他。

▶ '-느라고'는 주어가 일치할 때만 쓸 수 있습니다.
「-느라고」只可用在前後主語一致的時候。

7세보다 어린 아이들은 부모님이랑 함께여야 입장하실 수 있습니다.

· 7세 미만 아이들은 부모님과 함께여야 입장할 수 있습니다.
未滿7歲的孩子得和父母一起同行才可以入場。

· 7세 미만 아이들은 부모님과 동반하여야만 입장이 가능합니다.
未滿7歲的孩子必須要有父母陪同，才能夠入場。

▶ '(이)랑'은 문어체로 바꿔 써야 하고 문장의 주어가 '아이들'이므로 존대 문장을 쓰지 않습니다.
「(이)랑」是口語表現所以要修正；而因為句子的主語是「아이들」，所以不寫尊待語。

외국인 등록증을 만들실 분은 신분증을 가지고 와요.

· 외국인 등록증을 만드실 분은 신분증을 가지고 와 주세요.
要辦外國人登錄證的人，請帶身分證來。

· 외국인 등록증을 만드실 분은 신분증을 지참해 주시기 바랍니다.
要辦外國人登錄證的人，麻煩請攜帶身分證。

▶ '만들다'는 뒤에 'ㅅ'이 오면 'ㄹ'이 탈락하는 불규칙 동사입니다.
「만들다」為後面如果接「ㅅ」時，「ㄹ」脫落的不規則動詞。

이걸 여기저기에 효과가 있으니까 특별히 나이가 많은 분에게 추천합니다.

· 이건 여기저기에 효과가 있기 때문에 연세가 많으신 분께 추천합니다.
  這對很多地方都有效果，推薦給年齡大的長輩。

· 이것은 다양한 효과가 있으므로 연세가 많으신 분께 추천해 드립니다.
  這有很多效果，推薦給年齡大的長輩。

▶ 'N은/는 ~에 효과가 있다' 입니다. 그리고 나이의 존대어는 '연세' 입니다.
  句子為「N은／는～에 효과가 있다」；且「나이」的尊待詞為「연세」。

2 설명문 문장 바꾸기 說明文句子改寫

(1) 구어체를 다음과 같이 문어체로 바꾸어 보기

口語體改寫書面體。

인터넷은 좋은 점이랑 나쁜 점이 다 있어요.

· 인터넷은 장점도 있고 단점도 있다.
  網路有優點也有缺點。

요즘 아래층과 위층 사이에 소음이 문제래요.

· 요즘 층간소음이 문제가 되고 있다고 한다.
  他們表示樓層間的噪音正成為問題。

이러니까 현대 사회에는 안 필요하다.

· 이런 면에서 현대 사회에는 필요하지 않다.
  基於此觀點，現代社會上並不須要。

많이 배웠다고 지혜가 있는 건 아니에요.

· 많이 배웠다고 해서 지혜로운 것은 아니다.
  不是學得多就是有智慧。

생활 습관은 사람들이 먹는 음식에도 영향을 줘요.

· 생활 습관은 사람들이 섭취하는 음식에도 영향을 끼친다.
  生活習慣也會影響人們攝取的食物。

일을 하면서 스트레스를 풀 수도 있어요.

· 일을 하며 스트레스를 해소할 수도 있다.
  也可以工作而紓解壓力。

건강해지고 싶으세요? 잠자는 습관을 바꿔 보세요.

· 건강해지기 위해서는 수면 습관을 바꾸는 것이 좋다.
  為更健康，改變睡眠習慣比較好。

큰 도시는 작은 도시보다 엄청 복잡해요.

· 대도시는 소도시에 비해서 매우 복잡하다.
  大都市比小都市還要熱鬧許多。

첫 번째 할 일은 갈등을 해결하는 일인 것 같아요.

· 첫 번째 과제는 갈등을 해결하는 일일 것이다.
  第一個課題將會是解決衝突。

학생들의 실력이 점점 좋아지는 거 같아요.

· 학생들의 실력이 점차 향상되는 것 같다.
  學生們的實力似乎逐漸提升了。

⑵ 자연스럽지 않은 문장을 다음과 같이 맞는 문장으로 바꾸기

不自然的句子，試著用下面的句子改寫。

자료 1 資料1	여름이 길어지는 원인　㉠ 지구 온난화　㉡ 도시 인구 집중 夏天變長的原因 ㉠ 地球暖化 ㉡ 都市人口集中

여름이 길어지는 원인으로 지구 온난화와 도시 인구 집중에 관련이 있다.

· 여름이 길어지는 원인으로 지구 온난화와 도시 인구 집중을 들 수 있다.
  夏天變長的原因可以說是地球暖化與都市人口集中。

· 여름이 길어지는 현상은 지구 온난화와 도시 인구 집중과 관계가 있다.
  夏天變長的現象是和地球暖化及都市人口集中有關。

· 여름이 길어지는 현상은 지구 온난화와 도시 인구 집중이 원인인 것으로 보인다.
  夏天變長的現象，可將地球暖化及都市人口集中視為原因。

자료 2 資料2	스마트폰 사용 중 보행자와 차량 간 사고　㉠2011년 624건 ㉡2018년 2410건 走路中使用智慧型手機者與車輛間的交通事故 ㉠ 2011年624件 ㉡ 2018年 2410件

최근 보행 중 스마트폰 사용과 사고 발생 현황이 급증한다.

· 최근 보행 중 스마트폰 사용으로 인한 사고 발생이 급증했다.
  最近因為邊走邊使用智慧型手機而發生的交通事故急速增加。

· 최근 스마트폰 사용 중인 보행자와 차량 간의 사고가 급증하고 있다.
  最近走路中使用智慧型手機者與車輛間的交通事故正急速增加。

▶ 최근 –고 있다, 최근 –았/었다
  最近～正；最近～曾…

▶ 현황: 현재 상황이라는 의미로 '급증하다'와 쓸 수 없음.
  現況：意為「現在目前的情況」。不能與「급증하다」一同使用。

2011년에 ~~624건이던~~ ~~2018년에 달해서~~ 2410건이 되었다.

- 2011년에 624건이던 사고 건수가 2018년에 이르러 2,410건으로 증가했다.
  交通事故從2011年的624件，到2018年增加到了2,410件。

- 2011년에는 624건에 불과했는데 2018년에는 2,410건으로 4배 정도 증가했다.
  2011年的件數只有624件，2018年為2,410件共增加了約4倍。

- 2011년 624건에서 2018년에는 2,410으로 지난 7년간 큰 폭으로 증가했다.
  從2011年的624件，到2018年的2,410件，過去的7年大幅增加了許多。

▶ 이던 + N
▶ 달하다: 목표나 일정한 수준 등을 이룰 때 쓰며 연도에 쓰지 않음
  達하다：用在達到某目標或一定水準，不用於年度上。

스마트폰 때문에 ~~사고과~~ 계속 급증할 것으로 ~~기대된다.~~

- 스마트폰으로 인한 사고가 증가할 것으로 예상된다.
  因智慧型手機而發生的交通事故預料將會增加。

▶ 부정적 내용은 '기대되다'가 아닌 '예상하다'가 적절함
  負面的內容不用「기대되다」，而用「예상하다」較為適合。

3 54번 쓰기 단락별 오류 수정하기 第54題寫作各段落錯誤修正

(1) 도입 단락에서 자주 하는 오류 수정하기 修正前導段落常會有的錯誤

유형3 ▶ **고난의 영향** 苦難的影響

> 우리 주변에는 예상하지 못한 시련이 닥쳐와 고난을 당하는 사람들이 많다. 인생을 살아가면서 그 누구도 고난을 피해 갈 수는 없는데, 과연 우리에게 이러한 고난은 어떤 의미가 있을까? 이에 대한 자신의 견해를 쓰라.
>
> • 고난의 부정적인 영향은 무엇인가?
> • 고난이 주는 긍정적인 측면은 무엇인가?
> • 고난을 극복하려면 어떻게 해야 하는가?

해설 **解說**

이 문제는 고난과 실패의 가치를 묻는 문제입니다. 일반적인 생각은 부정적 견해이므로 [부정적 견해–긍정적 가치–대처 방안–마무리]의 네 단락을 구성하여 답을 쓰면 됩니다.

這個題目是在問苦難和失敗的價值，因為一般的想法是負面的見解，所以只要用 [負面見解–正面價值–對應方案–結論] 四個段落來組成文章作答就可以了。

학생 답안 ① 學生答案 ①

▶ **앞의 지문을 똑같이 베껴 쓴 경우** 直接照寫前面指示文的情況

우리 주변에는 예상하지 못한 시련이 닥쳐와 고난을 당하는 사람들이 많다. 인생을 살아가면서 그 누구도 고난을 피해 갈 수는 없는데, 그러면 과연 우리에게 고난은 어떤 의미가 있을까? 우리는 왜 이렇게 고난을 당해야 할까?

→ 질문의 배경 설명 문장을 그대로 썼습니다. 이것은 감점 요인이 되므로 다음과 같이 첫 문장을 다른 표현으로 바꿔 써야 합니다.

將題目的背景說明直接照寫，會成為扣分的要因，因此應該要像下面一樣，第一個句子用不同的表現方法來改寫。

- 우리는 살아가면서 많은 고난을 겪게 된다.
- 사람들은 누구나 크고 작은 고난에 직면해서 괴로움과 어려움을 겪으면서 살아간다.

학생답안 ② 學生答案 ②

▶ **너무 주관적으로 답안을 서술한 경우** 答案太主觀的情況

사람들은 살아가다 보면 고난을 당하는 일이 많다. 나도 정말 그런 일이 많았다. 그럴 때마다 정말 기분이 좋지 않고 우울하고 정말 속상했다. 처음에 너무 괴로웠다. 잠도 오지 않았고 바보처럼 눈물만 났다.

→ '나'를 주어로 사용함으로써 개인적인 경험을 주관적으로 감정적으로 서술했습니다. '우리는'이나 '사람들은'을 주어로 하여 일반적인 경험, 일반적인 정서로 바꿔 써야 합니다.

以「나」為主語，將個人經驗以主觀且感性的敘述，應該將主語改為「우리는」或是「사람들은」，然後改寫為一般的經驗及普遍情緒。

학생 답안 ③ 學生答案 ③

▶ **두 번째 질문의 답을 도입 단락에서 미리 써 버린 경우**
第二個問題的答案劈頭就寫在前導段落的情況

경쟁이 심한 현대 사회에서 살아가다 보면 많은 고난과 시련을 겪게 되고, 실패도 하고 좌절도 하게 된다. 고난과 시련은 어떤 의미가 있을까? 나는 분명히 의미가 있다고 생각한다. <고난은 우리에게 경험과 교훈을 주어 나를 돌아볼 수 있게 해준다.>

→ 두 번째 질문에 대해 질문과 대답을 썼습니다. 그러나 도입 단락에서는 다음 내용에 대해 질문만 해야 하고 답을 쓰면 안 됩니다. < > 부분은 다음 단락에서 써야 합니다.

此學生將第二個問題的題目及答案都寫了出來，但是，前導段落只能提到接下來內容的相關問題，不可以寫出答案。< >的部分必須寫在下一個段落。

모범 답안 模範答案

사	람	들	은		누	구	나		살	아	가	면	서		크	고		작	은		고	난	을
겪	고		또		그	것	을		극	복	하	며		살	아	간	다	.	고	난	과		시	련
이		닥	쳐	올		때		사	람	들	은		괴	로	움	을		맛	보	며		자	신	감
을		잃	어	버	리	고		실	의	에		빠	지	게		된	다	.	이	처	럼		고	난
은		우	리	에	게		부	정	적	인		영	향	을		미	친	다	.	그	러	면		고
난	이		주	는		긍	정	적	인		영	향	은		없	을	까	?		고	난	을		통
해		우	리	가		배	울		수		있	는		것	은		무	엇	일	까	?			

스마트폰 사용 찬반론　智慧型手機使用的贊反論

> 최근 스마트폰 사용자가 급증하면서 학습에 방해가 된다고 보는 반대론과 학습에 도움을
> 준다는 찬성론이 대립하고 있습니다. 스마트폰 사용에 대한 자신의 생각을 쓰십시오.
> (1) 두 가지 중에서 어느 의견이 옳다고 생각합니까?
> (2) 왜 그렇게 생각하는 지 이유를 쓰십시오.

학생 답안 學生答案

▶ **질문에서 자신의 생각을 쓰도록 요구했는데 안 쓴 경우**
　題目要求寫出自身想法，但是卻沒有寫的情況

스마트폰은 언제든지 가지고 다니면서 자유롭게 정보를 찾을 수 있기 때문에 스마트폰은 공부할 때도 도움이 된다. 그러나 스마트폰 사용자가 빠르게 많아지면서 사회 문제도 나타났다. 이런 현상이 계속 존재하면 심각한 문제로 될 가능성이 있다. 스마트폰은 장점도 있고 단점도 있다.

→　(1)번 질문의 답이 없습니다. 자신의 생각을 말하라는 질문이 나오면 다음과 같은 문형을 써서 자신의
　　생각을 도입 단락에 써야 합니다. 따라서 질문을 잘 읽고 답을 쓰기 바랍니다.
　　文中沒有(1)號問題的答案，如果題目有要求寫出自身想法，可以使用下列的句型將自身想法
　　寫進前導段落，因此，希望大家看清楚題目後再開始作答。

> ● 나는 스마트폰은 학습에 도움이 되므로 적극적으로 활용해야 한다고 생각한다.
> ● 나는 스마트폰이 학습에 방해가 되므로 공부할 때는 쓰지 말아야 한다고 생각한다.

(2) 전개 단락에서 자주하는 오류 수정하기　修正展開段落常會出現的錯誤

조기 교육의 양면성　早期教育的正反兩面性

> 최근 많은 부모들이 자녀에게 조기 교육을 시키고 있습니다. 이러한 조기 교육을 바람직
> 한 것이라고 생각하는 사람도 많지만 아이들에게 바람직하지 않다고 우려하는 시각도 있
> 습니다, 조기 교육의 양면성에 대해 자신의 견해를 서술하십시오, 단 아래에 제시한 내용
> 이 모두 포함되어야 합니다.
> ● 조기 교육의 긍정적인 측면은 무엇인가?
> ● 조기 교육의 부정적인 측면은 무엇인가?
> ● 효율적인 조기 교육을 시키기 위해 어떻게 해야 하는가?

→　이 문제는 조기 교육의 장단점을 묻는 문제입니다. 먼저 [조기 교육의 장점-단점-효율적 방안-마무리]
　　의 네 단락을 구성하여 글을 쓰면 됩니다.
　　這個問題是在問早期教育的優缺點，以〔早期教育的優點-缺點-有效率的方案-結論〕四個段
　　落來組成文章就可以了。

학생 답안 ① 學生答案 ①

▶ **한 단락에 두 가지 내용이 섞여 있는 경우**
一個段落裡寫了兩種不同內容的情況

조기 교육은 우리 아이들 생활에 부정적인 영향을 준다. 아이들은 항상 지식을 배우러 다니고 피아노, 그림, 운동도 배우러 다녀야 해서 바쁘고 피곤하다. 아이들이 스트레스를 엄청 심하게 받는다. 그런데 지식도 배우고 음악이랑 운동이랑 하면 즐겁게 생활하고 안 심심해서 좋다. 또 친구가 많아지니까 이것은 좋은 점이다.

→ 전개 단락은 단점을 쓰는 부분입니다. 그런데 한 단락 안에 긍정적 내용과 부정적 내용이 함께 섞여서 논지를 흐리고 있습니다. 이처럼 다른 내용은 두 단락으로 구분해야 합니다.
　展開段落要用來敘述缺點部分，但是在這一個段落裡，包含了正向內容及負向內容，會混淆論點。像這樣，不同內容應分成兩個段落。

학생 답안 ② 學生答案 ②

▶ **구어체로 서술한 경우**
用口語體敘述的情況

조기 교육에 대한 문제점이 많다. 어렸을 때는 남자나 여자나 할 것 없이 친구랑 놀고 싶다. 근데 친구랑 축구하고 놀고 게임을 하고 싶지만 엄마한테 혼나고 공부를 해야 돼서 스트레스를 받을 거다. 이렇게 가끔 자살까지 하는 애도 있는데, 스트레스를 참다 못해 자살할 수도 있다. 이렇게 문제가 얼마나 크냐? 앞으로 이런 문제가 없어야지.

→ 보시는 바와 같이 구어체 표현을 많이 쓰고 있습니다. '친구랑 → 친구와, 근데 → 그런데, 엄마한테 → 어머니에게, 크냐? → 클까? 없어야지 → 없어야 한다' 등으로 고쳐야 합니다. 또한 어휘와 문장의 수준도 낮으므로 보다 수준 높은 문장을 사용해야 합니다.
　就如上述所見，文中使用了很多口語表現，例如「친구랑→친구와、근데→그런데、엄마한테→어머니에게、크냐？→클까？、없어야지→없어야 한다」…等方式改寫。而且使用的詞彙及句子水準太低，應該使用比這個更高階的詞句。

학생 답안 ③ 學生答案 ③

▶ **주제에서 벗어난 내용을 길게 쓴 경우**
寫了太多離題的內容

조기 교육은 부정적인 영향이 많다. <그런데 조기 교육은 부모들의 자기중심적인 이기주의에서 비롯된 것이다. 사교육에 투자를 통해 학생들은 자기 자녀만 능력이 좋아지면 다 된다고 생각하는 부모 때문에> 조기 교육을 받아서 심리적으로 스트레스를 받는 것은 물론이거니와 신체적으로도 발육에 방해가 될 수도 있다. <하지만 대부분 부모들은 자녀에게 사교육을 시키기로 결정했다. 이렇게 하면 가난한 가정 때문에 사교육을 받을 수 없는 학생들에게 사회적으로 불공평한 것 같다.>

→ < > 부분은 '조기 교육의 원인'과 '사교육 기회의 불평등성'에 대한 이야기라서 주제에서 벗어난 부분입니다. 이러한 불필요한 부분 때문에 단락이 길어지고 복잡해졌습니다.
　< >裡是有關於「早期教育的原因」和「私人教育機會的不公平性」的部分，屬於離題的內容。因為這種不必要的內容，讓文章段落變得又長又複雜。

학생 답안 ④ 學生答案 ④

▶자기 느낌과 생각을 습관처럼 붙이는 경우
習慣將自己的感覺與想法寫進去的情況

조기 교육의 단점은 스트레스를 많이 받을 수 있다는 점이다. 어린 시절은 아무 생각 없이 즐겁게 밖에서 뛰어 놀아야 한다. 그런데 밖에 나갈 수 없고 책상 앞에서 공부만 해야 한다면 아이들이 너무 답답하고 속상할 것 같다. 또한 방 안에서 공부만 하니까 건강이 나빠질 수 있다. 나는 그래서 조기 교육이 안 좋다고 생각한다.

→ 단점을 쓴 후에 자기 느낌을 한 문장 뒤에 붙이고 있습니다. 자기 생각은 모아서 마무리 단락에서 써야 합니다. 또한 첫 문장은 오류문이므로 다음과 같이 고쳐야 합니다. → "조기 교육의 단점은 아이들이 스트레스를 많이 받는다는 점이다."

文章中，此學生在寫完缺點之後，還寫了自己的感覺，但是自我想法應該要匯集在最後的結論。同時，第一個句子是錯誤句子，應該改為→「조기 교육의 단점은 아이들이 스트레스를 많이 받는다는 점이다.」

모범 답안 模範答案

조	기		교	육	의		단	점	은		먼	저		아	이	들	이		스	트	레	스	를
많	이		받	을		수		있	다	는		것	이	다	.	어	린		시	절	은		밖	에
서		즐	겁	게		뛰	어		놀	아	야		하	는		시	기	인	데	,		실	내	에	서
공	부	만		하	다		보	면		스	트	레	스	를		받	기		십	상	이	다	.	이
로		인	해		아	이	들	의		건	강	과		신	체		발	달	,		대	인		관	계
에	도		부	정	적	인		영	향	을		끼	친	다	.	게	다	가		공	부	의		흥
미	를		떨	어	뜨	리	는		역	효	과	도		초	래	할		수		있	다	.		

(3) 마무리 단계에서 자주하는 오류 수정하기
修正結論常會有的錯誤

유형1 ▶ 토론의 필요성 討論的必要性

> 사람들이 공동체에서 생활하다 보면 토론을 하게 되는 일이 많습니다. 그러나 토론을 잘하는 것은 아주 어려워서 토론을 하다 보면 문제가 생길 때가 많습니다. 토론은 꼭 필요한 것일까요? 다음을 넣어 토론의 필요성에 대한 견해를 쓰십시오.
> • 토론이 필요한 이유는 무엇입니까?
> • 토론이 실패하는 이유는 무엇입니까?
> • 토론이 잘 이루어지려면 어떻게 해야 합니까?

→ 이 문제는 토론의 필요성을 묻는 문제입니다. 먼저 [토론의 필요성-실패하는 이유-잘하기 위한 방안-마무리]의 네 단락을 구성하여 글을 쓰면 됩니다.

　這個問題在詢問討論的必要性。首先將文章以〔討論的必要性–失敗的理由–為了做好這件事所提出的方案–結論〕四個段落來組織文章就可以了。

학생 답안 ① 學生答案 ①

▶ **마무리 문장이 없는 경우**
沒有結論的情況

　<u>또한 토론을 잘하기 위해서 주의할 점은 상대방의 의견을 제대로 경청하려고 노력해야 한다는 것이다. 내 주장만 옳다고 생각해서는 안 되며 상대방의 시각에서 보고 귀를 기울여야 한다. 그래야 상대방의 논리에서 부족한 점이 보이기 때문이다.</u>

→ 단락의 내용은 '토론을 잘하는 방안'입니다. 글을 이렇게 끝낸다면 마무리 단락이 빠져 있게 됩니다. 따라서 전체 글자 수를 고려하여 적절한 길이로 마무리 단락을 붙이도록 연습해야 합니다.

　此段落的內容為「完美討論的方案」，文章如果就這樣結束，會讓整個文章少了結論，因此，必須練習在考慮到整篇文章的字數之下，能用適當的長度寫出結論。

학생 답안 ② 學生答案 ②

▶ **마무리 문장이 있으나 주제와 관련 없는 내용을 쓴 경우**
雖然有結論，但是寫的是與主題毫無關聯的內容

　<u>내가 생각하기에는 우리 사회가 더 평등한 관계로 변화해야 한다. 그래서 의사소통을 할 때도 차별없이 평등하게 화합을 이루도록 노력해야 한다. 앞으로 자유롭고 행복한 사회를 만들도록 모두 노력해야 할 것이다.</u>

→ 토론의 마무리 단락이므로 토론의 중요성이라는 주제와 관련시켜 자신의 생각을 써야 합니다. 마무리 단락에 주제와 관련 없는 이야기를 쓰면 안 됩니다.

　因為是討論的最後結論，所以應該要讓內容與主題「討論的重要性」連結，寫出自身想法。結論不可以寫和主題不相關的內容。

학생 답안 ③ 學生答案 ③

▶마무리 문장이 있으나 구조 없이 한 문장으로 쓴 경우
雖然有結論，但是毫無結構，僅寫一句話的情況

토론은 여러 가지 장점이 있으면서 잘하면 사회를 계속 발전시킬 수 있도록 도와준다고 생각하지만 단점도 있을 수 있기 때문에 앞으로 큰 공동체나 작은 공동체나 할 것 없이 모두가 토론을 잘할 수 있도록 연습하고 노력하기 바란다.

→ 주제와 관련시켜 토론에 대하여 쓴 마무리나 전체가 길고 복잡한 한 문장으로 이루어져 있습니다. 한 문장 안에 많은 내용이 섞여 있어서 의미가 제대로 전달되지 않습니다.

雖然是與主題有關的內容，但是整體來說是以一句又長又複雜的句子完成的，一個句子裡面包含了太多內容，會讓整個段落的意義無法正確傳達。

학생 답안 ④ 學生答案 ④

▶자기 생각을 썼으나 잘못된 형식과 표현을 쓴 경우
雖然有寫出自己的想法，但是形式及表現方法錯誤

저는 토론을 잘할 수 있도록 노력해야 한다고 생각한다. (×)

· 우리는 토론을 잘할 수 있도록 노력해야 한다.
我們應該努力讓自己做好討論。

그래서 토론을 잘하려면 전략이 필요하다는 생각한다. (×)

· 그래서 토론을 잘 하려면 전략이 필요하다고 생각한다.
所以，我認為如果要做好討論，就需要有策略。

여러분은 토론 전에 잘 생각해야 돼요. 토론할 때는 다른 사람 말을 잘 들으세요.(×)

· 우리는 토론 전에 잘 생각해야 하며 토론할 때는 다른 사람의 말을 경청해야 한다.
我們在討論之前應該要先好好思考，並在討論的時候，傾聽他人的說法。

학생 답안 ⑤ 學生答案 ⑤

▶문장을 구분하여 썼으나 구조화가 잘못된 경우
雖然有幫句子做區別，但是結構錯誤

내 생각에는 토론할 때 상대방의 말을 경청해야만 상대방을 설득할 수 있는 힘이 생긴다. 우리 사회는 토론을 통해 성숙하고 진보된 사회로 한 걸음 더 나아갈 수 있다. 그래서 토론을 잘하는 기술과 전략이 필요하다.

→ 마무리 단락은 [① 요약 ② 의견 ③ 기대]의 순서로 구조화가 되어야 하는데, 이 답안은 [② 의견 ③ 기대 ① 요약]의 순서로 썼습니다. 아래와 같이 재구성되어야 합니다.

結論應該要以〔① 摘要 ② 意見 ③ 期待〕的順序組織成，但是上面這個答案是以〔② 意見 ③ 期待 ① 摘要〕的順序來寫，應該要修改成下面的結構才行。

모범 답안 模範答案
(길게 쓰기) （長篇版本）

	이	처	럼		토	론	을		잘	하	기		위	해	서	는		기	술	과		전	략	이
필	요	하	다	.	토	론	할		때		상	대	방	의		말	을		경	청	해	야	만
상	대	방	을		설	득	할		수		있	는		힘	이		생	긴	다	고		생	각	한
다	.	앞	으	로		우	리		사	회	가		토	론	을		통	해		성	숙	하	고
진	보	된		사	회	로		한		걸	음		더		나	아	가	기		바	란	다	.

(짧게 쓰기) （短篇版本）

	이	처	럼		토	론	을		잘	하	기		위	해	서	는		상	대	방	의		말	을
경	청	하	는		것	이		필	요	하	다	.	앞	으	로		토	론	을		통	해		성
숙	하	고		진	보	된		사	회	를		만	들	어		가	야		할		것	이	다	.

→ 토픽 54번은 700자 내로 써야 하므로 마무리 단락의 길이를 길게 혹은 짧게 조절할 수 있어야 합니다.
TOPIK的第54題長度為700字以內，所以結論部分應要能調整長短。

성 명 (Name)	한국어 (Korean)
	영 어 (English)

수 험 번 호

8

| 0 | 1 | 2 | 3 | 4 | 5 | 6 | 7 | 8 | 9 |

문제지 유형 (Type)

홀수형 (Odd number type) ○
짝수형 (Even number type) ○

※ 결 시 결시자의 영어 성명 및
확인란 수험번호 기재 후 표기 ○

※ 위 사항을 지키지 않아 발생하는 불이익은 응시자에게 있습니다.

※ 감독관 본인 및 수험번호 표기가
확인 인 정확한지 확인 (인)

※ 주관식 답안은 정해진 답란을 벗어나거나 답란을 바꿔서 쓸 경우 점수를 받을 수 없습니다.
(Answers written outside the box or in the wrong box will not be graded.)

51	㉠
	㉡
52	㉠
	㉡

53 아래 빈칸에 200자에서 300자 이내로 작문하십시오 (띄어쓰기 포함).
(Please write your answer below; your answer must be between 200 and 300 letters including spaces.)

50
100
150
200
250
300

※ 54번은 뒷면에 작성하십시오. (Please write your answer for question number 54 at the back.)

54

주 관 식 답 란 (Answer sheet for composition)

아래 빈칸에 600자에서 700자 이내로 작문하십시오 (띄어쓰기 포함).
(Please write your answer below; your answer must be between 600 and 700 letters including spaces.)

50

100

150

200

250

300

350

400

450

500

550

600

650

700

※ 주어진 답란의 방향을 바꿔서 답안을 쓰면 '0' 점 처리됩니다.
(Please do not turn the answer sheet horizontally. No points will be given.)

연습용 **한국어능력시험**
TOPIK II

1 교시 (쓰기)

성 명 | 한국어 (Korean)
(Name) | 영 어 (English)

수 험 번 호

8

0 0 0 0 0 0 0 0 0 0 0 0
① ① ① ① ① ① ① ① ① ① ① ①
② ② ② ② ② ② ② ② ② ② ② ②
③ ③ ③ ③ ③ ③ ③ ③ ③ ③ ③ ③
④ ④ ④ ④ ④ ④ ④ ④ ④ ④ ④ ④
⑤ ⑤ ⑤ ⑤ ⑤ ⑤ ⑤ ⑤ ⑤ ⑤ ⑤ ⑤
⑥ ⑥ ⑥ ⑥ ⑥ ⑥ ⑥ ⑥ ⑥ ⑥ ⑥ ⑥
⑦ ⑦ ⑦ ⑦ ⑦ ⑦ ⑦ ⑦ ⑦ ⑦ ⑦ ⑦
⑧ ⑧ ⑧ ⑧ ⑧ ⑧ ⑧ ● ⑧ ⑧ ⑧ ⑧
⑨ ⑨ ⑨ ⑨ ⑨ ⑨ ⑨ ⑨ ⑨ ⑨ ⑨ ⑨

문제지 유형 (Type)

홀수형 (Odd number type) ○
짝수형 (Even number type) ○

※ 결시 결시자의 영어 성명 및
확인란 수험번호 기재 후 표기 ○

※ 위 사항을 지키지 않아 발생하는 불이익은 응시자에게 있습니다.

※ 감독관 본인 및 수험번호 표기가
확 인 정확한지 확인 (인)

주관식 답안은 정해진 답란을 벗어나거나 답란을 바꿔서 쓸 경우 점수를 받을 수 없습니다.
(Answers written outside the box or in the wrong box will not be graded.)

51 ㉠
㉡

52 ㉠
㉡

53 아래 빈칸에 200자에서 300자 이내로 작문하십시오 (띄어쓰기 포함).
(Please write your answer below; your answer must be between 200 and 300 letters including spaces.)

50
100
150
200
250
300

※ 54번은 뒷면에 작성하십시오. (Please write your answer for question number 54 at the back.)

54

주 관 식 답 란 (Answer sheet for composition)

아래 빈칸에 600자에서 700자 이내로 작문하십시오 (띄어쓰기 포함).
(Please write your answer below; your answer must be between 600 and 700 letters including spaces.)

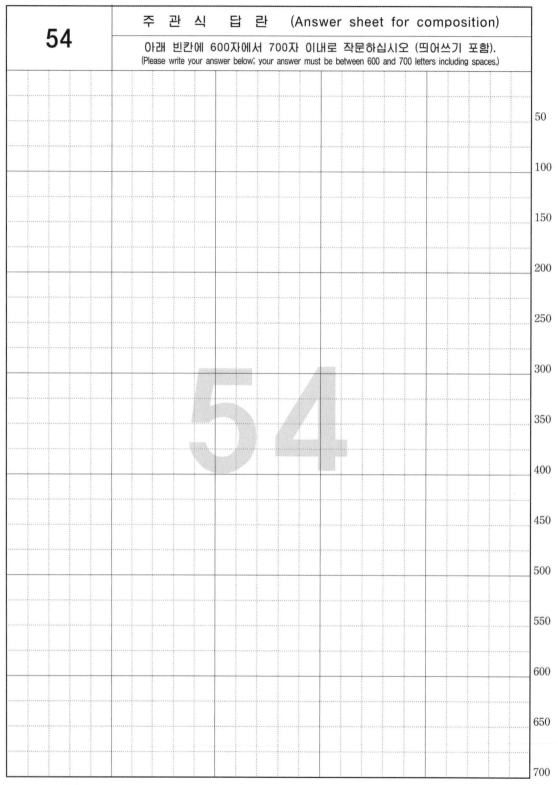

50
100
150
200
250
300
350
400
450
500
550
600
650
700

※ 주어진 답란의 방향을 바꿔서 답안을 쓰면 '0' 점 처리됩니다.
(Please do not turn the answer sheet horizontally. No points will be given.)

한국어능력시험 TOPIK II

연습용

1 교시 (쓰기)

성 명 (Name)	한 국 어 (Korean)	
	영 어 (English)	

수 험 번 호

8

문제지 유형 (Type)

홀수형 (Odd number type) ○
짝수형 (Even number type) ○

※ 결 시 결시자의 영어 성명 및
  확인란 수험번호 기재 후 표기 ○

※ 위 사항을 지키지 않아 발생하는 불이익은 응시자에게 있습니다.

감독관 본인 및 수험번호 표기가
확 인 정확한지 확인 (인)

주관식 답안은 정해진 답란을 벗어나거나 답란을 바꿔서 쓸 경우 점수를 받을 수 없습니다.
(Answers written outside the box or in the wrong box will not be graded.)

51	㉠	
	㉡	
52	㉠	
	㉡	

53 아래 빈칸에 200자에서 300자 이내로 작문하십시오 (띄어쓰기 포함).
(Please write your answer below; your answer must be between 200 and 300 letters including spaces.)

(원고지 작성란 / 50, 100, 150, 200, 250, 300)

※ 54번은 뒷면에 작성하십시오. (Please write your answer for question number 54 at the back.)

54

주 관 식 답 란 (Answer sheet for composition)

아래 빈칸에 600자에서 700자 이내로 작문하십시오 (띄어쓰기 포함).
(Please write your answer below; your answer must be between 600 and 700 letters including spaces.)

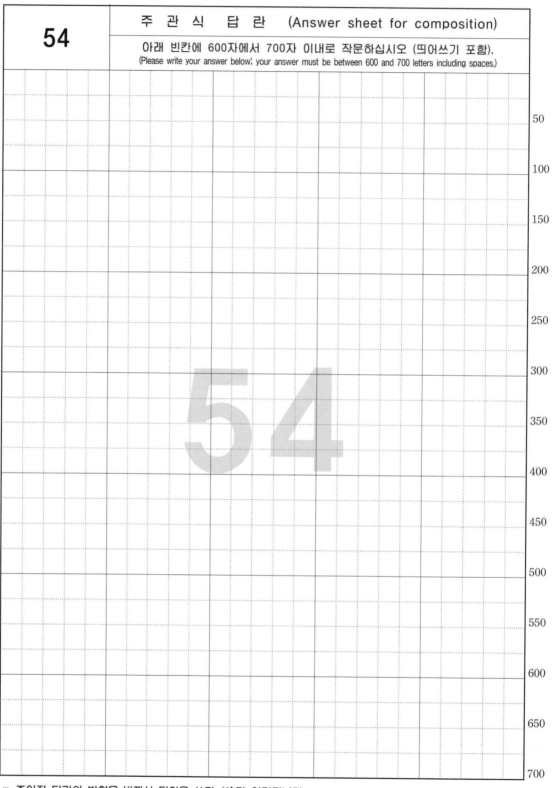

50

100

150

200

250

300

350

400

450

500

550

600

650

700

※ 주어진 답란의 방향을 바꿔서 답안을 쓰면 '0'점 처리됩니다.
(Please do not turn the answer sheet horizontally. No points will be given.)

주관식 답안은 정해진 답란을 벗어나거나 답란을 바꿔서 쓸 경우 점수를 받을 수 없습니다.
(Answers written outside the box or in the wrong box will not be graded.)

51	㉠
	㉡
52	㉠
	㉡

아래 빈칸에 200자에서 300자 이내로 작문하십시오 (띄어쓰기 포함).
(Please write your answer below; your answer must be between 200 and 300 letters including spaces.)

53

50
100
150
200
250
300

※ 54번은 뒷면에 작성하십시오. (Please write your answer for question number 54 at the back.)

연습용 **한국어능력시험**
TOPIK II

1 교시 (쓰기)

| 성 명 (Name) | 한국어 (Korean) | |
| | 영 어 (English) | |

수 험 번 호

8

| 0 | 1 | 2 | 3 | 4 | 5 | 6 | 7 | 8 | 9 |

문제지 유형 (Type)

홀수형 (Odd number type) ○
짝수형 (Even number type) ○

※ 결시 결시자의 영어 성명 및 ○
확인란 수험번호 기재 후 표기

※ 위 사항을 지키지 않아 발생하는 응시자에게 있습니다.

| 감독관 | 본인 및 수험번호 표기가 | (인) |
| 확 인 | 정확한지 확인 | |

※ 감독관 본인 및 수험번호 표기
확인 인 정확한지 확인

주 관 식 답 란 (Answer sheet for composition)

아래 빈칸에 600자에서 700자 이내로 작문하십시오 (띄어쓰기 포함).
(Please write your answer below; your answer must be between 600 and 700 letters including spaces.)

50

100

150

200

250

300

350

400

450

500

550

600

650

700

※ 주어진 답란의 방향을 바꿔서 답안을 쓰면 '0' 점 처리됩니다.
(Please do not turn the answer sheet horizontally. No points will be given.)

주관식 답안은 정해진 답란을 벗어나거나 답란을 바꿔서 쓸 경우 점수를 받을 수 없습니다.
(Answers written outside the box or in the wrong box will not be graded.)

51	㉠
	㉡
52	㉠
	㉡

53 아래 빈칸에 200자에서 300자 이내로 작문하십시오 (띄어쓰기 포함).
(Please write your answer below; your answer must be between 200 and 300 letters including spaces.)

						50
						100
						150
						200
						250
						300

53

※ 54번은 뒷면에 작성하십시오. (Please write your answer for question number 54 at the back.)

연습용 **한국어능력시험**
TOPIK II

1 교시 (쓰기)

| 성명 | 한 국 어 (Korean) | |
| (Name) | 영 어 (English) | |

수 험 번 호						8				
⓪	⓪	⓪	⓪	⓪	⓪		⓪	⓪	⓪	⓪
①	①	①	①	①	①		①	①	①	①
②	②	②	②	②	②		②	②	②	②
③	③	③	③	③	③		③	③	③	③
④	④	④	④	④	④		④	④	④	④
⑤	⑤	⑤	⑤	⑤	⑤		⑤	⑤	⑤	⑤
⑥	⑥	⑥	⑥	⑥	⑥		⑥	⑥	⑥	⑥
⑦	⑦	⑦	⑦	⑦	⑦		⑦	⑦	⑦	⑦
⑧	⑧	⑧	⑧	⑧	⑧	●	⑧	⑧	⑧	⑧
⑨	⑨	⑨	⑨	⑨	⑨		⑨	⑨	⑨	⑨

문제지 유형 (Type)

홀수형 (Odd number type) ◯
짝수형 (Even number type) ◯

| 결시 확인란 | 결시자의 영어 성명 및 수험번호 기재 후 표기 | ◯ |

※ 위 사항을 지키지 않아 발생하는 불이익은 응시자에게 있습니다.

| 감독관 확 인 | 본인 및 수험번호 표기가 정확한지 확인 | (인) |

54

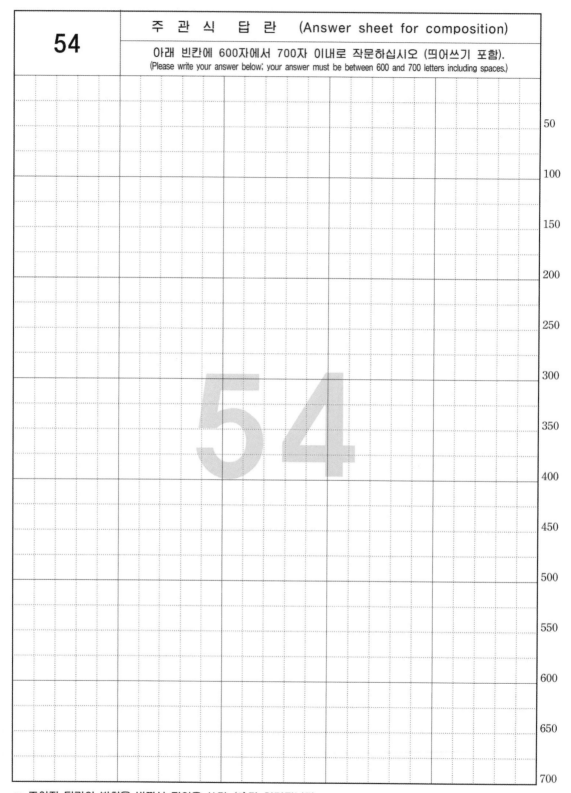

주 관 식 답 란 (Answer sheet for composition)

아래 빈칸에 600자에서 700자 이내로 작문하십시오 (띄어쓰기 포함).
(Please write your answer below; your answer must be between 600 and 700 letters including spaces.)

50
100
150
200
250
300
350
400
450
500
550
600
650
700

※ 주어진 답란의 방향을 바꿔서 답안을 쓰면 '0'점 처리됩니다.
(Please do not turn the answer sheet horizontally. No points will be given.)

한국어능력시험
TOPIK II

1 교시 (쓰기)

성명 (Name)	한국어 (Korean)	
	영 어 (English)	

수 험 번 호

8

문제지 유형 (Type)

홀수형 (Odd number type) ○
짝수형 (Even number type) ○

※ 결 시 결시자의 영어 성명 및
  확인란 수험번호 기재 후 표기

○

※ 위 사항을 지키지 않아 발생하는 불이익은 응시자에게 있습니다.

감독관	본인 및 수험번호 표기가
확 인	정확한지 확인 (인)

주관식 답안은 정해진 답란을 벗어나거나 답란을 바꿔서 쓸 경우 점수를 받을 수 없습니다.
(Answers written outside the box or in the wrong box will not be graded.)

51	㉠
	㉡
52	㉠
	㉡

53

아래 빈칸에 200자에서 300자 이내로 작문하십시오 (띄어쓰기 포함).
(Please write your answer below; your answer must be between 200 and 300 letters including spaces.)

50
100
150
200
250
300

※ 54번은 뒷면에 작성하십시오. (Please write your answer for question number 54 at the back.)

台灣廣廈 國際出版集團
Taiwan Mansion International Group

國家圖書館出版品預行編目（CIP）資料

NEW TOPIK II 新韓檢中高級寫作應考祕笈 /元銀榮，李侑美
著.
-- 新北市：國際學村, 2021.01
　　面；　公分.
ISBN 978-986-454-142-3(平裝)
1.韓語 2.TOPIK

803.289　　　　　　　　　　　　　　　　109017363

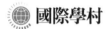
國際學村

NEW TOPIK II 新韓檢中高級寫作應考祕笈

作　　者／元銀榮、李侑美		編輯中心編輯長／伍峻宏	
譯　　者／徐衍祁		編輯／邱麗儒	
審　　訂／楊人從		封面設計／林珈伃・**內頁排版**／菩薩蠻數位文化有限公司	
		製版・印刷・裝訂／東豪・弼聖・紘億・明和	

行企研發中心總監／陳冠蒨　　　　　媒體公關組／陳柔彣
　　　　　　　　　　　　　　　　　綜合業務組／何欣穎

發　行　人／江媛珍
法 律 顧 問／第一國際法律事務所 余淑杏律師・北辰著作權事務所 蕭雄淋律師
出　　版／國際學村
發　　　行／台灣廣廈有聲圖書有限公司
　　　　　　地址：新北市235中和區中山路二段359巷7號2樓
　　　　　　電話：（886）2-2225-5777・傳真：（886）2-2225-8052

代理印務・全球總經銷／知遠文化事業有限公司
　　　　　　地址：新北市222深坑區北深路三段155巷25號5樓
　　　　　　電話：（886）2-2664-8800・傳真：（886）2-2664-8801
郵 政 劃 撥／劃撥帳號：18836722
　　　　　　劃撥戶名：知遠文化事業有限公司（※單次購書金額未達1000元，請另付70元郵資。）

■出版日期：2021年01月
ISBN：978-986-454-142-3　　　版權所有，未經同意不得重製、轉載、翻印。

Cracking the TOPIK II Writing by Darakwon, Inc.
Copyright © 2019, Won Eunyeoung, Lee Yumi
TOPIK, Trademark© & Copyright© by NIIED
(National Institute for International Education), Republic of Korea
※ 한국어능력시험 (TOPIK) 의 저작권과 상표권은 대한민국 국립국제교육원에 있습니다 .
All rights reserved.

Traditional Chinese Language Print and distribution right © 2021, Taiwan Mansion Publishing Co., Ltd.
This traditional Chinese language published by arrangement with Darakwon, Inc. through MJ Agency